D1717752

ДРАКОНЫ СЕВЕРА

ДРАКОНЫ СЕВЕРА

АЛЕКСАНДР ПРОЗОРОВ
АНДРЕЙ ПОСНЯКОВ

ВЕДЬМА ВОЙНЫ

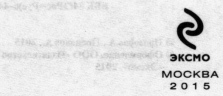

ЭКСМО

МОСКВА
2015

УДК 821.161.1-312.9
ББК 84(2Рос=Рус)6-44
П79

Разработка серийного оформления *С.Власова*

Иллюстрация на обложке *В. Ненова*

П79   **Прозоров, Александр Дмитриевич.**
Ведьма войны / Александр Прозоров, Андрей Посняков. — Москва : Эксмо, 2015. — 352 с. — (Драконы Севера).

ISBN 978-5-699-78156-0

В мире колдовского солнца на полуострове Ямал, населенном
динозаврами и колдунами, казаки охотятся за золотыми идолами
местных дикарей. Им в плен попадает юная девушка Митаюки,
получившая чародейское воспитание. Оказавшись невольницей,
ведьма не сдается и шаг за шагом приучает казаков, собираясь
использовать своих поработителей как оружие за власть в колдов-
ском мире. На стороне ведьмы — хитрость, знание русского языка
и умение колдовать. А еще уверенность в том, что мужчины — это
просто инструмент, подаренный богами женщинам для их нужд.
Нужно лишь правильно данным свыше инструментом воспользоваться.

УДК 821.161.1-312.9
ББК 84(2Рос=Рус)6-44

© Прозоров А., Посняков А., 2015
© Оформление. ООО «Издательство
«Эксмо», 2015

ISBN 978-5-699-78156-0

ГЛАВА 1

Осень 1584 г. П-ов Ямал

Троицкий острог

Волны бескрайнего холодного моря мерно накатывались на пологий берег острова, с шипением проваливаясь меж мелкой галькой длинного пляжа. Терпеливо, настойчиво, одна за другой, оставляя после себя пузырьки желтоватой пены. Иногда терпение бездонных вод вдруг прерывалось, и вместо скромных водяных взгорков на берег обрушивалась череда высоких валов. Иногда морю становилось лень, и волны проседали, превращаясь лишь в слабую зыбь. Но снова поднимался ветер, и снова вырастали гребни, накатывались на гальку и, злобно шипя, растворялись в ней.

Размеренный шум, размеренное движение, размеренное и однообразное бытие. Однако было в нем нечто странное, неправильное, что заставило юную чародейку Митаюки-нэ остановиться на своем пути к названому мужу, казачьему сотнику Матвею Серьге и оглядеться внимательнее.

Пустой берег, мерные звуки, холод и прибой...

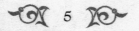

Нет, какой-то из звуков в этой песне был явно лишним!

Митаюки приподняла ладони, чуть склонила голову, прислушиваясь, однако чужого колдовства не ощутила. Подумав, она прошептала простенький заговор против отвода глаз — это ведь не чары даже, а так, баловство девичье. И сразу заметила сидящую в тени прибрежного взгорка старуху, одетую в лохматую кухлянку из шкуры товлынга. Седые волосы трепались, как облепивший камень сухой мох, руки были худыми и сплошь покрытыми коричневыми пятнами, тонкая кожа туго обтягивала скулы и челюсть. Поджав под себя ноги, склонив голову и опустив ладони на разведенные колени, древняя служительница смерти негромко напевала, словно подражая шуму волн.

Митаюки сделала пару шагов в ее сторону, и шаманка громко хмыкнула:

— Ты все же заметила меня, юное дитя? Это радует. Я полагала, ты вовсе забыла заветы школы девичества и ныне видишь только то, что желаешь видеть.

— Что ты делаешь здесь, мудрая Нине-пухуця? — остановилась Митаюки в почтительном отдалении.

— Разве ты не видишь, дитя? Мы поем.

— Вы? — девушка настороженно осмотрела пустынный берег, но никого окрест больше не заметила.

— Мы, — согласно кивнула старая шаманка. — Я пою вместе с ветром, морем и небом. Вместе с островом и облаками, вместе с камнями и мхом. Иди сюда, дитя. Раз уж я избрала тебя в свои ученицы, ты споешь вместе с нами.

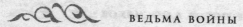 

Спорить со злобной ведьмой Митаюки-нэ не посмела. Быстро приблизилась и села на камни рядом с ней, по примеру старухи поджав под себя ноги. Нине-пухуця закрыла глаза и снова тихонько завыла. Девушке просто скулить показалось глупо, и она спросила:

— Что мне делать?

— Стать частью этого мира, дитя, — ответила старая шаманка. — Частью ветра, частью моря, частью света и земли. Звучать, как они, ощущать то же, что они, и поступать так же, как они. Вас не учили этому в доме Девичества? Вестимо, тамошние воспитательницы не умели сами. Чтобы управлять миром, мало помнить заклинания и зелья. Надобно понимать, что и как происходит, что откуда тянется и на что влияет. Знать, что волна не приходит ниоткуда, ее рождает камень или ветер. Что ветер не веет ниоткуда, его рождают солнце и воды или снега. Что снега не сыплются ниоткуда, что рождаются они круговоротом жизни, убиваются дождем и оберегаются облаками. Что дождь не льется ниоткуда, он выжимается из облаков... Стань частью мира, ощути его, как саму себя, свои волосы, свои руки, свой голос. Научись чувствовать мир, как саму себя, и тогда мир тоже ощутит тебя своей частью. И твой голос сможет звучать морем, рождая волны; ветром, рождая ураганы; облаком, рождая дожди.

— Разве ради погоды мы не должны возносить молитвы всесильному северному богу Нгерму? — удивилась Митаюки-нэ.

— Который может услышать твои просьбы, а может и нет? — В голосе служительницы смерти прозвучало легкое презрение. — Ты полагаешь, дитя, я добилась бы своего могущества, кланяясь то одному, то другому духу? Надеясь на чужую милость, а не на свое умение? Если хочешь занять мое место, юная Митаюки-нэ, никогда не ищи себе покровителей. Живи так, чтобы покровительства искали у тебя.

— Да уж, от колдунов Дан-Хайяра пользы оказалось немного, — посетовала девушка. — Убежать сюда я могла бы и без их стараний.

— Это будет тебе полезным уроком, дитя, — усмехнулась Нине-пухуця. — Ты слишком полагалась на силу, хотя должна была опираться на мудрость. Ты обратилась к мужчинам за помощью, вместо того чтобы повелевать ими. Разве я не сказывала тебе, что на силу полагаются только самодовольные самцы и тупые ящеры? С чего ты вдруг решила, что тупые болваны Великого Седея способны добиться хоть каких-то побед?

— Ты считаешь чародеев Совета, сильнейших колдунов, глупцами, уважаемая Нине-пухуця? — удивилась Митаюки-нэ.

— А ты в этом сомневаешься? — хмыкнула старая шаманка. — Тебе мало одного урока? Они тупы, и ты с легкостью могла взять их под свою руку, заставив служить, как начинающие колдуны заставляют менквов выполнять все тяжелые работы. Забудь о силе, ученица. Ты женщина, и твое могущество в уме, а не в кулаках, дубинках или чарах. Пользуйся чужой силой и чужой слабостью во имя своего возвышения, а не борись с могуществом тех, кто все едино крепче. Смотри на любого врага, как на подпорку, которую нужно всего лишь пристроить к свое-

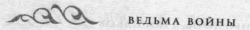 

му дому, дабы сделать его прочнее. Думай не над тем, как сломать или одолеть, а над тем, как использовать.

— А если твой враг не пожелает тебе помогать? Как его убедить, мудрая Нине-пухуця?

— Не нужно убеждать, глупая ученица. Ты меня разочаровываешь! — укоризненно покачала головой старая шаманка. — Не нужно просить или уговаривать. Нужно использовать! Когда сильному человеку нужно откатить камень, он хватает валун и толкает. Умный берет слегу, подсовывает и отталкивает легким нажатием. Когда сильному мужчине нужно отнести бревно к дому, он кладет ствол на плечо и тащит, умный же сбрасывает в ближайший ручей с попутным течением. Когда сильному нужно переплыть море, он что есть мочи гребет веслами, а умный поднимает парус. Скажи, дитя, кто в этом мире сможет противостоять могучим ветрам, кто способен одолеть их, победить, опрокинуть? Однако же, как бы ни силен он был, имея руль и парус, ты с легкостью домчишь на лодке туда, куда нужно тебе, а не туда, куда пытается унести тебя ветер. И чем он злее, чем недовольнее, тем быстрее домчишь ты до своего, и именно своего причала.

— Легко вещать намеками и иносказаниями! — обиделась Митаюки-нэ. — С реальными людьми так просто, как с парусом и ветром, совсем не получается. Вон, Маюни, остяк малолетний, и рода шаманского оказался, и бубен у него наследный, намоленный. Как сей шаманенок начинает бить по натянутой коже, так все заклинания мои прахом идут! Уж дважды от него избавиться пыталась, а все никак. Отбивается, все порчи и проклятия рассеивает.

— Коли колдун хороший, отчего ты его чарами бьешь? Опять силу силой переломить надеешься? Чему тебя в доме Девичества учили, чадо?

— Слабость искать... — неуверенно ответила Митаюки-нэ.

— А в чем слабость колдуна сего?

— Молод еще, неопытен... — задумалась юная чародейка. — Мыслю, шестнадцати годков ему еще нет. Казакам, атаману предан, прямо как роду своему им служит. Еще он к Устинье слабость сердечную испытывает, да никак сблизиться не решится. Она, понятно, холодна. Мальчишка деве белой вроде как по душе, однако же о прошлом лете, сказывают, менквы ее изнасиловали. С того времени от мужиков Устинья шарахается. А поначалу, ведаю, даже руки на себя наложить пыталась.

— Ну вот! А сказываешь, места слабого у него нету! — обрадовалась служительница смерти. — Нечто устоит простолюдинка дикая пред умением твоим?

— Не устоит, — пожала плечами Митаюки-нэ. — Но жалко ее, ибо дева милая и добрая. Да и что проку мне с того, что ее изведу?

— А-а-а, позор на мою седую голову! — внезапно зашипела старая Нине-пухуця, воздев руки к небу. — Что за глупую девку выбрала я себе в ученицы! Она видит слабость своего врага, но не может придумать ничего, кроме убийства! Она не желает призвать себе в помощницы мудрость и хитрость и опять полагается лишь на силу, подобно тупым драконам и воинам! Позор мне! Клянусь семью дочерьми Сиив-Нга-Ниса, не желаю тебя больше видеть, жалкое порождение

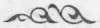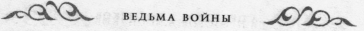

нуера! Прочь-прочь! Уходи! Не желаю больше тебя видеть!

И дряхлая служительница смерти внезапно растворилась в воздухе, словно ее и не было.

— Нине-пухуця! — вскочила девушка, с тревогой оглядываясь. — Ты где? Не бросай меня!

— Мне не нужны глупые ученицы, — прошипела, накатываясь на гальку, очередная волна. — Не приходи, пока не изгонишь врага своего... Не силой, умом одолев...

— Но как, Нине-пухуця? Дай мне хотя бы подсказку!

— Чтобы достать скорлупку из воды, не нужно ловить ее, дитя, — пропел ветер в самое ухо юной чародейки. — Брось неподалеку камень, и волны сами вынесут ее на берег.

Митаюки-нэ не рискнула ответить вслух, что она думает про намеки о скорлупках, камнях и волнах, дабы не раздражать могучую злобную колдунью... Впрочем, та и сама ее мысли и эмоции наверняка ощутила. Посему девушка лишь поклонилась вежливо и поспешила к острогу, к воротам которого успели добраться вернувшиеся с дровами казаки.

Острог, выстроенный на острове холодного северного моря, был могуч: шагов двести в длину и триста в ширину, пять человеческих ростов в высоту, нижние срубы засыпаны камнями и галькой, вход сделан через подвесной мост в ворота, поднятые на высоту в два роста, обширный ледник с припасами в подклети, в которую был превращен весь нижний этаж острога... Митаюки представить себе не могла силы, способной захватить столь могучую твердыню! Однако белокожие русские воины постоянно продолжали что-то укреплять, доделывать, усиливать и наращивать.

Холодные воды надежно защищали острог от огромных ящеров, быстро засыпающих при остывании и теряющих подвижность. Пищали с фальконетами оберегали его от лодок с воинами сир-тя, если те попытаются переправиться с берега. Крепкие стены и подъемный мост спасали даже от тех врагов, что могли подобраться незамеченными, скрываясь под покровом темноты или колдовскими чарами. Ибо перебраться через препятствие такой высоты или пройти сквозь двойные тесовые ворота было не по силам даже сильнейшим из чародеев.

Увы — все имеет свои пределы. Даже заклинания.

Один недостаток был у твердыни — холодная. Здесь, на изрядном удалении от сотворенного мудрыми предками сир-тя второго солнца, зимой не таял снег, летом было зябко даже в ясные дни, а частые туманы пробирались во все щели, высасывая тепло, словно оводы живую кровь. Острог приходилось топить постоянно, доставляя из далеких сосновых боров и ельников по два-три струга дров каждый божий день.

Вот и сейчас, наполовину вытащив большущие корабли на берег, казаки, одетые в засаленные стеганые кафтаны и мохнатые шапки, забрасывали стволы сваленных где-то у реки сухостоев на плечи и по одному, по двое несли их к воротам.

Митаюки, раз уж не удалось встретить мужа перед причалом, метнулась к дороге и с разбегу повисла у него на шее, покрывая лицо поцелуями:

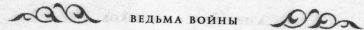 

— Матвей! Вернулся наконец-то! Как я по тебе соскучилась!

Плечистый казак, черноволосый и чернобородый, с густыми, как усы, бровями, волочащий на себе ствол в три роста длиной, покачнулся от толчка и недовольно буркнул:

— Да тише ты, оглашенная! Повалишь! — Однако юная чародейка ощутила в его сознании теплую волну удовольствия. Суровому внешне мужчине нравилась страстность и преданность жены.

От идущих впереди и сзади воинов докатилась волна легкой зависти. Белокожие чужаки завидовали своему собрату, женщина которого относилась к нему с подобной страстью. Равно как и тому, сколь красива туземка сир-тя: и бедра широки, и грудь высока, и волосы пышны, и лицом гладкая. Все при ней. Митаюки-нэ недаром считалась в Доме Девичества одной из первых красавиц. Ну а того, что она была еще и одной из сильнейших чародеек — дикарям знать вовсе не следовало.

— Что же так долго? — Обнимая мужа и прижавшись к нему, Митаюки пошла рядом с Матвеем. — Я уже вся извелась!

— Да откуда долго-то? — недоуменно хмыкнул казак. — Утром отчалили, а ныне еще и сумерки не настали. Сухостоя и валежника в борах еще много, искать не пришлось.

— Беспокоилась я... — прижалась щекой к его плечу юная чародейка.

Учение Девичества гласило, что жена должна всегда выказывать радость возвращению мужа и проявлять о нем беспокойство. Радостная встреча у родного очага — твердый залог того, что мужчина всегда будет искренне стремиться домой, к супруге, а не искать другого приюта и утешения.

Увы, многие девушки сир-тя, покинув Дом Девичества, быстро забывали женское учение или не пользовались им, удивляясь потом, что мужья находят утешение в чужих объятиях.

Однако Митаюки-нэ была не такой. Она не забывала мудрости предков и знаний, на постижение которых ушло несколько лет. И хотя юная чародейка была уверена в любви своего мужа, выдержавшей испытание и разлуками, и размолвками, и смертельной болезнью, — однако же все равно не забывала и приворотным зельем не меньше раза в месяц его напоить, и радостными объятиями встретить, и в постели приласкать. Чем больше связующих нитей меж людьми — тем узы крепче.

Постоянный огонь горел в остроге в обширной жердяной пристройке во дворе, служащей одновременно и для приготовления пищи, и для выпаривания соли из морской воды, и для выварки клея из костей. В общем — не угасал ни днем ни ночью. У казаков всегда находилось что над пламенем повесить. Дым поднимался вверх, стелился под крышей и выползал в широкую щель между дранкой и крепостной стеной. Однако благодаря постоянно полыхающему огню в пристройке все равно было жарко, тепло разливалось в стороны и через распахнутые двери башен, через окна пристроек, через сами стены — просачивалось внутрь, в обитаемые помещения.

Митаюки не раз удивлялась хитрости и мастерству белокожих иноземцев. И строили они быстро

и прочно, и устраивались с удобствами в любом, даже самом диком месте, и ловко всякие свойства материалов подручных использовали. Хотя, конечно, — живи сир-тя в холоде, они бы наверняка тоже научились и дома с толстыми стенами строить, и тепло по спаленкам разводить, и деревья рубить споро, и очаги крытые делать.

Однако предки могучего народа сир-тя оказались куда более мудры и сильны и потому зажгли над выбранными для жизни землями второе солнце — куда более жаркое, нежели небесное. И потому их детям не пришлось придумывать изб с печами, теплых одежд, заботиться о припасах на зиму... Теперь Митаюки уже не знала — к добру ли была эта великая мудрость или нет? Жить в тепле и сытости, не знать опасностей и страданий. Можно провести весь век хоть голому, в шалаше — не замерзнешь. Можно не заботиться о пропитании — шаман к обеду всегда зверя какого-нибудь призовет. Можно не уметь сражаться — все едино любые споры Великий Седей, Совет колдунов, разрешает.

Может, и права злобная, проклинаемая всеми Нине-пухуця, служительница смерти? Может быть, и верно народу сир-тя нужно пройти испытание, оказаться на краю гибели — чтобы возродиться снова, вернуть силу, храбрость и мудрость далеких предков, что зажгли над северными землями жаркое второе солнце?

Первое, что услышала Митаюки, войдя в острог, — это протяжный гул бубна, подобно шипам речного ерша скребущего ее по коже. Намоленный поколениями остякских шаманов, покрытый заклинани-

ями и священными знаками, посвященный духам
земли и богам небес, бубен потомственного шамана
был силен, как племенные идолы сир-тя, и звук его,
расползаясь, постоянно портил, корежил, рвал все
наговоры и заклинания, что плела юная чародейка,
защищая своих друзей и навевая порчу на недобро-
желателей.

Самым обидным было то, что малолетний остяк,
похоже, даже не догадывался, как сильно вредил ста-
раниям Митаюки. Он просто пользовался бубном
так, как учили его далекие предки. Стучал по туго натянутой коже. Стучал часто и сильно, когда затевал
свои родовые обряды, и редко, мимоходом — когда
не имел никаких планов.

Вот и сейчас Маюни сидел в своей истрепавшейся
малице возле рослой темноволосой казачки Устиньи,
разминающей пупырчатую кожу волчатника, и что-то
ей рассказывал, заставляя улыбаться. Но при этом не
забывал, паршивец, время от времени шлепать ладонью по бубну!

Интересно, и что остяк нашел в этой бледной
иноземке? Сам, вон, чуть не на голову ниже, в плечах вдвое уже. Узколицый, краснокожий, курносый.
Всем же с первого взгляда понятно было — не пара!
Ведь не раз в остроге пленницы и из рода ненэй
ненэць оказывались, и из рода сир-тя. Иные и собой
не плохи, и за мужчину схватились бы с радостью.
Выбирай — не хочу. Ан нет, прилип Маюни к казачке, и глаз от нее не отводит, и ни о ком другом
не говорит. Верно — ни о ком другом и не думает...
Подлый шаманенок.

Может, вправду рассчитывает достойной парой Устинье стать, как вырастет? Все же он — мальчишка еще, ему расти и расти. И росту, глядишь, в нем изрядно еще прибавится, и плечи вширь развернутся... Хотя — не дастся казачка, наверное. После того что пережила — никому более в руки не дастся.

«Значит, Устинья — есть слабость шаманенка, — вспомнила юная чародейка подсказку Нине-пухуця. — Она беззащитна, через нее избавляться от Маюни и надобно...»

Митаюки-нэ отпустила локоть мужа, постояла в задумчивости и направилась в угол острога, к странной парочке.

— Хорошего тебе дня, милая Устинья! — приближаясь, кивнула юная чародейка. — И тебе хорошего дня, охотник Маюни!

— Чего тебе надо, ведьма?! — моментально окрысился остяк и торопливо дважды ударил в бубен. От него на Митаюки накатилась волна недружелюбия. Хорошо хоть, не ненависти.

Раньше шаманенок пленницу убить был готов, из мести за всех людей ненэй ненэць, уничтоженных, порабощенных или отданных на корм менквам колдунами из родов сир-тя. Но теперь, после того как Митаюки, вытаскивая своего мужа из простых казаков в сотники, совершила для ватажников множество добрых дел — остяк девицу просто недолюбливал. Зарезать — не зарежет, спиной поворачиваться можно. Но помощи точно не дождешься.

— Ты чего так, Маюни? — Добродушная казачка, чувств своего малолетнего поклонника не понимающая, поднялась юной сир-тя навстречу и крепко ее обняла, поцеловала в щеку, сглаживая грубость остяка. — Митаюки же к нам с добром.

— Не умеют они с добром, сир-тя проклятые, — угрюмо отозвался шаманенок и опять шлепнул ладонью по бубну. — Будь их воля, все бы уже по ямам сидели. Хорошо хоть, не управиться им с русскими. От и ластятся.

— Зря мечтаешь, следопыт, — усмехнулась Митаюки-нэ. — Чтобы ласититься, у меня муж имеется единственный. Ему верна до конца жизни буду и ни к кому иному даже под пытками не прикоснусь!

— Мягко стелете, ведьмы. — Над острогом прокатился очередной «бум-м-м!». — Ан постели завсегда с шипами ядовитыми.

— Муж не жаловался. — Чародейка присела рядом с белокожей подругой и тоже стала разминать кожу, взявшись с жесткого, еще дальнего края. — Или ты ему, Маюни, завидуешь? Ревнуешь, что не тебе, а Матвею Серьге ложе стелю?

— Вот еще! — аж дернулся остяк и торопливо, с опаской, глянул на казачку. — Ус-нэ тебя во сто крат милее! Лучше рядом с нею просто сидеть, нежели с тобою спать!

— Перестань, Маюни! — теперь уже зарделась от смущения Устинья. — Что ты говоришь?

— А то и говорю! — вскинулся остяк. — Мне уже больше пятнадцати годов, почитай! Охотник я! Могу тебя под защиту взять, коли нужда такая выйдет. И голодной рядом со мной ты никогда не останешься!

И про бубен свой шаманенок забыл, и про нелюбовь к чародейке из рода сир-тя, и про невозмути-

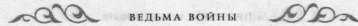 

мость мужскую — про все сразу. Нет, все-таки Устинья была его самой главной слабостью. Вот только как ею воспользоваться? Никакими заговорами, порчей или зельями до казачки не добраться — развеет шаманенок.

Разве токмо самого спровадить, а опосля и за деву взяться...

Митаюки прищурилась, спросила:

— Скажи, следопыт, как долго вам до городов русских добираться пришлось, когда вы летом кость товлынгов там на зелье и одежду теплую меняли?

— А тебе зачем, ведьма? — моментально насторожился юный шаман, хотя за бубен и не схватился. — На наши ладьи порчу кто-то напустил, вот что я тебе о том путешествии скажу!

Чародейка пожала плечами, словно не понимая, о чем он сказывает, и опять поинтересовалась:

— Интересно, коли вдоль берега на закат плыть, на лодке легкой, под парусом, быстро ли добраться можно, просто ли? Коли припасы собирать, так пары мешков вяленой рыбы на путника хватит али мало выйдет?

— Незачем тебе сего знать, сир-тя! — Маюни, быстро становясь прежним, взялся за бубен. — Знаю я вас, колдунов... До земли большой доберетесь, порчу на города напустите, головы людям заморочите... Весь мир вашими подлостями пропадет. Будет и на русских землях, ако здесь: токмо вы да чудища.

— Не хочешь сказывать, и не надобно! — Митаюки сделала вид, что обиделась. Бросила кожу, поднялась, посмотрела на Устинью, поправила ей выбившуюся из-под платка прядь волос: — Хороша ты на диво, казачка русская. Скажи, а по обычаю вашему токмо мужу волосы твои видеть можно али еще кому?

— Коли по обычаю, то мужу одному, — согласилась девушка. — А коли по жизни, так и подругам, и в бане, с кем паришься, видят. Ну и дети, знамо... Коли будут...

Устинья понурилась, стала сильнее растирать шкуру волчатника, придавая ей мягкость. Чародейка же, отступив и бросив на шаманенка недовольный взгляд, отправилась через весь острог к воеводскому дому, толстостенному, рубленному из еловых стволов пятистенку, уже точно зная, что надобно делать, дабы шельмеца укротить.

Здесь Митаюки повезло — Настю, жену атаманскую, она аккурат за кормлением сына застала. Мужчин же никого не имелось. То ли укрепления и посты атаман с сотниками обходил, то ли с дровами помогал, то ли за стругами присматривал, и потому женщина была одна, излучая волны умиления. Почти одна — причмокивающего малыша на ее руках в расчет брать было еще рановато.

— Славный крепыш! — похвалила младенца Митаюки. — Ишь, какой розовощекий! Ручки толстые, сам упитанный, волосики уже растут. Крепкий воин будет, статный и красивый!

— Сплюнь, сглазишь! — торопливо перекрестилась женщина.

— Я порчи не наведу, ты же знаешь, — спокойно ответила юная чародейка и провела обеими ладонями вдоль тела малыша, внимательно прислушиваясь к ощущениям. — Не, все ровно и тепло, провалов

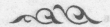 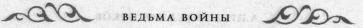

не ощущается. Здоровенький. И сглаза никакого. Хочешь, амулет защитный от наветов и лихоманки сплету?

— Нехорошо это, не по-христиански, — покачала головой юная мать, поправила платок. Юная ведьма ощущала, что в душу подруги просачивается неуверенность. — Грех. Бесовство.

— Так мы отцу Амвросию ничего не скажем, — подмигнула Митаюки женщине.

— Ну, если не сказывать... — еще больше заколебалась Настя.

— Сплету, заговорю, а ты в колыбельку спрячешь. — Чародейка сир-тя отошла к плетенному из толстого лыка коробцу, подвешенному к потолку. Внутри лежал толстый слой мягкого и теплого болотного мха, сверху застеленный серой тряпицей. — Подо мхом никто не увидит.

— Коли не увидит никто... — Женщина прикусила губу, все же не решаясь открыто соглашаться на языческий оберег.

— Зима скоро, — погладила ладонью край колыбельки Митаюки. — Мы здесь от солнца предков далеко, холодно будет. Дитям хорошо бы подстилки из шерсти товлынгов свалять. Шерсть сия от холода зело хорошо спасает. И лечебная она. От половины хворей оберегает. Для малых полезно очень было бы. Их у нас в остроге ныне с полдесятка набирается. Позаботиться надо бы.

Юная чародейка уловила возникшую в сознании атаманской жены волну жалости. И даже поняла, чем она вызвана, ибо ощущала эту эмоцию не в первый раз. Здешние жалели Митаюки за бездетность, муж тревожился за здоровье названой супруги, иные казаки поглядывали с удивлением... Что поделать — дикари пребывали в уверенности, что замужняя баба обязательно должна «понести». И коли пуза нет — стало быть, больная, неладно что-то с женщиной.

Считаться увечной чародейке не хотелось, и она в душе смирилась с тем, что рожать придется. Но момент сей все откладывала и откладывала, надеясь родить не женой сотника в дымном тесном остроге, а супругой вождя в собственном просторном жилье.

Однако, похоже — пора. Еще немного — и вместо удивленных взглядов будут косые, потом пойдут слухи... И все, от пятна не отмажешься. Навсегда болезной считаться будешь.

— Ничего, Митаюки, все хорошо будет, — внезапно утешила ее казачка, словно подслушав тревожные мысли. — Ты еще молодая.

— Да, будет, — рассеянно ответила чародейка. — А шерсть товлынгов зело на пользу острогу нашему пришлась бы. Дитям подстилки, воинам плащи, штаны, малицы теплые, стенам обивка. Товлынги перед зимой линяют, и потому ныне шкуры их особенно теплыми будут. Да и мяса, знамо, с каждого изрядно выходит. Мясо лишнее острогу ведь только на пользу будет? Зима скоро. Реки и море замерзнут, рыбалка кончится. Кушать же токмо сильнее захочется.

— Да, Митаюки, да, — утешающе кивнула Настя. Ребенок, наевшись, отвалился от ее груди. Женщина промокнула его губы мхом, отнесла в колыбель.

— Пойду я... — завистливо вздохнула юная чародейка.

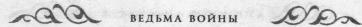 

— Ты заходи, милая, — оглянулась на нее жена атамана. — Поболтаем.

— Зайду, — кивнула Митаюки. — Оберег сплету и приду.

На улице уже наступили сумерки, и почти все обитатели острога собрались в загородке, у длинного пылающего очага. Афоня Прости Господи прочитал молитву, благословляя снятые котлы с мясным варевом, слегка разбавленным найденными на берегу кореньями, луковицами и сушеными травами, — и люди взялись за ложки.

То, что ватага питалась вся вместе, у общего очага, было для Митаюки привычно. В селениях сир-тя тоже весь род за едой собирался вместе. В одиночку, в домах, кушали лишь больные, немочные да иногда — вожди с колдунами, отделяясь ради своих бесед и советов. Странным казалось то, что ватажники не знали разницы между людьми, равно пуская к своим котлам и атамана, и простого ватажника; и русского, и остяка, и пленниц сир-тя, и законных жен. Словно бы и не было меж людьми разницы в происхождении, в родовитости и разноплеменности, разницы меж победителями и побежденными.

Сходив наверх, в спаленку, за ложкой — вместительностью в два кулака, казаки такими пользовались, — Митаюки-нэ зачерпнула варева для себя, нашла взглядом мужа, уселась на длинной лавке рядом с ним, нагло оттерев Кольшу. Казак, впрочем, не противился: как же жену к мужу не пустить?

Чародейка прижалась к Матвею, отхлебнула немного зачерпнутого варева, положила ему голову на плечо:

— Как хорошо, что ты со мной, любый мой, единственный...

Муж молча обнял ее за плечо. Митаюки довольно мурлыкнула, притерлась к нему.

Вечером в загородке было хорошо. В тесном кругу ватага казалась единой, а все — друзьями друг для друга. Плясали языки пламени, лицо грело огнем, а животы — растекающимся внутри варевом. Казаки шутили и смеялись, целовали своих женщин и ласкали пленниц. И что странно — здесь, в общем веселье, даже невольницы не испытывали такого уж большого страдания. Наверное, потому, что были уверены: что бы ни случилось, как бы ни сложилась судьба, как бы ни вели они себя днем, переча старшим или ленясь, однако каждый вечер здесь, в остроге, они найдут крышу над головой, сытный ужин и... И ласку сильного мужчины. Что за жизнь женщине без жарких объятий? Не всем дано, как Митаюки, самой выбрать себе мужа. Но вкусить сладость крепких объятий желает каждая...

— Ты кого хочешь, мальчика или девочку? — подняла глаза на Матвея юная чародейка.

— Чего вдруг спросила? — прервал рассказ о пляшущих бревнах Серьга. Сегодня у него так вышло, что две сухостоины убежать от струга пытались. Как потом оказалось, из-за упругой ветки, затаившейся под бортом.

— Выбрать можешь, любый мой. — Спрятав за пояс опустевшую ложку, Митаюки повернулась и откинулась на спину, положив голову ему на колени и глядя в лицо снизу вверх, пальцем отводя упругую бороду. — Как скажешь, так и будет.

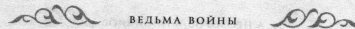

— Что, уже? — Тяжелая ладонь казака скользнула по ее телу, остановилась внизу живота, поверх кухлянки, чуть сжалась.

— Чтобы сие «уже» настало, муж мой драгоценный, стараться надобно, — задорно ответила Митаюки, — а не на завалинке рассиживаться!

Ближайшие воины дружно расхохотались:

— Эк тебя, Матвей! Поддела дикарка-то! Захомутала, своего требует!

— Пожалуй, оставлю я вас ныне, братцы, — поднялся Матвей Серьга и подхватил хрупкую девушку на руки. — Дела.

Казаки развеселились еще больше:

— Всегда бы нам такие заботы! Бедный сотник, ни днем ни ночью роздыха нету! Вот она, жизнь женатая! Даже поесть, и то толком некогда!

Впрочем, смех смехом — а сами ватажники сразу к полонянкам потянулись, дабы тоже на свою долю «работы» сладкой найти.

Матвей Серьга внес девушку в башню, стал подниматься по ступеням. Казак, казалось, не ощущал ее веса — могучий, как трехрог, и столь же несокрушимый. Митаюки видела его в бою, и воспоминание о той схватке, в которой она сделала свой выбор и в которой решалась ее жизнь и судьба, разбудили желание. Обнимая мужа за шею, она подтянулась, зарылась лицом в курчавой бороде, а потом стала целовать губы.

Сотник преодолел последний пролет лестницы, ногой захлопнул люк, опустил жену на закрытую покрывалом копну сена, стал неспешно раздеваться. Митаюки же торопливо скинула кухлянку, откинула в сторону и сзади напрыгнула на мужа, опрокинув на постель. Вывернулась из-под падающего тела, тут же оседлала. Матвей не сопротивлялся. Юная сир-тя уже давно успела приручить могучего дикаря — доказав, что нежные игры доставляют куда больше удовольствия, нежели грубая похоть. Теперь эта непобедимая гора мяса и воинского мастерства покорно отдавалась ее прихотям, не помышляя о сопротивлении.

Шрамы, шрамы, шрамы. Округлые и вытянутые, угловатые и похожие на паутины. Испещренная ранами грудь казака раскрывала всю его суть и судьбу. Прижав ладонями плечи мужчины к постели, юная чародейка стала целовать эти шрамы, словно соприкасаясь с жизнью мужа, — но бедра ее при этом, конечно, лежали на бедрах мужчины и «совершенно случайно» то и дело касались его достоинства, то отодвигая, то прижимаясь — и тут же отдаляясь.

Само собой, плоть ее жертвы не выдержала издевательства, быстро набирая силу, и вскоре Митаюки ощутила попытки плоти пробиться дальше, к вожделенным глубинам. Однако казак еще владел собой, желая просто получить удовольствие. Потому, верная учению девичества, чародейка не поддалась, прикинулась непонятливой, продолжая оглаживать руками грудь Матвея, то сдвигаясь чуть ниже и почти позволяя мужчине добиться своего желания, то вдруг поднимаясь выше, целуя его в глаза или губы, но тем самым ускользая от почти ворвавшейся внутрь горячей плоти и тут же опять соскальзывая, словно поддаваясь.

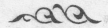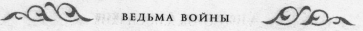

Воина хватило совсем ненадолго. Разгоряченный, раздразненный, раздираемый между близостью и недоступностью, он окончательно ухнулся в пучину страстного желания, аж зарычав от ярости, скинул ее и навалился сверху, прорвав сразу все преграды, заполнив всю, да самого потаенного уголка — если не плотью, то желанием, смял, одолел, покорил. И Митаюки с готовностью сдалась, растворяясь в потоках его любви, отдаваясь целиком и полностью, позволяя мужчине все, чего ему только желалось...

«Пусть будет мальчик... — решила она и раскрыла врата своего лона, позволяя мужу стать властелином даже там, где раньше оберегалась ее последняя тайна. — Пусть будет сын!»

Митаюки закрыла глаза и отпустила из сознания последние мысли, оставляя в себе только сладострастие, жар и желание...

* * *

Утром, после завтрака, казаки собрались неподалеку от ворот, слушая атамана, покивали, разбились на три группы, разошлись. Кто с копьями и пищалями службу нести, кто налегке к ладьям за дровами, а еще полтора десятка мужчин пошагали к острогу. Среди них — Маюни со своим бубном и, увы, Матвей Серьга, на ходу поправляющий широкий пояс с саблей и топориком.

Юная чародейка, довольная собой, пригладила волосы. Она точно знала, что поручил казакам их храбрый воевода Иван Егоров, сын Еремеев. Ибо ночная пташка своего всегда добьется. Сказал атаман казакам, что надо бы на товлынгов поохотиться. Ибо зима скоро, одежда нужна и припасы, а каждый шерстистый слон — это груда мяса, теплая шкура и изрядно шерсти. Надобно хоть несколько штук, да выследить...

А где охота — там без следопыта не обойтись. И поедет Маюни из острога на берег дальний дней на десять самое меньшее, перестав путаться у Митаюки под ногами.

— Но самое главное, все это я сотворила без малейшего колдовства, — похвалила себя чародейка и поспешила навстречу мужу.

— Вот, товлынгов атаман набить задумал, — кивнул подбежавшей супруге Матвей. — К обеду выступаем. Собраться надобно, припасы взять, кулеврину приготовить.

— Ты за старшего? — ревниво спросила Митаюки.

— Я стрелок лучший в ватаге, — безразлично ответил Серьга. — Посему от кулеврины меня отвлекать не след. Силантий старшим пойдет, я же при пищалях и кулеврине буду.

Чародейка прикусила губу, с трудом скрывая злость. Вот оно как бывает: старалась, в десятники мужа вытаскивала, опосля в сотники, атаманом даже на время сделала. Но стоило всего ненадолго его одного оставить — и вот, пожалуйста! Уже обратно в стрелки простые сотоварищи задвинули.

Ну, да ничего. Она вернулась — и атаманство Матвею тоже возвернется.

— Плащ возьми обязательно! — забегая сбоку, потребовала Митаюки. — Холодно там, на берегу,

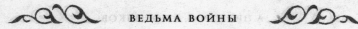 

я точно ведаю. И полога для чумов, дабы под небом открытым не ночевать!

— Не бойся, милая, — поцеловал Серьга заботливую супругу. — Казаки в походах живут, дело привычное. Не пропадем.

Мужчины, конечно же, в первую очередь озаботились копьями, зельем да пищалями. Серьга, с разрешения Ганса Штраубе, сдружившегося с атаманом и ставшего ему правой рукой, выбрал две кулеврины, сняв одну с надвратной башни, а одну — достав из запасов оружейного амбара, самолично выкатил бочонок с порохом и отобрал два десятка ядер, размером с грецкий орех каждое.

Съестными припасами занимался Силантий, прочими хлопотами — Маюни, еще на Каменном поясе прибившийся к ватаге именно как следопыт и охотник, знакомый с местными хитростями.

Люди ватажники, может, и опытные — однако мужу в заплечный мешок Митаюки двух толстых соленых сигов все же засунула. Пусть будут — мало ли что?

К полудню, перекусив напоследок густой рыбьей ухой, охотники погрузились на струги и отвалили от берега. На берегу их провожало несколько женщин. Митаюки, конечно же, до последнего держала Серьгу за руку. Ее подруга по Дому Девичества, Тертятко-нэ — так же тоскливо расставалась со своим молоденьким Ухтымкой. Похоже вели себя еще несколько круглолицых девушек сир-тя, нашедших себе избранников среди иноземцев. К ним Митаюки-нэ относилась с легким презрением. Пленницы, выбравшие себе новую жизнь, в большинстве до сих пор не удосужились выучить речи своих мужей!

Пришла на берег и статная, большеглазая Устинья, провожая своего маленького преданного Маюни. Вроде как в кухлянке, подаренной пареньком, вроде как согласная с тем, чтобы он всегда находился рядом, вроде как грустящая из-за разлуки. Но... Но по-прежнему отчужденная, словно меж ней и остяком стояла тонкая, но прочная ледяная стена. Никаких поцелуев, никаких объятий. Руками соприкоснутся, и то редкость.

— Устинья и следопыт никогда не будут рядом, — отступив подальше от Тертятко, на языке сир-тя сказала Митаюки. — Маюни не способен ее удовлетворить. О прошлом лете Устинья с менквами переспала. Теперь обычный мужчина для нее ничто, с людоедами простому воину не сравниться.

— Да ты что?! — дружно охнули полонянки.

— А то, подруги! У менквов он знаете какой? Обычным мужикам такого даже и не унести! Потому после менквов женщины на своих соплеменников больше уже не смотрят. Хотят еще раз удовольствие, как от менквов, испытать, а воины простые повторить сего не в силах.

— Не может быть!

— Да вы сами у нее спросите, какое это ощущение крепкое: менква могучего в себя допустить! Такое в простой жизни не повторится... — Не обрывая рассказа, Митаюки улыбнулась казачке, помахала рукой отплывающему мужу.

Это было на удивление удобно — говорить так, чтобы тебя понимали лишь те, кому нужно. Теперь

 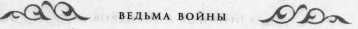

сим дурочкам достаточно память слегка подтереть да любопытство усилить, и откуда слух пошел, полонянки уже не вспомнят. Но сам слух и интерес к постельному приключению казачки у них останется. Где это видано, чтобы девицы подобную историю, да позабыли? Теперича половину зимы обсуждать достоинства менквов станут и то, здорово сие отличие или ужасно.

— Устинья, твой следопыт не сказывал, как долго они охотиться будут? — громко спросила подругу юная чародейка.

— Ден десять полагает, — вздохнула казачка. Видно, уже скучать по поклоннику начала. — Коли не выследят никого, за припасами вернутся и снова поплывут. Мясо перед зимой запасти на ледник надобно. И шкуры зело потребны.

— Долго, — цокнула языком Митаюки. — Кстати, шкуру ты вчера для чего теребенила?

— Сапоги старые вконец истрепались, — опустила глаза вниз казачка. — Новые нужно сшить. Вот, Маюни после охоты недавней шкуру отложил.

— Так давай помогу! Неудобно ведь одной-то, — взяла подругу под локоть юная чародейка и решительно повела к острогу.

Полонянки провожали белокожую женщину изумленными взглядами. Устинья внимательных глаз покамест не замечала, но чародейка знала, что это ненадолго. Женское любопытство — страшная вещь. Особенно если его поддержать наговором, подпиткой эмоции и наводящими подсказками. Но сегодня слух, понятно, разбежится только между своими и до тех, кто говорит по-русски, не доберется.

Шитье сапог — дело несложное. Однако же одному управляться неудобно, а потому помощь подруги Устинья охотно приняла. Вернувшись на двор, казачка достала из мешочка размятую накануне кожу, скинула старую обувку, поставила ногу на край отреза. Митаюки, подобрав возле очага уголек, опустилась перед ней на колени, загнула короткий край спереди, закрывая ступню, а длинный прижала сзади.

— Тебе длинные нужны, милая Ус-нэ, али короткие? — поинтересовалась девушка.

— Почему ты называла меня «Ус-нэ», Митаюки? — вскинула брови казачка.

— Слышала, Маюни тебя так кличет. Забавно звучит, мне понравилось.

— Ну его, придумывает, — отмахнулась Устинья. — До колена отмечай. Выше неудобно будет.

— А чего неудобно-то? Кожа мягкая, следопыт твой не зря выбирал. Обогнем плотно, пришнуруем... Старается для тебя Маюни. Сразу видно, не надышится.

— До колена хватит, — ответила казачка. — Так привычнее.

— Дело твое, Устинья. — Митаюки сделала углем отметку, загнула кожу, обернула ею ногу подруги, покачала головой: — Однако же, любит следопыт тебя, аж завидно. Глаз не отводит.

— Не нужно мне ничего этого, Митаюки! — как отрезала казачка. — Обойдусь без страстей похотливых, накушалась!

— Ножкой-то не топай, красавица, выкройку размажешь! — попросила чародейка.

— Ой, прости. — Добронравная Устинья успокоилась так же быстро, как разгорячилась, и позволила подруге провести линии в местах, где края кожи соприкасались.

Тем временем к ним подошла Тертятко-нэ, присела рядом, спросила на языке сир-тя:

— Скажи, Ми, а правда, что дикарка сия белая такое удовольствие от менквов получила, что теперь на простых мужчин и не смотрит?

«Однако же, быстро молва побежала...» — удивилась чародейка и мотнула головой:

— Не стану я иноземку о таком спрашивать, обидчива больно! — резко ответила она. — Коли узнать хочешь, у ее единокровок белокожих поинтересуйся. Им-то она уж наверняка похвасталась! Вон, у Насти хотя бы. Иди!

Тертятко, еще в Доме Девичества привыкшая повиноваться родовитой подруге, послушно поднялась и зашагала к дому атамана.

— Чего она? — Устинью боги тоже не обделили любопытством.

— Да Настя, жена атаманова, глупость о тебе ляпнула, — небрежно отмахнулась Митаюки. Менять названное имя было уже нельзя. Ведь имена на всех языках звучат обязательно.

— Какую глупость?

— Я и дослушивать не стала. — Чародейка изо всех сил изобразила озабоченность. — Смотри, много тут отрезать придется! Что скажешь?

— Больше одной пары все едино не сшить. Режь, не жалей! Волчатников в лесу много.

— Это верно! Маюни, будет нужно, еще добудет. Он ради тебя даже с трехрогом сразиться не откажется... — опять свернула на нужную тему чародейка.

Главное она уже сделала: дала подруге догадку об источнике будущих слухов. Пусть считает, что это Настя, жена атамана, болтает. Тогда уже точно Устинья помощи ни у атаманши, ни у самого воеводы русского искать не станет. А пока... Пока Митаюки развернула кожу, выдернула из ножен бронзовый клинок, подаренный ей после схватки в кустарнике, и решительными движениями обрезала кожу по угольным линиям.

— Давай, ставь обратно. Примерим.

— Великовато сильно получается, Митаюки.

— Не беспокойся, Ус-нэ. Лишнее подрезать легче, нежели недостающее добавить. Вот сейчас... — Чародейка плотно обернула кожей ногу. — Да, хорошо встает. На полпальца по краю подравняю, и будет в меру. Маюни глаза отвести не сможет. Хороший он парень. Храбрый, смышленый. Тебе с ним повезло...

Между тем небо нахмурилось, в воздухе закружились крупные белые хлопья, немедленно сдутые сильным порывом ветра. Однако небеса не сдались и посыпали на землю редкий, однако крупный дождь, капли которого ощутимо стучали по коже. Обитатели острога засуетились, побежали в стороны, укрываясь кто в башнях, кто в загородке с жарким очагом. Забежали сюда и подруги, уселись на чурбаке у стены, и Митаюки принялась ловко вертеть костяным шилом дырки для сшивки ступни. Устинья тем временем старательно нарезала тончайшие кожаные

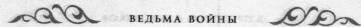 

полоски, которые должны были заменить нить. Не мочалом же липовым сапожки сшивать!

— Василий! — неожиданно вскинула руку Митаюки, поманила вошедшего с тяжелой корзиной каза-ка. — Давно я тебя не видела. Иди сюда! — И чаро-дейка сразу предупредила Устинью: — Это друг вер-ный мужа моего, корабельщик хороший.

— Знаю я кормщика Василия Яросеева, — не по-няла ее пояснений казачка. — Чай, с нашей ватаги.

— Он тоже за припасами на Печору плавал, — проводила воина взглядом юная ведьма. — Может, хоть он чего интересного расскажет, дабы мы за рабо-той не скучали. Любопытно же!

Василий, как и многие воины ватаги, на Митаюки искоса поглядывал, хотя на жену соратника, понятно, не покушался. Однако, раз уж сама позвала, отклик-нулся. Оставил корзину с уловом возле полонянок сир-тя, дабы разбирали, повернул к девушкам:

— Доброго вам дня, красавицы писаные!

— Какой же он добрый, Вась? Дождливый чего-то день, холодный, — пожаловалась Митаюки. — Вот, прячемся. А ты, ведаю, путником себя знатным вы-казал. Давай, расскажи! Как вам на берега восточные плавалось, что видели, как путь нашли, далеко ли до Печоры добираться?

— Путь на деле не такой уж и долгий. Коли с ве-тром попутным идти, так и за неделю добраться можно, — польщенный вниманием, начал расска-зывать кормчий. — Ден пять до устья Печорского да пару дней вверх по реке до острога Пустозерского. Быстро проскочить можно, одна нога здесь, другая там. Однако же не везло нам с самого начала, ровно порчу кто-то навел. Поперва на засаду нарвались, опосля струг на скалы напоролся, потом чуть не заплутали...

Сказителем Яросеев оказался неожиданно неплохим и очень быстро собрал вокруг себя изрядное число слушателей. Да и то слово — скучно в остроге, жизнь однообразная. А тут какое-никакое, а развлечение. Тем паче что и работать оно не мешало. Пластай себе рыбьи тушки али распорки в брюшину мелочи ставь — да слушай. Женщины испуганно охали при упоминании мечущих камни менквов и летающих колдунов, казаки, вороша угли и подтаскивая дрова, покачивали головами. А когда струг с треском напоролся на высунувшуюся из моря скалу, Настя и Олена даже охнули, вскинув ладони к лицу, так повестью увлеклись.

Закончилось все, знамо, хорошо — каждый обитатель острога знал, что домой караван с Печоры вернулся благополучно, привезя и огненное зелье, и ядра к фальконетам, и сукно с полотном для обносившихся казаков, и железо нужное: скобы, топоры, ножи, шила и иголки. Однако поволновались бабы и мужчины всласть, прямо как заживо приключение летнее повторили. И судя по взглядам многих дев, грядущая ночь обещала стать для казака сладкой на удивление.

К концу рассказа Митаюки аккурат управилась с ушивкой сапога — сперва протянув крючком ремешок через приготовленные дырочки, а опосля, уже на ноге Устиньи, туго затянув по месту и закрепив несколькими узлами.

 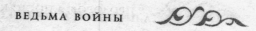

— Скажи, Василь, как кормчий бывалый и опытный, — обратилась она к Яросееву в наступившей тишине. — А человеку неопытному безопасно до Печоры добраться можно? Ну, дабы не заблудиться, не пропасть. На небольшой лодке с парусом получится?

— Так дело нехитрое, — под восхищенными взглядами женщин небрежно пожал плечами ватажник. — Коли вдоль берега недалече идти и при плохой погоде на сушу выбираться да пережидать, так и доплывешь без хлопот особых. Токмо дольше сие получится. Мыслю, не на неделю, а на две, а то и три путь растянется. А ты что, дева Серьгова, никак в Пустозерье податься задумала?

— Ты же его хвалишь? — вскинула густые черные брови Митаюки. — Живется там, по словам твоим, легко и сытно, войны неведомы, земля богата.

— Для тех, кто трудиться готов, земля везде богата, девица красная. А коли муж работящий, так и в доме сытость.

— Ну, лучше мужа мого, Матвея Серьги, в мире не сыскать, с ним не оголодаю, — невозмутимо отрезала юная чародейка. — Коли устанет он в остроге жить, попрошусь по пути, тобой указанном, на Печору сплавать, красоты тамошние посмотреть. Может, и останемся... — Митаюки отмерила паузу, испуская вокруг себя волну умиротворения, делая это чувство столь сильным, как только могла. — Или не останемся. Там ведь не знает нас никто, новую жизнь начинать придется, словно новорожденным. А здесь нам все знакомы, все приятны, к каждому с добром отно-

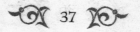

симся, и нас все любят... — И она решительно отмахнулась: — Нет, не поплывем.

Обитатели острога зашевелились, улыбаясь такому выводу. Сотворенное юной чародейкой умиление попало на благодатную почву. Люди посмотрели друг на друга иными глазами, как на близких друзей, почти родичей. Но важным стало то, что причиной для добрых мыслей стали слова Митаюки.

Одна важная для всех фраза, другая, третья. Чем дальше — тем внимательнее слушают, больше верят. Так, из маленьких побед, словно из ступенек бесконечной лестницы, и складывается весомость мнения настоящего вождя.

Учение девичества равно излагают для всех. Но пользуются знанием отчего-то лишь редкие единицы. Эта странность всегда удивляла Митаюки-нэ. Однако чародейка из знатного рода предпочитала удерживать удивление в себе. Ибо намеревалась стать той самой «единицей», что возвысится над прочими. Зачем собственными руками плодить себе соперниц? Пусть остаются ленивой толпой подданных.

Затем был ужин, ночь — и новое утро началось уже с откровенно проливного дождя.

Впрочем, занятые делом ватажники сразу подправили свои планы, сунув приготовленную для завяливания рыбу в густой дым от принесенных влажных веток: горячее копчение тоже неплохо продукты сохраняет, тем паче что ледник имеется. Мужчины занялись конопаткой стен изнутри, дабы зимой не дуло, ну а женщины, понятно, — стиркой грязной одежды, ремонтом чистой. Митаюки же, отведя Устинью, стала кроить по ее ноге второй сапог.

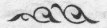

Прочие женщины, проходя мимо, все чаще и чаще бросали на казачку любопытные взгляды. К обеду не выдержала душевных мук щуплотелая Ябтако-нэ, еще совсем недавно впервые вкусившая сладость мужских ласк и потому терзаемая любопытством сильнее прочих. Но, кроме того, уже неплохо говорящая по-русски.

— Прости, уважаемая казачка, — со всем уважением поклонилась прибившаяся к Яшке Вервеню черноволосая полонянка, — дозволь вопрос задать, Устинья уважаемая...

Чуть поодаль собралось еще несколько девушек, языка толком не знающих, но все равно с интересом прислушивающихся.

— Да спрашивай, чего там? — улыбнулась ей добродушная казачка.

— Скажи, уважаемая Устинья, — покосившись на подружек, понизила тон Ябтако-нэ. — Верно ли люди сказывают, что у менквов достоинство столь велико, что познавшая людоеда женщина ни на какого другого воина больше и смотреть не может?

Казачка, успевшая почти забыть давний позор, громко сглотнула и на глазах побледнела.

— А ну, брысь отсюда! — выпрямившись, громко рявкнула Митаюки, одновременно выплеснув на девок чувство веселья.

Старшинство чародейки в ватаге было достаточно велико, чтобы полонянки испуганно прыснули в стороны. А родовая колдовская сила оказалась достаточна, чтобы пробудить в слабых умишках смех, с каковым сир-тя и разбежались.

— Как?.. — Устинья, белая как снег, подавилась словом.

— Милая, милая моя, ты чего... — обняла ее за плечи Митаюки. — Вот дуры-то какие! Нечто Настю подслушали? Пойдем, пойдем отсюда! Жарко тут больно, на берегу все доделаем...

Подхватив шкуру, чародейка быстро вывела подругу из пристройки, потом за ворота. Тут, оказавшись вне людских глаз, Устинья не выдержала и разрыдалась, уткнувшись Митаюки в плечо.

— Как же оно... Почему?! — Больше ничего разборчивого сказать не смогла, сотрясаясь от всхлипов. — К-как?

— Нет-нет, милая... — обняла подругу ведьмочка. — Не убивайся ты так! Ну дуры они, дуры! Чего не придет в голову по малолетству? Пойдем, пойдем к морю. Там ветер соленый, там чайки крикливые. Ветер слезы осушит, чайки плач заглушат. Вместо тебя пусть море плачет, вместо тебя пусть чайки кричат... Ну, полегче? Пойдем, пойдем. Ты посидишь, я тебе сапожок дошью. Пойдем...

Митаюки довела Устинью до самой полосы прибоя, посадила на камень, сама опустилась на гравий, стала раскладывать кожи и инструменты. Казачка все еще продолжала всхлипывать, не в силах сдержаться от обиды и нахлынувших воспоминаний:

— Кто же сказал им такое?!

— Чего только люди про сие не сочиняют, всего не перечислишь, — отмахнулась Митаюки. — Ты, вон, вспомни, что за идолы в храмах воинов стоят! Там уж и вообще... Слов нет. Ну и про людоедов вот тоже всякого придумали...

 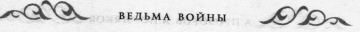

— Господи, как же мне теперь!

— Маюни ведь все знает? — подняла на нее глаза ведьмочка. — Знает и любит все равно, души в тебе не чает. Так чего беспокоишься? Главное, что желанна, обожаема, что есть опереться на кого. А эти дуры... Забудь! Не вечно же тебе в остроге куковать. На новое место переедешь, там никто и не узнает, и не услышит. Будешь... Как это у русских называется? Бо-я-рыня!

— Да какая из меня боярыня, — тяжко вздохнула казачка. — Разве в купчихи выбиться... Так и то с пустыми руками не выйдет. А в холопки продаваться поздно.

— Маюни долю свою в добыче имеет, — напомнила Митаюки. — Маюни любит тебя без памяти, он не предаст. Быть тебе купчихой!

— Никого мне не надо... — опять горько сглотнула Устинья. — Никого более не хочу. В монахини подамся. Постриг приму.

— Теперь шнурки затянем, — не стала вдаваться в незнакомую тему ведьмочка. — Ты посмотри, как сидят! Любо-дорого посмотреть. Маюни от ножек твоих ныне и вовсе взгляда отвести не сможет. Вставай! Ну, как?

Казачка встала с камня, притопнула ногой:

— Руки у тебя золотые, Митаюки! Такой справной обувки и чеботарь городской не сошьет!

— Так хорошему человеку завсегда от души все делается! А от души плохо не скроить.

Довольная Устинья, еще заплаканная, но уже почти успокоившись, обняла ведьмочку, крепко расцеловала:

— Сам бог мне тебя послал, Митаюки! Прямо не знаю, как бы я сама.

— Ты давай, ныне ночью ко мне в башню спать приходи, — позвала казачку Митаюки. — Все едино мужья наши в походе, чего одним мерзнуть? Вместе и теплее выйдет, и поболтаем перед сном... А сапожки-то ты пока сними! Бо кожу тонкую на подошве продерешь. Мы туда вечером несколько слоев на казеин рыбий приклеим, а по краешку пришьем. Тогда уж в обновке и гуляй!

— Да-да, сейчас! — села обратно Устинья. — Так хорошо сидят, снимать жалко!

Она наконец-то улыбнулась. Сняла тонкие и мягкие сапожки с верхней, по обычаю сир-тя, шнуровкой, отдала чародейке, натянула свои истрепанные поршни. Подруги, взявшись за руки, отправились к острогу.

За воротами их встретили десятки глаз — облик Устиньи манил невольниц сир-тя, словно магнит. И мало того, что пялились — так ведь еще и хихикали в кулаки! Казачка сразу потускнела лицом, но Митаюки прикрикнула на полонянок на их языке:

— Нечего к Устинье с вопросами приставать! Не принято у русских о достоинстве мужском с незнакомыми болтать! Хотите узнать чего, к Насте идите, подруге иноземки сей, али к Аврааме, али к иным девам белокожим. Может, она им чего по дружбе старой поведала? А Устинью не троньте, она моя!

Девки сир-тя потупили глаза, однако меж собой продолжали переглядываться и ухмыляться. Хотя на

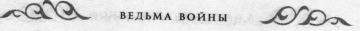

этот раз молодая ведьма навевала на них не веселье, а любопытство.

— Что?! — с тревогой спросила казачка.

— Отчитала я их, дурочек, — обняла Устинью чародейка. — Больше приставать не будут. Не пойму токмо, откуда они про связь твою с менквами проведали? Кто знал о беде твоей?

Казачка прикусила губу...

Понятно, что знали о давнишнем ее позоре лишь старые, верные подруги. Ну, и Митаюки, может, слышала — она в ватаге уже скоро как год. Но Митаюки, подруга лучшая, так жестоко насмехнуться не могла. Да и зачем ей это? Чтобы теперь самой же утешать? Выходит — кто-то из старых подружечек предал.

Мысли Устиньи погрузились в круговорот предположений: кто мог проболтаться? Почему, зачем? А заботливая ведьмочка, усадив казачку в темный уголок под навесом, погладила ее ладонями по коленям:

— Ты сиди, забудь про все... Я тебе сейчас попить принесу, отвара ягодного. Он с кислинкой, взбодрит.

Для ягодного отвара у Митаюки уже были приготовлены бутончики лимонника, листья зверобоя, ломтик корня жизни: травы все сильные и бодрящие, наводящие тревожность почище любых вопросов.

— Десять дней, — прошептала себе под нос юная ведьма, высыпая зелье в горячий ягодный отвар, в кислом вкусе которого любые добавки растворятся без малейшего следа. — Успею с легкостью. Без порчи и заговоров управлюсь, никакой бубен не спасет...

* * *

Охотников дождь застал уже далеко от берега, на полпути к зарослям кустарника.

— До завтра затянется, — принюхавшись и покрутив головой, уверенно заявил Маюни. — Токмо хуже дальше будет. Укрываться надобно, да-а...

Силантий почесал в затылке, но спорить с остяком не стал. Что за смысл следопыта таскать, коли советам его не веришь?

— Привал, — махнул десятник рукой. — Ставьте чумы, зелье и пищали укрывайте, дабы не отмокло!

Казаки бросили волокуши, быстро их разобрали, благо все было на коже да на завязках. Слеги тут же составили в круг, связав верхушки, поверх натянули куски кож черепицей, подвязывая одни только уголки, и через час среди кустарника стоял просторный чум, в котором полтора десятка человек разместились без особого труда. Костра, правда, развести было негде.. Ну да в тесноте и надышать недолго. Тем паче намокнуть никто толком не успел, сушиться не требовалось. А что до еды — то вяленую рыбу и так пожевать можно, не отваривая.

Едва люди спрятались в нехитром походном доме — снаружи зашумело, зашелестело, по шкурам весомо заструились капли.

— Эка мы попали! — забеспокоился Силантий. — Ливень серьезный зарядил. Под таким не поохотишься.

— Вечер польет, ночь польет, день польет. Вечером кончится, да-а... — Маюни пристроил бубен к стене, вытянулся во весь рост на подстилке, готовясь к ожиданию.

— Все следы ливнем смоет, зверя не найдем.

— Не, за товлынгами такая просека остается, ничем не скрыть, да-а... Разве токмо к лету новому зарастает, — успокоил его следопыт. — Они же не просто траву да листья щиплют, прямо с ветками, целиком кусты сжирают. Пока еще после этого новые вытянутся! Так что, воевода, как найдем просеку широкую средь куста, на которой молодая поросль еще не поднялась, то верный знак будет, что товлынги недавно кормились. По просеке повернем и к зверю вскорости выйдем.

— И скоро? — хмуро поинтересовался Матвей Серьга, вытирая кулеврину.

— То уж как повезет, да-а... Может, через день. Может, и через десять.

— Десять туда, десять обратно, — сразу посчитал казак. — Да еще груженые. Одного слона волосатого, даже если на всех раскидать, по паре пудов мяса каждому на горб придется. Намаемся... Верно, не десять дней, а все пятнадцать на обратный путь класть надобно.

— Ты, никак, уже по зазнобе своей соскучился? — хмыкнул Семенко Волк. — По Митаюки-женушке!

— Ну-ка, помолчи! — вскинул палец Силантий. — Матвей верно сказывает. Коли на каждого товлынга по месяцу тратить, мы мясом и шкурами никогда не запасемся. Пока ледник наполним, уже и весна настанет. На что по весне припасы? Там уже и корюшка пойдет, и щука проснется, и семга загуляет. Жри от пуза да жизни радуйся!

— Так что же, не охотиться теперь, десятник? — не понял его Семенко.

— Брать зверя надобно, — задумчиво ответил казак. — Но хорошо бы здесь, у берега. Дабы мясо и шкуры до ладьи таскать ближе.

— Как же его сюда, к берегу, подманить? «Гули-гули-гули» позвать, они и прибегут?

— На «гули-гули», мыслю, не откликнутся, — подал голос Ухтымка. — А коли спугнуть чем, то могут и прибежать. Маюни, товлынги чего боятся?

— Да чего им бояться, махинам таким? — пожал плечами остяк. — Ну, разве менквов. Людоеды на них ведь охотятся, камнями и кольями забивают, да-а... Менквы сильные, они могут.

— А огня боятся?

— Кто его знает? Может статься, и боятся, да-а... Токмо гореть тут нечему. Кусты да болота. Сырое все, да-а... И захочешь, не запалишь.

— Стало быть, нужно менквами прикинуться, — сделал вывод Матвей.

— Ух ты! А как? — спросил Ухтымка.

— Маюни, как? — повернул голову к следопыту Серьга.

— Да-а... — задумался молодой остяк. — Мыслю, надобно стойбище какое найти да подстилки их вонючие вытащить. Неподалеку от товлыгов развернуть, водой попрыскать... Да-а... Запах пойдет, опасаться звери начнут. Голову хорошо бы людоедскую раздобыть да над кустами показывать. Манеру их охоты повторить да крики. Товлынги умные. Коли у них на глазах менквы сородичей убивали, стало быть, из опасного места уйдут, гибели ждать не станут.

— Сие уже дело, — задумчиво огладил бороду Силантий. — Коли товлынгов к берегу подогнать да там

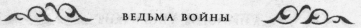

свалить с десяток, то и ледник забьем под завязку, и таскать недалече выйдет. Вот только как найти их, менквов этих мерзких?

— Они сами нас найдут, коли товлынгов выследим, — пожал плечами Маюни. — Менквы ведь тоже по следам слонов волосатых ходят. Но пуще всего мозг человеческий высасывать обожают. Как нас заметят, обязательно забить и сожрать попытаются, про товлынгов забудут.

— Это хорошо, это славно, — тем же задумчивым тоном ответил десятник. — Будем надеяться, что сыщут.

— Оба-на! — изумленно воскликнул Матвей, закончивший обхаживать пушки и развязавший заплечный мешок. — Сиги! Жирные... Не иначе, жена озаботилась. Вечно она обо мне переживает, ровно о дите малом. Ну что, мужики, порежем? Соленое не вяленое, жуется легко. А кому запить хочется, так можно наружу ковш выставить. Там такой ливень, враз до краев полный будет.

Ночь прошла спокойно, под мерный шелест дождя, разогнавшего по норам всех обитателей бескрайней, поросшей кустарником равнины. По этой причине Силантий даже караульных выставлять не стал. Кого в такую погоду на охоту понесет? Наверняка и колдуны на ящерах летучих дома у очагов греются, и менквы в своих костяных чумах сохнут, да и волчатники где-нибудь под корнями зарылись и солнца ждут. В такую погоду токмо ратные люди, бывает, в набеги ходят, дабы врасплох недруга застать. Да и то редко, по большой нужде. Но здесь не война, здесь охота. Нет иных воинов в зарослях, кроме самих казаков.

На рассвете ненадолго развиднелось, и Маюни вылез из чума, стал ходить кругами, слегка приплясывая и стуча в бубен. Но очень скоро вернулся назад и огорченно сообщил:

— Не, не слышит меня старый мудрый Ыттыргын, не его здесь земли. И Нум-Торун не слышит, не отзывается. Совсем чужой я тут, не верят мне духи. Ждать надо. Опять дождь будет. Остановить не получается, да-а... — Молодой шаман забрался на свое ложе и вытянулся на животе, закрыв глаза. А вскоре опять послышался шелест капель по коже собранного из кусочков полога.

Изменить погоду остяк не смог, но хоть с предсказанием не ошибся. Новое утро оказалось ярким, солнечным. Лучи били в южную стену чума с такой силой, что внутри стало жарко, как у костра, а сам полог высох в считаные часы. Воздух над зарослями поднимался влажный, парной и ощущался столь густым — в пору ножом резать. Следопыт засуетился, забегал, выискивая возвышенности, пока наконец не обнаружил одинокий валун и не забрался на него. Немного попрыгав, следопыт вытянул руку:

— Вижу! Там, верстах в пяти! Туда надобно идти!

— А чего там такого? — спросил рябой и лохматый Кудеяр Ручеек, оставивший где-то свою шапку.

— Туман поднимается.

— Ну и что? — не понял молодой казак, возрастом всего года на четыре старше следопыта.

— Видишь, кусты нигде не парят? — развел руками Маюни. — Ветки лучи принимают, внизу тень.

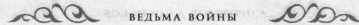 

А коли туман, стало быть, земля от солнца согрелась. Раз греется, выходит, кустов-то нет, съел кто-то. А кто кусты сожрать в здешних местах холодных может?

— А-а-а... — зачесал в затылке молодой казак.

— Маюни, Кудеяр, Семенко! Вперед ступайте, следы искать, — распорядился Силантий. — А мы, как свернемся, следом двинем. Коли ошибетесь, место для нового лагеря ищите и вестника навстречу отправьте.

Но следопыт не промахнулся. Продравшись за два часа на три версты через густой кустарник, казаки внезапно выбрались на широкую открытую поляну, сплошь из низких, в три ладони, ивовых пеньков с относительно свежими сломами. Поляна имела ширину сажен в триста, а в длину уходила в обе стороны чуть ли не до горизонта.

— Куда теперь? — опустив волокушу, спросил первым выбравшийся на прогалину Матвей.

— Должны были метку оставить, — в задумчивости пошел по кругу Силантий. — О, есть! Нашел!

На земле, складываясь в стрелку, лежало несколько свежесрезанных стволиков, указывающих на юг. Охотники повернули туда. Идти стало намного легче, прямо как по проселочной дороге. Если бы не огромные лепешки, лежащие тут и там, так можно было бы и под ноги не смотреть.

Незадолго до сумерек охотники вышли к ручью, перед которым сотоварищей дожидались следопыт и приданные ему в помощь молодые казаки, успевшие собрать окрест сухостой, где какой был, и развести огонь. Так что путников ждал пряный, чуть сладковатый отвар из каких-то найденных остяком трав и горячий костер.

— Не рано остановились? — указал на светлое еще небо Силантий.

— Нет, воевода, — покачал головой Маюни, негромко постукивающий в бубен. После каждого удара он подносил шаманское наследие предков к уху и внимательно слушал. Прямо как совета от натянутой кожи дожидался. — Нет, воевода. Товлынг идет медленно. Он кушает, он кусты скусывает али рвет. Сует в рот, жует долго-долго, снова рвет, опять кушает. Опосля шажок делает и снова скусывает. Медленно идет товлынг. Верста в день — хорошо, да-а... Две версты — прямо бег получается. Куда ему спешить? Вода везде есть, еда везде есть. Спокойно ему, хорошо. Мы за день и десять верст пробежим. Надо, и двадцать сможем. Завтра не догоним, послезавтра настигнем. Да-а... Нет, так на третий день уж точно. Коли тропу нашли, теперича товлынг не уйдет. Спешить станешь, токмо устанешь понапрасну, много не выиграешь, да-а...

— Это тебе предки говорят? — хмыкнул племянник Силантия, юный казак Кудеяр, подбрасывая в огонь еще хвороста.

— Предки мудры, предков слушать надобно, да-а... — негромко нашептал в самый бубен остяк. — Кто тебя всему научил, как не предки, воин Ручеек? Их память — твоя память. Их мудрость — твоя мудрость. Забудешь предков, кем станешь? Ай, тогда и менквы тебя умишком своим превзойдут.

— Что твои предки говорят о дожде, Маюни? — спросил следопыта Силантий.

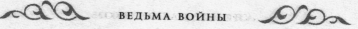

— Сказывают духи, не будет сегодня дождя. И завтра не случится. Третьего дня обещают. Однако же небольшой. Как вчера.

— Ну, коли духи не обманут, свечку им поставлю, — усмехнулся Кудеяр Ручеек.

— Они будут благодарны, — согласно кивнул молодой шаман. — Духам любое внимание приятно.

— Коли дождя не будет, тогда на чум времени тратить не станем, — решил Силантий. — На воздухе поспим. Кудеяр, Силантий! Вы сегодня налегке гуляли, вам дежурить. Остальным ужинать и спать.

Следопыт оказался прав — через день, где-то около полудня, охотники различили впереди величавых мохнатых гигантов, пасущихся в зарослях кустарника. Спешить, догонять их ватажники не стали, остановились на отдых. Пока большинство казаков раскладывали вещи, Маюни, Семенко, Ручеек и Матвей подались в кустарник, нарезали гибких ивовых веток и наскоро, грубо, сплели некие подобия корзин: с такими щелями, что кулак меж веток просунуть можно, плоские и кривоватые. Но главное — размером примерно в половину человеческого роста. Поставленные на тюки и волокуши, укутанные в плащи и шкуры, с насаженными сверху шапками и даже шлемом, они даже вблизи напоминали присевших отдохнуть путников.

Подготовив лагерь, казаки развели огонь, бросили туда подгнивший ствол — обычная ошибка неопытного кострового — и отступили в заросли, залегли там, подкрепляясь вяленой рыбой. Остяк уверил, что ее запах ничего не изменит. От костра с сырыми дровами такая вонь потянется, что остального звери уже не различат. К небу же от стоянки уже шла тонкая сизая дымная струйка.

В тишине и покое многие сытые воины вскоре закемарили. Тем паче что на прогалине все равно ничего не происходило. Следопыт, стараясь не шуметь, пару раз выбирался из своего укрытия, добавлял в очаг хворост, не давая огню погаснуть. И во второй раз опять уронил на угли гнилушку.

— Полагаешь, придут? — тихо спросил его Силантий, когда стало смеркаться.

— Коли есть окрест, явятся обязательно, — прошептал Маюни. — То ведь их стадо, их охотничьи угодья. Как можно не проверить, что за чужаки появились? Может статься, уже пришли даже, да-а... Издалека глянули и ныне судьбу нашу решают... Да-а...

— Поглядывай пока. После полуночи меня разбуди. Коли чего померещится, шум не поднимай, толкни токмо казаков ближних тихонько.

— Не беспокойся, воевода, не сглуплю, — пообещал остяк.

В ночи ветер стих. С неба над головой остро поблескивали звезды, между корней кустарника еле слышно шуршала какая-то мелкая живность, издалека напевно перекрикивались жабы... Которых вроде как по сезону быть давно не должно.

Впрочем, в землях вокруг колдовского солнца многие законы природы путались и переплетались, и время, которое люди считали поздней осенью, для жаб, возможно, казалось очень ранней весной.

В установившейся тиши звуки разлетались невероятно далеко, и даже здесь, с расстояния в несколь-

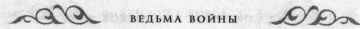

ко верст, можно было различить мерное пыхтение товлынгов, спящих стоя и даже во сне мерно работающих челюстями. А кроме того, слуху становились доступны неразличимые в дневном шуме мягкие шелестящие движения существ, простым смертным невидимых и неощутимых. Однако Маюни был потомственным шаманом и потому присутствие духов замечал, иногда даже различая во мраке белесые облачка, скользящие то над спящими людьми, то вокруг гаснущего костра, возле мертвых фигур из тряпья и шкур.

Больше всего ему сейчас хотелось взять свой бубен, ударить по натянутой коже, испещренной рунами и магическими знаками, донести свой голос до здешних духов, уверить их в своей дружбе, пообещать жертву, испросить совета и помощи...

— Иду-ут... — явственно услышал он из ветвей кустарника. — Бли-изко-о...

Непонятно, предупреждали духи шамана о грядущей опасности или говорили между собой, однако Маюни встрепенулся, насторожился, приподнял голову, оглядываясь и прислушиваясь.

На выеденной мохнатыми слонами прогалине, однако, было тихо и спокойно. Там, на открытом месте, даже света звезд вполне хватало, чтобы заметить любое, даже самое слабое движение.

«Может, еще пару дровин подбросить?» — подумал остяк, приподнимаясь на локтях. И тут — услышал! Слева от спящих казаков, с северной стороны лагеря, протяжно зашелестели ветки. Кто-то очень осторожно, медленно, не ломая кустарника, не наступая на шелестящие травяные кочки, не издавая звуков и почти не дыша, пробирался через ивняк. Это был хороший охотник — днем бы, на ветру, среди криков птиц и чавканья товлынгов его было бы и вовсе не услышать.

Но сейчас...

«Не дураки менквы, открыто по прогалине не пошли. Боялись, что заметят... — сообразил остяк. — Через заросли подбираются...»

Он протянул руку, положил Силантию на рот. Казацкий воевода открыл глаза, кивнул, давая знать, что понял предупреждение. Маюни указал пальцем на север. Силантий удивленно приподнял брови: похоже, ничего не слышал. Тогда остяк пальцами показал, что кто-то идет, и снова ткнул пальцем на север. Теперь Силантий кивнул, опустил руку к сабле — и прикусил губу, не зная, что делать. Поднять тревогу — враг услышит и поймет, что его заметили. Не поднимать — тогда как приготовиться к схватке?

Между тем менквы приближались, причем довольно быстро. Судя по всему, они мыслили точно так же, как люди, собираясь неожиданно выскочить из кустарника на стоянку и перебить застигнутого врасплох врага. И точно так же, как люди, для нападения выбрали ближайшие к костру заросли.

Силантий, дотянувшись до Кудеяра, зажал ему рот. Тот проснулся, замычал. Воевода, сделав круглые глаза, погрозил ему кулаком. Шелест среди кустарника затих — менквы затаились. Паренек тоже замолк.

Стало ясно, что будить сотоварищей нельзя: зашумят спросонок. А ночь тиха, далеко каждый звук разносится.

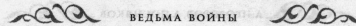 

Людоеды, выждав, снова зашелестели ветвями. Вестимо — решили, что спросонок кто-то бормотал. До них оставалось всего ничего, шагов двадцать.

— Не оставьте меня своей милостью, духи земли и леса, — еле слышно, себе под нос пробормотал Маюни и крепко сжал рукоять лежащего рядом топорика.

Еще чуть-чуть, несколько мгновений... Людоеды вдруг дружно взревели, с громким хаканьем метнули камни, ловко и точно сбивая ими с мест скучающие возле костра чучела, — и ринулись вперед, размахивая дубинами... Прямо по спящим казакам и побежали!

Маюни от вонючей волосатой ноги отклонился, вскочил — с размаху врезал топориком на длинной рукояти менкву по затылку. Выдернуть не успел — бегущий следом людоед врезался в него и сбил с ног, свалившись сверху сам. Гневно зарычал, вцепился зубами в горло, чуть промахнувшись и сдавив ключицу прямо сквозь толстую меховую малицу. Остяк выдернул нож и что есть силы всадил его врагу чуть ниже уха. На лицо паренька хлынула кровь, менкв обмяк... И остался лежать, прижимая Маюни к земле тяжеленной, неподъемной тушей.

Неизвестно, кому оказалось хуже в этой короткой ночной схватке: казакам, проснувшимся от того, что им на ноги, головы, на руки или спины наступил кто-то из злобно ревущих людоедов — или самим людоедам, перед которыми враги выросли внезапно, прямо из-под земли, сразу начиная колоть саблями и рубить топорами. Похоже, что все-таки волосатым зверолюдям — ибо было их чуть больше десятка, и полегли все чуть ли не в один миг, не успев причинить охотникам никакого вреда. Синяки и ушибы да пара сломанных ребер, понятно, не счет.

Растащив тела и освободив следопыта, укладываться воины уже не стали. Разожгли костер, вскипятили воды, заварив в котелке несколько горстей сушеного мяса с солью и пряностями, перекусили — а там уже и небо посветлело.

Маюни, в охрану которого Силантий выделил четырех казаков, сразу ушел по следам зверолюдей. Много света для этого не требовалось, как ни осторожно пробирались менквы, однако проход в кустарнике они промяли изрядный. Примерно с полверсты следопыт и воины шли на север, там тропа повернула на оставшуюся за товлынгами прогалину, пересекла ее и по другую сторону снова врезалась в ивняк. Тут людоеды особо не таились, ветки не раздвигали, а ломали и топтали. По широкой дуге обогнув казачью стоянку, они неожиданно вышли на застарелую, хорошо натоптанную тропу.

Здесь остяк повернул на восток, в сторону от стада мохнатых слонов и оказался прав. Уже через версту люди оказались на берегу прозрачного, весело журчащего ручья, на поляне у которого стоял крытый шкурами товлынгов овальный чум.

— Охотничья стоянка, — с первого взгляда определил Маюни. — Хозяйства никакого нет, следов детских тоже. Вестимо, токмо за добычей сюда приходят. Чего добывают, тем отъедаются, а опосля на главное стойбище остатки уносят.

— Хочешь сказать, нет тут больше никого из людоедов? — уточнил Кудеяр.

 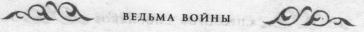

— Не, нету, — мотнул головой молодой шаман. — Сюда надобно перебираться. Сами видите, место удобное.

Силантий следопыта, известно, слушался, доверял. Утвердительно махнул рукой — и к полудню люди перенесли вещи на стоянку уничтоженного врага и сами тоже перебрались, прихватив с собой несколько отрезанных голов и грубо скроенных туник зверолюдей. К этому времени небо стало затягиваться, а вскоре заплакало мелким холодным дождем. Однако добротный чум менквов, сделанный с прицелом на многие сезоны вперед, был намного больше походного дома казаков, имел место для очага и даже запас дров, так что охотники устроились с удобствами.

— Твои духи оказались правы насчет дождя, остяк, — кивнул Силантий. — Надеюсь, не ошиблись и с тем, что завтра он кончится.

— Духи никогда не ошибаются! — весомо ответил Маюни. — Но я спрошу у них еще раз.

Вскоре из чума послышался заунывный гул бубна, к которому вскоре присоединились голоса казаков, затянувших однотонную походную песню.

— Вы казачки-казачки, военнаи лю-юди... Военнаи лю-юди, никто вас не лю-юбит... Военнаи люди, никто вас не лю-юбит... О-о-ой... Полюбила казачка варшавочка-бабочка... Полюбила казачка варшавочка-бабочка... О-о-ой... Взяла его за рученьку, повела в камо-ору... Взяла его за рученьку, повела в камо-ору...

Чего еще делать, скучая на стоянке, кроме как не петь?

Дождь становился все сильнее и сильнее, к ночи превратившись в натуральный потоп. Однако воды на небесах оказалось не так много, чтобы лить как из ведра, и еще до полуночи опять превратился в слабую морось. Впрочем, и ночью, и на следующий день духи сделали еще несколько попыток затопить землю — однако же теперь их усилий хватало совсем ненадолго, на четверть часа самое большее. А к вечеру и вовсе сдались, забрав тучи с неба.

Дальше, наконец, началась сама охота. Но не обычная, с подкрадыванием и точными выстрелами по приглянувшемуся зверю.

Перво-наперво следопыт, собрав самые старые из подстилок в чуме, намочил их и, завернув в шкуру, долго грел на углях, запаривая, а заодно добавляя вони от жженой шерсти. Казаки тем временем насадили людоедовы головы на копья, нашли несколько камней, срубили пару осинок, на ветки которых развесили туники менквов, тоже попрыскав на них для запаха водой.

И началось...

* * *

Стадо старого Горбача было большим, многим другим вожакам на зависть. Горбач был мудр, опытен, осторожен, и потому при встречах с другими стадами товлынгов самки гораздо чаще прибивались к его роду, нежели от него уходили к другим. Три десятка жен ходило за ним по бескрайним кустарникам земли! И еще полтора десятка молодых самцов. Со-

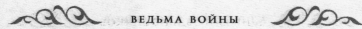 

всем молодых, ибо повзрослевших детей Горбач прогонял, дабы на самок не заглядывались.

Многие из изгнанников потом, конечно, пропадали. Горбач даже знал как — ибо в годы своей молодости тоже был изгнан, тоже скитался в одиночестве и не раз видел, как мохнатые твари большой толпой набрасывались на его сородичей, забрасывая камнями, избивая палками, пытаясь поранить, причиняя боль...

Твари вроде как были мелкими и слабыми, самые высокие оказывались вдвое ниже ростом, даже стоя на задних ногах, — однако злоба и настойчивость брали свое. Обезумев от боли, не зная, куда скрыться, молодые товлынги начинали метаться, пытались то убежать, то затоптать врага — пока не лишались глаз под потоком камней, не попадали ногами в ямы или не напарывались на спрятанный на пути кол.

Горбача эти твари тоже пытались убить, но товлынг вовремя смог постичь самое главное из смертей сородичей: нельзя бояться боли; нельзя бежать там, где не видишь дороги; и нужно беречь глаза. Когда мохнатые твари пытались его осаждать, Горбач не убегал, а отворачивался, подставляя под удары толстый зад и неспешно, величаво отступал на открытое место. Если же видел между собой и врагом открытое место — то сразу кидался вперед, сбивал бивнем и затаптывал. Иногда даже делал это первым, не дожидаясь, пока полетят камни.

Когда твари понимали, что сбить добычу на бег, загнать в неудобное место или заманить на спрятанный кол не получается — они обычно отставали, искали кого поглупее, менее опытного. А после того как число затоптанных перевалило за десятки — стали, похоже, узнавать Горбача и сторониться.

Годы текли, товлынг рос и крепчал. Бивни его стали такими могучими и грозными, что любое дерево в зарослях Горбач мог перешибить одним ударом. На спине накопился горб размером с крупного детеныша, шерсть из сочно-рыжей стала темно-красной с крупными седыми прядями, да и сам товлынг превышал ростом мохнатых тварей уже не вдвое, а почти в три раза.

Однажды во время скитаний он встретил стадо своих сородичей. Аромат самок дразнил товлынга и манил, будя незнакомые желания. Горбач, как бывало уже много раз, поддался желанию, пошел на запах. Вожак, как бывало уже много раз, двинулся ему навстречу, чтобы прогнать, — и Горбач отвернул, не доводя до драки. Однако вскоре он обнаружил, что одна из самок повернула за ним следом.

Так началась новая жизнь Горбача. Жизнь вожака. Он умел искать сытные пастбища, он умел чувствовать приближение опасности, он не боялся тварей и умел их убивать. Он знал, как защитить своих самок и детей, — и другие товлынги словно чувствовали это, все чаще и чаще переходя в его семью.

Нет, конечно, и у Горбача случались неудачи, и от его стада мохнатым тварям тоже удавалось отбивать самок или малышей, чтобы потом замучить и сожрать, — однако это случалось намного реже, нежели у других вожаков.

Горбач умел быть осторожным и потому сразу остановился, учуяв запах паленой шерсти и прогорклого жира. Твари знались с огнем и нередко ходили

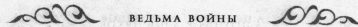 

с подпалинами, они жрали мясо, пачкаясь жиром, который протухал прямо на их животах. Это был тот самый запах — запах смерти, и многоопытный товлынг поднял голову, осматривая окрестности. И очень скоро заметил две головы, таящиеся среди кустов. А в стороне увидел еще одну тварь, что кралась совсем близко, всего в паре бросков.

Но как ни велик был соблазн затоптать опасного врага, Горбач не метнулся к нему через заросли — ведь там, на его пути, мог притаиться остро отточенный кол. Наоборот, он отступил, попятился, отходя на прогалину, на открытое место, готовый немедленно вступиться за крайних самок, — твари всегда стремились отбить самых дальних.

И вдруг — самый сильный, невыносимо гнусный запах гнили и жженых волос потянулся слева. И там же мелькнули головы, шкуры — чтобы тут же исчезнуть, затаиться.

Горбач решительно направился туда. Если не спешить, смотреть, куда идешь, напороться на кол невозможно. Даже если не заметишь острия — все едино шкуры оно не порвет, толкнет только, и все.

Однако стоило углубиться в кустарник — навстречу сразу с нескольких сторон полетели камни. И хотя Горбач не боялся боли, да и удары были на удивление слабыми, товлынг сразу вспомнил о главной опасности — нужно беречь глаза. Камни должны лететь в зад, а не в голову. Посему самец попятился, вышел обратно на прогалину, развернулся.

Из зарослей опять пахнуло — с одной стороны, потом с другой. Шкуры тварей проглядывали впереди, сразу в двух местах, их головы мелькали слева, что-то потрескивало вдалеке. Все это было странно, необычно. Раньше твари никогда так себя не вели. Раньше они крались, кидались на кого-то из крайних товлынгов, а если удавалось — то на малыша; закидывали камнями, били, кололи, отгоняли, заставляли бежать прочь от боли и опасности, но главное — от стада. И если Горбач не успевал, если несчастная убегала слишком далеко или сворачивала в заросли — добыча доставалась тварям. Ведь вожак не может оставлять свою семью. Побежишь спасать одного — за это время отобьют двух-трех других.

Однако в этот раз твари вели себя иначе. Неправильно. Непривычно. И их было слишком много. А все странное тревожило осторожного товлынга. Когда вокруг происходит что-то необычное — Горбач не знал, как правильно себя вести. И самое мудрое в таком случае — это просто уйти. Продолжить путь через вкусный, сытный кустарник там, где мир снова станет обычным. Таким, как всегда.

Горбач вскинул хобот и громко затрубил, подзывая к себе семью. А затем повел их по прогалине на север как можно быстрее, следя лишь за тем, чтобы не отставали самые младшие.

* * *

Егорка, атаманов сын, беспокойства матери почти не доставлял. Иногда, бывало, крепило, не без этого, иногда плакать во сне начинал. Но Настя быстро нашла палочку-выручалочку. Стоило позвать Мита-юки — как та быстро веселила малыша, массировала животик, играла. Либо заваривала для Насти отвары,

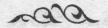 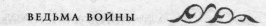

после которых Егор спал крепко и долго, до утра. Да и мама при этом, понятно, тоже хорошо отдыхала.

— Прямо не знаю, что бы без тебя делала, — признала Настя, когда недавняя полонянка, дикарка из леса, с помощью обычной соломинки избавила ее сына от боли в животике и вернула хорошее настроение. — Не знаю, как и отблагодарить!

— Мы же здесь все одна семья большая, — улыбнулась в ответ юная шаманка. — Помогать должны друг другу, поддерживать всячески.

— Но все же... Может, тебе чего хочется, а я не знаю.

— Да все хорошо, не беспокойся! — Чародейка передала малыша маме. И после короткой заминки поинтересовалась: — Скажи, Настя, а это ты полонянкам об Устинье рассказала?

— Ну вот, и ты туда же! — покачала головой атаманова жена, относя дитятку к колыбели. — Ничего я им не сказывала! Скорее, это они меня донимают. Знать хотят, не делилась ли Устинья удовольствием от сего богомерзкого сожительства? А по мне, так токмо грязь это и мерзость! Я помню, она из-за сего чуть руки на себя не наложила. Вон, токмо-токмо в себя приходить начала.

— А полонянки бают, ты сказывала им, со слов Устиньи, что любовь людоедов сих хоть и страшна, но сильна очень и незабываема. Такую страсть в их объятиях испытываешь, что с мужиком обычным и не повторить. Ну и достоинство у них тоже... Несравнимо...

— Навет сие, Митаюки! — отмахнулась Настя. — Не от меня о сем проведали, иной кто-то сболтнул.

— Значит, все-таки хвасталась? — поймала атаманову жену на слове юная шаманка. — Что наслаждение неописуемое, что на простого воина теперича ни за что не обменяет?

— Нет, не говорила... — Старания Митаюки, напускающей на Настю волны любопытства, сделали свое, и молодая мама слухом наконец-то заинтересовалась: — А что, правда такое... изрядное... отличие?

— Яркое... Сочное... Незабываемое... — старательно вложила в голову атаманской жены чародейка. — Да разве нам понять? То ее спрашивать надобно.

— Яркое... Незабываемое... — невольно повторила Настя. — А чего это Устинью на дворе ныне не видно? Раньше всегда либо на берегу, либо во дворе встречалась, а последние дни чего-то и не упомню.

— Я ее к себе в светелку спрятала, — ответила Митаюки. — Матвей ныне на охоте, вот и приютила. Подруги мы или нет? Дуры эти малые, из полона, совсем расспросами ее замучили. Хотят в подробностях об удовольствиях великих услышать, что женщина токмо от менква познать способна.

Это было правдой только наполовину. Полонянки сир-тя не могли донимать казачку вопросами. Просто потому, что языка в большинстве не знали. А кто и знал — того шаманка решительно отгоняла. Однако и просто косые взгляды, старательно укрываемые усмешки, а порой и откровенные жесты, которые делали девки издалека, когда надеялись, что их не заметят, — все это постоянно донимало Устинью. И на люди она теперь и вправду старалась не показываться.

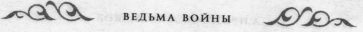

Митаюки утешала казачку как могла, обнимала, утирала слезы, убаюкивала в объятиях:

— Плюнь, забудь! На меня вон посмотри. Меня тоже поначалу кто только не насиловал... Но Матвей, любовь моя, меня в жены взял, и ныне уважаема я всеми, и не припоминает никто. У тебя же Маюни есть, каковой знает все, однако же все едино любит без памяти. За ним как за каменной стеной будешь. Коли не желаешь дурочек видеть сих, так он тебя заберет, да и увезет туда, где о вас даже духи небесные, и то ничего знать не будут. И пойми ты, подруженька моя. Девки ведь эти не смеются над тобой. Они тебе завидуют! Ибо испытать того же, что тебе довелось, никому более не дано. Вот и бесятся!

А еще шаманка отпаивала Устинью отварами. Зверобой, лимонник, корень жизни. Травки все бодрящие, любые эмоции усиливающие, нервозность повышающие. Где дикарке иноземной понять, что за вкус у отвара в ковше и как он на нее подействует? К травам же эмоции нужные добавляла. Тоски и полной безысходности, отчаяния и стыда. Хотя этого добра у казачки и у самой хватало. Внимательной Митаюки оставалось только эмоции девы ловить, усиливать, как можно, да обратно в сознание направлять. Когда человека обнимаешь, к себе прижимаешь, по голове гладишь — чувствами его играть самое милое дело...

Как ни отсиживалась Устинья в комнате башни — однако же выходить из нее приходилось. Отворачиваясь, пряча лицо, глядя себе под ноги — и все равно слыша, чувствуя усмешки. Еду и питье Митаюки последние два дня носила подруге в ее «келью» — но сходить по нужде вместо Устиньи при всем желании не могла.

Вот и в этот раз Устинья, занятая вычесыванием уже растрепанных крапивных волокон, крепилась, сколько могла. Лишь когда стало уж вовсе невмоготу, отложила работу, повязалась платком, спрятав лицо как можно глубже меж выступающими краями, спустилась вниз. Опустив голову, быстрым шагом скользнула вдоль стены, выбежала из ворот, быстрым шагом устремилась на прикрытый плетнем мысок, присела там.

Место это было проветриваемое, в прилив окатывалось волнами, а потому и запах до крепости не долетал, и убирать ничего не требовалось — море само все убирало.

Почти сразу вслед за Устиньей сюда же пришла атаманова жена Настя, устроилась неподалеку, повернувшись спиной, однако поздоровалась:

— Доброго тебе дня, Устинья! Что-то давно я тебя не видела.

— И тебе здоровья, Настя, — ответила та.

Они замолчали. Все же не лучшее место для дружеской болтовни. И в этой тишине в памяти внезапно встретившей подругу Насти сразу всплыли все те россказни, что последние дни окружали имя Устиньи. Всплыли и прочно засели, разжигая тщательно выпестованное любопытство. Вопрос-то и без того всем всегда интересный... А когда его по пять раз на дню то тут, то там поминают — трудно из головы выгнать.

И, уже вставая, молодая женщина не удержалась, повернула голову к подруге и спросила:

 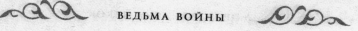

— Устинья... Только между нами, я никому не скажу... Нечто и вправду менквы в любви любого мужика превосходят?

Девушку словно окатило кипятком, тут же бросило в холод и снова в жар.

— Да будь ты проклята!!! — вскочила Устинья и бросилась бежать.

Молодую женщину кольнула совесть. Настя поняла, что своим безобидным вопросом задела подругу. Однако нагнать ее по понятным причинам атаманова жена не могла и пошла извиняться только через пару минут. Заглянула в башню, громко позвала:

— Устинья, ты здесь?!

— Нет ее, отлучилась, — выглянула вниз Митаюки.

— А чего, не вернулась? Вроде как раньше меня ушла.

— Откуда? — Чародейка отложила ленты вычесанного волокна, стала спускаться вниз.

— Там, на мысу встретились, — махнула рукой Настя. — Одни были. Ну, я любопытства и не сдержала. Не услышал бы ведь никто! Чего ей, трудно сказать было? Ну, сказала бы «нет!», коли слухи пустые. Или «мерзость». Я ведь подробностей не испрашивала!

— Я поищу, Настенька, не беспокойся. — Митаюки мимоходом обняла атаманову жену, вместо дружеского поцелуя коснувшись щеки щекой, торопливо пошла к воротам, а снаружи сорвалась на бег, устремившись к отмели с маленькими, отбитыми у колдунов лодками, которыми казаки почти не пользовались. Снасти проверить рыболовные, что на реке и нескольких отмелях стояли, ватажникам и одной хватало. А челнов, лодок и однодревок казаки у сиртя уже с десяток навоевать успели.

Молодая шаманка прошла вдоль ряда посудин и быстро нашла просвет между двумя берестяными челноками. От лежащей здесь недавно лодки еще оставался след — широкая вмятина, смазанная в сторону воды. Туда, куда ее сталкивали.

— Вот дура! — раздраженно сплюнула ведьма. — С Маюни нужно было уплывать, с Маюни!!! Уговорить шаманенка бросить острог, забрать долю его и в Пустозерье переселиться! Одна-то зачем?! Теперь пропадешь. Ни тебе удовольствия, ни мне пользы... — Юная чародейка вздохнула и повернула к острогу, разочарованно махнув рукой: — Обидно-то как... Шесть дней стараний прахом пошло...

* * *

Товлынгов казаки гнали очень осторожно, стараясь слишком уж не пугать, дабы не разбежались или не умчались неведомо куда. Приносили подстилки и туники, разворачивали. Когда стадо приходило в движение — затаивались на несколько часов, чтобы потом дать себя заметить снова. И при том — держались всегда с восточной стороны. Высокий, как скала, и седовласый, подобно ледяному торосу, вожак трижды отводил свое стадо от опасности, а когда неприятные запахи перестали-таки его беспокоить — повернул на запад, прокладывая новую просеку точно в направлении далекого пока еще острога.

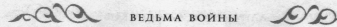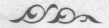

Казаки на время затаились, дабы не спугнуть, после чего Маюни и семеро казаков остались присматривать за зверьми, а остальные, во главе с Силантием и Матвеем, собрали снаряжение, обогнули мохнатых слонов через заросли далеко стороной и вышли к месту самой первой стоянки, в полупереходе от берега. Зарядили пищали, кулеврины — и стали ждать.

Оголодавшие за время бегства товлынги на новом месте стали отъедаться куда жаднее, чем ранее, проходя за день не версту, а целых две, а то и более. За четыре дня они дошли почти до самой засады, и тут вожак то ли ощутил неладное, то ли ему не понравился запах близкого моря — но стадо стало все сильнее и сильнее забирать влево, к югу.

Пришлось охотникам бросать все и с двумя только кулевринами пробираться наперерез. Пушки весили по пять пудов каждая, быстро не побегаешь. Да еще через густые кустарники.

— Ладно, стой! — задыхаясь, дал отмашку Матвей Серьга, когда до стада оставалось всего с полверсты. — Мы так, бегая, токмо ноги переломаем. Отсель будем стрелять. Снимай стволы, складывай слеги!

— А не далеко? — с недоверием спросил Силантий.

— В муху не попаду. Да токмо товлынги сии не мухи. Одна башка с лошадиную задницу.

Казаки споро разобрали волокуши. Две жердины положили поперек, чтобы поднять кулеврину на нужную для выстрела высоту. Две сверху — вдоль, чтобы упирались в землю. А то ведь у кулеврины отдача такая, что и четверых с ног собьет. Силантий запалил фитиль, Матвей зацепил ствол опорным гаком[1] за торцы слег:

— Поднимай!

Казаки, взявшись за концы поперечных жердин, вскинули оружие на высоту человеческого роста. Отсюда, среди качающихся макушек густого ивняка, уже хорошо различались пасущиеся вдалеке огромные животные. Серьга встал за стволом. Прищурившись, нацелился по кулеврине в лоб жующего ветви товлынга, а затем, прикинув расстояние, точно так же, на глазок, из опыта, опустил казенник, придавая нужное возвышение.

— Поджигай!

Силантий тут же ткнул фитилем в запальное отверстие. Оглушительно жахнул выстрел, над кустарниками растеклось белое облако. Отдача зарыла торцы жердин на половину локтя в мшистый галечный грунт, заставила казаков покачнуться — но, в общем, самодельный лафет испытание сдюжил.

— Силантий! Помогай... — Горячий дымящийся ствол Матвей скинул на землю сам, вдвоем с сотоварищем они подняли на его место второй, заряженный, и Серьга опять припал к прицелу, вылавливая кончиком кулеврины голову другого товлынга. Облизнул от старательности губы, кивнул: — Пали!

---

[1] Г а к — самое древнее противооткатное устройство. На многих первых «огнестрелах» снизу под стволом мастера делали штырь или крюк, «гак». Этим гаком перед выстрелом воин цеплялся за край стены, борт, балку — и отдача передавалась на выбранную опору. Отсюда и название «гаковница»: ствол с гаком.

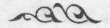 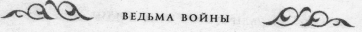
Новый выстрел снова плюнул дымом, у казаков заложило уши — а Матвей уже стоял на коленях перед первой пушкой, торопливо пробанивая ствол от тлеющих остатков заряда, засыпал туда новую порцию огненного зелья, пробил пыжом до упора, закатил ядро, закрепил вторым пыжом, добавил порох в запальное отверстие.

— Силантий, помогай!

Вдвоем они закинули пушку на слеги, Матвей рванул ее к себе, надежно цепляя гаком за край, навел в цель...

— Поджигай!

Третий выстрел... Четвертый... Пятый... Облако над кустарником становилось все гуще и гуще. И хотя теперь, из-за перезарядки, между выстрелами проходило довольно много времени, развеять дым полностью ветер не успевал. Однако многоопытный Серьга каким-то шестым чувством все же угадывал цель и наводил на нее свое тяжеленное оружие:

— Есть, пали!

Силантий подскочил, ткнул фитилем в запальник — и оглушительный выстрел слился с не менее громким треском. Обе слеги, принимающие отдачу, переломились: одна пополам, а вторая и вовсе расщепилась вдоль, превратившись в верхней части в настоящие лохмотья.

— Кажется, отстрелялись, — сделал вывод десятник. — Что же, на все божья воля. Пошли посмотрим, какую меру добычи всевышний нам ныне определил?

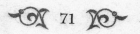

* * *

Услышав гром, Горбач ничуть не испугался. Гроз в своей жизни он повидал несчитано, и еще ни разу ничего опасного при сем не случалось. Странным было лишь то, что небо загрохотало при ясной погоде. Обычно гром сопровождался дождем, причем проливным. Посему могучий вожак поднял голову и тут же услышал упругий до болезненности звук снова. А еще он заметил появившееся среди кустов белое облако... Но было оно настолько далеко, что беспокоиться не стоило. Что бы это ни было — его семье оно навредить не способно.

Тут Горбача отвлекло куда более важное событие: Рыжана, самая первая его подруга, вдруг упала и перестала шевелиться. А потом рядом с нею рухнула возмужавшая Травница. Вожак приблизился и с удивлением увидел у обеих на голове кровавые пятна. Это было странно, ибо товлынги иногда слабели и умирали — увы, с этим приходилось мириться. Но они никогда не истекали кровью. Кровью истекают от ран!

Внезапно жалобно заскулила Зеленуха, качнулась, сделала несколько шагов в сторону и свалилась в кустарник. И тоже — на ее голове появилось кровавое пятно. Это было странно, непонятно. Такого мудрый Горбач еще никогда не видел.

Послышался грохот — и с ног повалилась еще одна из его подруг.

У Горбача зародилось подозрение, что грохот и смерть как-то связаны, но... Но размышлять над этим было некогда. Если где-то случается что-то

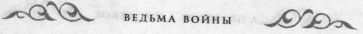

опасное — это место нужно скорее покидать, а не тратить время на долгие думы. Вожак тревожно затрубил и повернул по просеке прочь. Над кустарником прокатился новый оглушительный гром — и еще одна самка, резко остановившись, закачалась, припала на передние ноги, потом на задние, свалилась на бок.

Горбач перешел на мерный бег. Прочь, прочь из этого места! Виноват во всем, похоже, гром... Но все равно — прочь! Ибо нигде более ничего похожего не происходит.

* * *

Продравшись через кустарник к проеденной волосатыми слонами просеке, казаки покачали головой от восхищения:

— Ну, ты даешь, Матвей! Глаз-алмаз. Шесть выстрелов, шесть туш! Да еще через дым!

— Ух ты! А самый большой, однако, ушел, — не удержался от попрека Ухтымка.

— Старый он, — скривился Серьга. — Мясо жесткое.

Оправдывался он так или вправду специально по вожаку стрелять не стал, никто не понял. Во всяком случае, на лице казака не дрогнул ни один мускул.

— Так, хватит стоять! — спохватился Силантий. — Не для того мясо добывали, чтобы оно тут затухло. Давайте быстро свежевать, резать и к стругам таскать. На шесть туш нашего запаса соли не хватит, так что еще сегодня до ночи все на леднике быть должно! Шевелись, шевелись, служивые! Не простаиваем!

* * *

Пушечный выстрел расслышали даже в остроге. Скучающий в дозоре на прибрежной башне Василий Бескарманный сразу повернул голову на звук, подобрался, подтянул прислоненную к зубцу рогатину. А когда хлопнул второй выстрел, смог различить даже далекий дымок. Перебежав башню, он заложил пальцы в рот и залихватски свистнул, крикнул во двор:

— Эй, бабоньки, атамана кличьте! Неладное что-то на берегу.

Впрочем, разбойничий посвист был слышен во всех уголках острова, и воевода Иван Егоров в сопровождении неизменного немца сам поднялся из подклети, увидел призывный взмах караульного, быстро взметнулся наверх, отрывисто потребовал:

— Сказывай!

— Вон, пелена у горизонта над кустами, видите?

— Вроде как туман какой-то стелется... — пожал плечами Ганс Штраубе.

И тут, как по заказу, над кустарником появился очередной плотный белесый клуб, а спустя некоторое время докатился и гром пушечного выстрела.

— Святая Бригитта, неужели еще ватага какая сюда забрела? — перекрестился рукоятью стилета немец.

— Или охотники наши зверя бьют, — куда более спокойно поправил его атаман.

— Из пушек? На каждой перезарядке? — С берега докатился еще один выстрел, и Штраубе вскинул палец: — О, слыхал? Как от татарской кавалерии отбиваются!

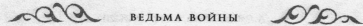 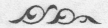

— Проверить в любом случае не помешает, — кивнул Егоров. — Собирай всех свободных казаков и туда отправляйся.

— Слушаю, атаман! — Немец с грохотом скатился вниз по ступеням.

— Ганс!!! — спохватившись, крикнул ему вслед воевода, но сотник его уже не услышал. Атаман подумал и махнул рукой: — Ладно, сам припасы наверх подниму. Там лишние клинки будут нужнее.

Вскоре два струга, полные вооруженных людей, отвалили от острова. А атаман, готовясь к возможной обороне, прошелся по башням и поднял наверх, к караульным, бочонки с зельем и жребием к кулевринам и по паре пищалей. Караульных на это отвлекать не полагалось. Караульный за подступами к стенам наблюдать обязан, а не оружие тягать.

Теперь, когда в остроге имелись в достатке и порох, и пули, за укрепление воевода особо не волновался. Тем крепости и хороши, что их даже несколько человек способны супротив тысяч оборонить. Куда больше Ивана Егорова беспокоило возможное появление других охотников за колдовским золотом. Ни ему самому, ни его ватажникам делиться добычей очень не хотелось.

В неизвестности, с готовыми к бою пищалями и кулевринами острог провел несколько тревожных часов — а потом к берегу стали подваливать тяжело груженные струги, кровавые от свежего парного мяса.

— Открывай подклети, хозяева! — закричали усталые, но веселые казаки, спрыгивая на пляж и выволакивая свои корабли. — Корзины для добра тащи да бочонки с солью выкатывай!

На острове закипела работа, в которую пришлось включиться всем, и мужчинам и женщинам. Разобрав все корзины, мешки и ведра, что были в крепости, люди нагружали их крупными кусками присыпанного солью мяса, тащили их в ворота и вниз, выгружали там на оплывшие за лето куски льда, после чего тут же спешили обратно, чтобы снова нагрузиться и пуститься в обратный путь. Работа была нудной и тяжелой, но никто не роптал. Все знали, что этим мясом они будут питаться все долгие холодные месяцы и чем больше запасут — тем сытнее доведется зимовать.

В первый струг загрузили все бочонки с солью, что имелись в запасе — и он отплыл обратно в залив, второй отправился следом уже налегке. Тем временем к берегу приткнулся третий — и к нему тоже выстроилась череда баб с лукошками и ведрами. Мужики-то в большинстве на берег ушли, там разделкой и погрузкой занимались.

Потом был четвертый струг, и пятый, и шестой. Ночь выдалась ясной, лунной, и потому работа продолжалась и на острове, и на берегу. Только на рассвете, уже после третьей ходки, струги наконец вернулись домой, торжественно выгрузив один за другим двенадцать свежих бивней, а сверх того — шесть огромных мохнатых шкур, каждой из которых можно было накрыть любой струг целиком, да еще и края до воды свешиваться будут.

— Гуляем! — решил атаман Егоров, понимая, что после такого напряжения людям нужен отдых. — Ганс, бочонки с брагой у нас еще остались? Тащи все! После такой охоты и повеселиться не грех!

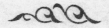 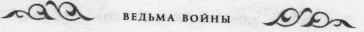

— Ура-а!!! Любо атаману! Гуляем! — оживились ватажники.

— Может, пусть лучше сперва выспятся? — с сомнением переспросил немец. — Они же с устатку по паре ковшей выпьют, да и сомлеют!

— Вот пусть выпьют, да и отсыпаются, — так же тихо парировал атаман. — С хорошим настроением, да побыстрее...

— Понял, герр атаман, — кивнул Штраубе. — Сей минут исполним.

Вскоре крупные темно-красные куски товлынгова мяса, нанизанные на длинные вертелы, уже жарились у длинных очагов, роняя на угли капли янтарного жира, тут же вспыхивающие синими огоньками, источая сочный едкий аромат, покрываясь шипящей коричневатой корочкой. Казаки и полонянки, смеясь, по очереди черпали сладкую пенистую брагу из трех бочонков, поставленных у стены внутри загородки.

Посреди этого веселья только Маюни бродил с тревогой во взгляде, заглядывая в лица пирующих ватажников, заворачивая в двери башен, пристроек. Когда он направился к люку в подклеть, его нагнала Митаюки, положила руку на плечо.

Шаманенок развернулся, поморщился, отступил на шаг:

— Чего тебе надобно, ведьма?

— Перемолвиться хочу.

— Не о чем мне с тобой говорить, отродье трупное!

— Вот как? — Юная чародейка прикусила губу. — Ну и пропади ты пропадом! Сам Устинью свою ищи!

— Что-о?! Стой, ведьма! — кинулся к Митаюки остяк. — Что ты с ней сделала?!

— Не я сделала. Это Настя, жена атаманова, про нее слух дурной пустила. Вот Устинья и не снесла...

— Ты лжешь, проклятая ведьма!!! — ткнув в нее пальцем, с ненавистью прошипел Маюни. — Твой язык есть гниль навозная, твои речи поганы, как тухлые потроха, в каждом слове твоем вонь и мерзость!

— Я с радостью стерла бы тебя в порошок, грязный, вонючий, тупой дикарь! — так же зло ответила чародейка. — Раздавила бы, как опарыша в лепешке спинокрыла, брезгливо, но без труда. Лишь из-за подруги своей и терплю. А сейчас она из-за Настьки в море сбежала, в Пустозерск на лодке поплыла.

— Как... — побелел от ужаса остяк. — Она же сгинет!

— А я тебе про что, тупая отрыжка нуера?! — влепила ему пощечину Митаюки. — Очнись! Спасать Устинью надобно, пока далеко не ушла! Василь Яросеев дорогу объяснял, так сказывал, вдоль берега идти надобно и на ночь там останавливаться. Мыслю, так она и поступит. Четыре дня тому отплыла! Руки бабьи слабые, плыть будет медленно. Ты меня слышишь, шаманенок? Маюни, очнись! Ты меня слышишь?!

Паренек, глядя по сторонам шальным, потусторонним взглядом, провел кончиками пальцев по подбородку, потом вдруг сорвался с места и побежал. Ни оплеухи, ни слов чародейки он, похоже, даже не заметил.

Митаюки не спеша пошла следом, и когда вышла из острога, шаманенок уже вовсю рыскал по стругам. Залез в один, другой. Что-то взял, что-то сдвинул,

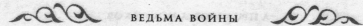 

что-то переложил. Подобрал какой-то куль, схватил под мышку скатку. Добежал до челнока, погрузил в него, вернулся, забрал еще мешок, отнес к челноку, столкнул на воду, сел на корму и решительно заработал веслом, быстро рассекая сверкающую утреннюю гладь моря.

Легкая лодка уходила все дальше и дальше, и расходящиеся от кормы волны терялись в морском просторе, растворяя в нем самую память о шустром и крикливом, а ныне бесследно исчезнувшем из острога шаманенке...

— Ты избавилась от своего самого опасного врага, дитя мое, и тебе даже не потребовалось использовать силу нашей колдовской мудрости, — услышала Митаюки присвистывающий шепот. — Хвалю, это испытание ты прошла достойно. Теперь я с гордостью назову тебя своей ученицей и передам тебе все тайны, которыми владею.

— Благодарю, уважаемая Нине-пухуця. Это большая честь для меня. — Юная чародейка поклонилась вслед быстро исчезающему в утренних солнечных отблесках челноку.

— Тебе обидно, — поняла ее служительница смерти. — Ты одержала большую победу, ты добилась успеха, ты одолела врага, но тебе некому похвалиться этим, негде этим гордиться. Будь осторожна, дитя мое. Если победы твои станут слишком явными, ты обретешь отнюдь не славу, ты накликаешь на себя проклятья!

— Ты проклинаема всем миром, могучая Нине-пухуця, — наконец-то обернулась к принявшей истинный облик старухе юная чародейка. — Как тебе живется с этим?

— Это тоже слава, дитя мое. — Бесцветные губы древней злой колдуньи растянулись в улыбке. — Всем нравится слава. Пусть даже она воплощается в проклятия, а не в почет и поклонение. Самая проклинаемая в подлунном мире! Я не удержалась... Получила свою долю славы. Но разве ты хочешь этого?

— Я хочу править миром, — пожала плечами Митаюки. — Без всего остального я с легкостью обойдусь.

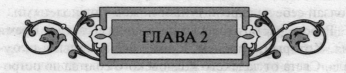

ГЛАВА 2

Осень 1584 г. П-ов Ямал

Духи нижнего неба

Пирушка закончилась быстро, а работы удачная охота ватажникам добавила преизрядно. Шесть огромных шкур нужно было тщательно промездрить, дабы оставшийся жир и пленки с жилками не загнили, подсолить, чтобы сама кожа тоже не портилась, высушить с разминанием — дабы не затвердела, не одубела, потом хорошенько прокоптить, промазать дегтем, зажировать... В общем — так просто снятая шкура в хорошую кожу не превращается.

Опять же — длинный ворс товлынгов для одежды неудобен, и его пришлось долго и тщательно подрезать, оставляя всего на пару пальцев в длину, а получившиеся груды шерсти — тоже мыть, вычесывать, валять, мыть, топтать... Только так из шерсти теплые вкладки для колыбелек, кошма и валенки получаются.

Причем занимались выделкой в основном женщины, ибо обычных дел тоже никто не отменял: заготовка дров, проверка ставней и ловушек, сторожевая служба, достройка амбаров, установка перекрытий,

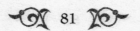

навесов. И самыми тяжелыми работами занимались, естественно, мужчины. А мездрение шкуры это что? Ползай себе да скреби тупым ножом под коленями.

Работа растягивалась почти на все светлое время дня. Который, впрочем, к зиме очень сильно «похудел». Света от далекого колдовского солнца до острога дотягивалось совсем немного, хватало только на сумерки — когда силуэты вокруг видишь, а вот детали скрадывает темнота. И чтобы ничего не напортить, женщины уходили к очагу, к теплу, свету и мужской компании. Там работы было уже меньше, и мало кто беспокоился о нехватке пары рук молодой чародейки — что уходила в противоположную сторону и садилась на берегу, поджав ноги, опускала руки на колени, ладонями вверх и начинала тихонько петь, подражая ветру, подлаживаясь к шуму волн и крикам чаек.

— Ты должна ощущать мир вокруг всем своим существом, ты должна стать его частью. Ты должна не отличаться от него. Никак. Совсем никак, — учила древняя Нине-пухуця, усаживаясь рядом и тоже затевая заунывную мелодию. — Мы должны тратить на это все свободное время, дитя мое. Научиться. Уметь. Не забывать. Ибо для нас, служительниц смерти, сие умение есть важнейшее из всех. Стать частью ветра и волн. Стать частью листвы и дождя. Стать частью света и теней...

— Как я узнаю, что постигла твой урок, уважаемая Нине-пухуця? — вздохнула Митаюки-нэ. — Что поднялась на эту ступень мудрости?

— О, это очень просто, дитя мое, — прикрыла глаза мудрая злобная старуха. — Ты видишь чаек на берегу?

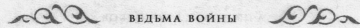 

Если ты сможешь полностью слиться с миром, станешь неотличимой от него тенью, ветром, волной... Если ты постигнешь этот урок, то сможешь пройти мимо чаек, и они тебя не испугаются. Ибо не заметят тебя, частицу привычного им моря... Дитя мое, ты повернула голову. Значит, ты не ощущаешь чаек, тебе нужно на них смотреть. Это плохо. Ты еще совсем не готова.

— Это невозможно, Нине-пухуця, — покачала головой Митаюки. — Стать невидимой для чаек? Боюсь, сия мудрость доступна токмо тебе одной.

— Сия мудрость доступна всем, потратившим достаточно стараний, — невозмутимо ответила колдунья. — Ты происходишь из знатного рода, твои способности превышают все, о чем только могут мечтать прочие девы народа сир-тя. Но способности ничто, если не подкрепить их терпением и старанием. Довольно разговоров! Слушай море. И пой вместе с ним.

* * *

Море в эти самые минуты слушала и Устинья.

Слова Насти, которую она считала своей подругой, чуть ли не сестрой, которой доверяла, показались ей ножом, вонзенным в самое сердце. Устинья до самого конца не верила, что это именно она распускает подлые слухи об удовольствии от изнасилования менквами, что именно она напоминает всем о том давнем позоре. И вот — услышала эти слова из собственных Настиных уст.

Все сложилось разом: и позор, и насмешки, и воспоминания о боли, тяжести и вони людоедов, и понимание того, что это не кончится никогда. Что воспоминание о похотливых зверолюдях будет возвращаться раз за разом, что забыть о нем не дадут. Что кривые усмешки, перешептывания, перемигивания — это навсегда. Что раз за разом будут крутиться вокруг нее эти вопросы: «Хорошо ли было тебе с ними, Устинья?»

Она просто бежала. От позора, боли, воспоминаний. Села в лодку и поплыла. Не куда-то туда, где будет хорошо, — а прочь из того места, где хорошо уже точно не будет.

Прочь, прочь, прочь!

Туда, где ее не знают — ни имени, ни роду, ни племени. Туда, где некому будет показывать на нее пальцем, смеяться над ее позором и спрашивать о достоинствах менквов...

— Фу, мерзость! — аж передернуло казачку.

Она не знала, куда плыть, — но в голове уже всплыли советы бывалого кормчего Васьки Яросеева двигаться вдоль берега, останавливаясь на ночь на суше и там же пережидая плохую погоду. А уж про места, где можно жить спокойно далее, отринув прошлое, она за последние дни наслушалась столько, что именно о бегстве в первую очередь и задумалась. Год назад от позора голову в петлю совала, да Маюни вытащил. Ныне об этом вспомнила лишь вскользь. Да и то — как можно? Грех ведь смертный! Зачем на себя руки накладывать, коли исчезнуть живой труд совсем небольшой?

Работа веслом, поначалу казавшаяся легкой, уже через несколько часов стала утомлять. А вместе с усталостью утихали и гнев, и ненависть, и отчаяние.

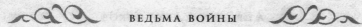 

Тяжесть полупудовой деревянной лопасти постепенно занимала в голове все больше и больше мыслей, а гребки стали редкими и не столь сильными. В плечах нарастали боль и слабость, живот подвело. Устинья отложила весло, пробралась по лодке до носа, к куче какого-то тряпья. Там, под драной, воняющей рыбой рогожей, обнаружилась сеть для ставня, закопченный котелок, мешочек с солью, несколько больших деревянных крюков да ткацкий челнок с толстой, суровой крапивной нитью. Не иначе, лодка была рыбацкой, на каковой казаки верши проверять плавали.

— Нечто у них с собой не было ничего?! — в отчаянии разворошила снасти девушка и обнаружила у борта плетенную из лыка сумку. Торопливо открыла и с облегчением перевела дух: там лежало несколько вяленых рыбин и целый пласт соленого мяса в два пальца толщиной. Похоже, рыбаки себе ни в чем не отказывали, припасов на неделю вперед заготовили. А может статься, припасы брали на день — да на берегу свежей рыбкой лакомились, о вяленую зубы не ломали. Вот она и накопилась.

Устинья достала нож, привычно проверила на ногте заточку, отрезала себе от мяса две тонких полоски, сунула в рот, старательно пережевывая тугие волокна, вернулась на корму и снова взялась за весло, теперь уже гребя без спешки, сохраняя силы.

Яросеев сказывал, до Пустозерского острога дней за десять доплыть можно. Рыбу и мясо, коли беречь, на неделю растянуть можно. Ну, еще дня три потерпеть. А там — люди, жилье. Нечто не пожалеют Христа ради живой души? Узнать там, на Печоре, где обитель ближайшая, да в трудницы записаться. От трудниц никто и никогда не отказывается, руки рабочие завсегда везде нужны...

Взмах, гребок, отдых... Весло плывет сзади по воде, не утомляя рук и подправляя направление. Взмах, гребок, отдых... Плыть так выходило медленнее, но и не столь утомительно. Взмах, гребок, отдых... Путь предстоит долгий, силы нужно беречь. Десять дней... Главное, чтобы с погодой повезло. Если придется где-то несколько дней пережидать, еды уже не хватит.

Когда стало смеркаться, Устинья отвернула к берегу, ткнулась носом в пологий пляж. Отрезала себе еще ломтик мяса — уж очень есть хотелось, а вот чем запить — не нашла. Взяв котелок, она выбралась из лодки, пошла в сумерки. Вскоре под ногами зачавкало. Местность вокруг колдовского солнца была равнинная, влажная. Сухое место найти труднее, нежели озерцо или протоку. Девушка отступила, разулась, чтобы не мочить новенькие сапожки, с любовью сшитые заботливой Митаюки, двинулась дальше босиком. Когда ощутила, что вода поднялась сильно выше щиколоток, наклонилась, зачерпнула, попила. Вернулась к лодке, подумала, расправила лежащую кучей сеть и вытянулась на ней. Постель оказалась вонючей — но мягкой, и вскоре беглянка провалилась в дремоту.

Проснулась Устинья от холода, рывком поднялась. Вокруг царила ночь, становясь все глубже и глубже, изо рта вырывались облака пара. Поежившись, девушка столкнула лодку на воду, взялась за весло, стала грести что есть силы. Уловка помогла — очень скоро казачка согрелась и перешла на обычный, спокойный ритм. Останавливаться смысла не имело. Понятно

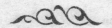 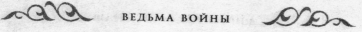

ведь, что замерзнешь. И не выспишься, и время понапрасну потеряешь.

Когда стало светать, девушка позволила себе небольшую передышку, отрезав еще несколько ломтей солонины. Ради воды высаживаться не стала — решила дождаться ближайшего ручейка и зачерпнуть воды прямо с борта.

На солнце, пусть даже и сидящем низко над горизонтом, стало заметно теплее. Устинья даже слегка сомлела и стала клевать носом. Кабы сидела просто, а не гребла — точно бы уснула. Берег медленно катился назад, став уже совсем не таким, как возле острога. Тут не было зарослей кустарника, не стояло высоких лесов на горизонте, не зеленели густые травы. Камни и пляжи все больше укрывал густой мох, коричневый и ломкий на вид. Деревья встречались лишь изредка. Но и те казались насмешкой над настоящими: низкие, в рост человека, все из себя корявые, с отдельными веточками, похожими на растопыренные больные лапки.

Взмах, гребок, отдых... Взмах, гребок, отдых... Теперь она вроде не уставала, однако есть хотелось до ужаса, в животе даже что-то попискивало, и потому Устинья отрезала себе еще ломтик. А ближе к вечеру — еще.

Когда вокруг начало темнеть, Устинья даже обрадовалась — уж очень ей хотелось отдохнуть. Да и сонливость никуда не пропала. Взглянув на кучу сетей, она вдруг сообразила, что на них можно не только спать. Ими можно еще и укрываться! Разобрав кучу еще раз, раскрыв шире, Устинья легла на одну сторону получившейся подстилки, а другую накинула сверху, завалив себя прямо с головой. Уловка помогла — девушка быстро согрелась и провалилась в глубокий, крепкий сон.

Утром она обнаружила возле лодки звериные следы: содранный мох, перевернутые камушки, клочья шерсти на краю борта. Устинья торопливо столкнула лодку и только после этого заглянула в сумку. Вяленого мяса там оставалось всего на раза три порезать, и путница решила его поберечь. Разломала тушку распятого сига, оборвала часть спинки и, неторопливо рассасывая, взялась за весло.

Взмах, гребок, отдых... Взмах, гребок, отдых...

Солнце медленно кралось над горизонтом, однако теплее отчего-то не становилось. С каждым выдохом изо рта вырывался пар. И, кажется, он даже становился все гуще и гуще.

Беглянка оглянулась. Второе, колдовское солнце, к которому она успела так привыкнуть, тоже стояло низко-низко над горизонтом. И тоже почти совсем не грело.

— Что же будет, когда оно скроется совсем? — прошептала Устинья.

Наверное, ничего хорошего... Но она в пути уже третий день. Осталось всего семь. Совсем немного. Гребля согревает, укрытие на ночь есть. Можно потерпеть. И Устинья снова взялась за весло.

К вечеру рыбина кончилась — а она как была голодной, так и осталась. Поэтому Устинья отрезала себе еще пару ломтиков мяса и устало забралась в отчаянно воняющую рыбой сетяную постель.

В этот раз из объятий сна путницу опять вырвал холод. И опять девушка спаслась от него только ста-

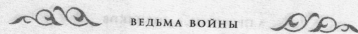 

рательной греблей до самого рассвета. Однако и поднявшееся солнце не принесло облегчения. Яркие лучи осветили мир вокруг — но ничуть его не согрели. Колючий морозец забирался под кухлянку и покалывал уши, щипал ноги через сапоги, встречал дыхание на губах, обращая его в густой пар. Берег же радужно светился яркими отблесками на ветвях деревьев, на прибрежных камнях, на моховом ковре, укрытыми, словно шубой, толстым слоем инея.

Устинья гребла и гребла, не зная, что для нее важнее — согреться или покушать?

К полудню она все-таки достала и разобрала еще одну рыбу и до конца дня ела маленькими кусочками, в коротких перерывах между взмахами весел.

— Три дня... Мне надобно выдержать всего три дня, — бормотала она. — Четыре я уже в пути, значит, осталось всего ничего. Скоро будет поворот к устью Печоры. А там уже, совсем рядом, и острог...

Она старалась изо всех сил, однако с каждым гребком ей почему-то становилось не теплее, а чуточку холоднее — и в этот вечер Устинье, несмотря на усталость, уже не хотелось останавливаться. Однако ночь сгущалась, глаза слипались, руки переставали слушаться, и казачке пришлось-таки повернуть к берегу.

Путница перешагнула через борт, вытянула лодку чуть дальше на сушу, прошлась немного вперед-назад, разминая ноги. Потом нарезала и доела остатки мяса.

На небе поблескивали холодные звезды, и им в ответ сверкала с земли красочная шуба изморози. Это было красиво. Красиво, как в сказке. Устинье захотелось, чтобы эти ледяные изумрудики взлетели в воздух и закружились вокруг нее в хороводе, запорхали, подобно бабочкам...

Беглянка тряхнула головой, поймав себя на том, что засыпает стоя. Торопливо забралась в лодку, подложив снизу для тепла драную рогожку, а под голову — сумку с последней вяленой рыбиной, нагребла сверху сеть и свернулась калачиком, как делала когда-то в детстве, когда под тощим покрывальцем становилось уж очень холодно. Веки опустились — и вокруг нее снова закружились изумрудные бабочки. Они приближались и отлетали, закручивались вихрем и останавливались, пытались сесть на плечи, на грудь, на лицо, покалывая девушку тонкими лапками.

От крыльев бабочек струился радужный свет, стреляя синими, красными, зелеными лучиками, расцвечивая ими небо и землю, превращая равнину в цветочный луг, на котором паслись широкогрудые олени с ветвистыми рогами, гуляли могучие мохнатые зубры, кряжистые, как гранитные уступы, отдыхали белые волки, плясали мелкие пушистые собачки. Над этим прекрасным миром засияло горячее солнце, в нем было тепло и покойно, радостно, счастливо. В нем волки не охотились на оленей, в нем зубры не рвали травы, в нем птицы не ловили прекрасных ярких бабочек, вьющихся вокруг Устиньи...

Звери как-то неожиданно повернули к ней свои морды, словно хотели о чем-то узнать. Она подняла руку, позволив сесть на ладонь нескольким бабочкам, рассмеялась и пошла на луг...

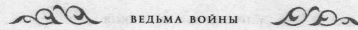 

* * *

Для Маюни этот день стал невероятно тяжелым испытанием. Половину дня и всю ночь он вместе с другими казаками свежевал огромные туши, резал мясо, носил его на берег, складывая в струги, спешно возвращался обратно за новым грузом. Вымотался следопыт изрядно — однако же, когда все смогли отдохнуть, проклятая ведьма сир-тя огорошила его известием о бегстве Устиньи.

Остяк вырос в здешних местах и хорошо знал, что зимой здесь даже умелому охотнику в одиночку выжить непросто. А уж женщине, да еще из чужих краев... Его Ус-нэ, его прекрасная белая дева, которой он собрался посвятить свою жизнь, — она уплыла навстречу смерти!

Искать виновных юному шаману было некогда, мысли направились лишь на то, что нужно делать для спасения светлой девы. Уже через несколько мгновений следопыт собрался, выбрав самый легкий, а значит — самый быстрый берестяной челнок, бросив в него сыромятные шкуры от казачьих волокуш, тяжелый плотницкий топор, туесок с сушеным мясом, толкнул лодку на воду и взялся за весло. Спасибо мерзкой Митаюки — он знал хотя бы направление.

Второй удачей стал наступающий рассвет. У него впереди был полный световой день!

— Четыре дня... — Остяк стоял на одном колене, быстро работал веслом и гнал челнок с такой скоростью, что вода аж шипела, выскальзывая из-под берестяного днища. — Одна, на тяжелой лодке... Устинья сильная, но уж не такая, чтобы с воином тягаться...

Вдвое медленнее поплывет... Челнок легче... Это еще вдвое... За день догоню...

Лодка шипела, как змея, чуть приседая после каждого гребка, и снова выпрыгивала из воды, норовя забраться на гребни волн. Море было милостиво к остяку и не бурлило, качаясь длинными пологими валами, низкое солнце ярко светило вдоль земли с кристально чистого неба — и это небо пугало юного шамана больше всего. Ясные ночи самые холодные, а он не помнил у Устиньи иной одежды, кроме сарафана и его легкой кухлянки. Между тем северные земли бывают очень, очень холодными. Особенно там, где нет колдовского солнца, а истинное надолго прячется за горизонт.

Маюни греб не переставая, не замечая ни усталости, ни голода; забыв обо всем, кроме Ус-нэ, опять ищущей погибели где-то там, впереди, на мрачных ледяных берегах.

Узкая и длинная берестяная лодочка неслась со скоростью бегущего человека, час за часом скользя по гладкой воде. Колдовское солнце уже давно исчезло, скрылось позади за краем берега, за вершинами далекого леса, забрав с собой половину тепла. Теперь встречный ветер стал колючим, от днища челнока тянуло морозцем, и ноги ощутимо мерзли, изо рта вырывался пар. Однако шаману из древнего рода Ыттыргын все это было нипочем. Он даже лучше себя почувствовал — не так парился, непрерывно работая веслом.

Настоящее, южное солнце, ненадолго приподнявшись над водами впереди, покатилось вниз, начало

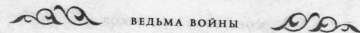 

медленно тонуть — и вместе с ним над волнами и берегом стала сгущаться мгла.

— Нет, нет!!! — взмолился Маюни. — Не исчезай! В темноте я не смогу найти свою милую Ус-нэ! Я не увижу ее ни среди моря, ни у берега! Не забирай свой свет, милое солнце. Оставь мне хоть немного!

Наивная мольба не принесла пользы — темнота подкралась к следопыту, обняла его, словно укутала непроглядным покрывалом, и только высокие звезды нижнего неба предательски подмигивали охотнику, позволяя разве лишь угадывать силуэт челнока да подсвечивая берег отблесками инея на мху и камнях. Различить же чужую лодку сквозь тьму он не смог бы и в нескольких шагах.

— О боги! О великий Хонт-Торум, о дева Мис-нэ, не поступайте так со мной! — в отчаянии закричал молодой шаман. — Я не могу ждать утра! В ночи семь дочерей отца смерти глазасты, как совы. Они найдут мою Ус-нэ, они сожрут ее душу, оледенят ее тело, они не дадут ей дождаться меня, услышать слово мое, обнять меня, ответить на мою просьбу! Помогите мне, вашему потомку! Помогите охотнику из рода Ытты-ргын! А-а-а...

Маюни повернул к берегу, выпрыгнул из челнока, сдернул с пояса свой бубен, несколько раз ударил в него, потом содрал через голову малицу и глубоко резанул себя ножом по плечу, принося духам кровавую жертву, снова ударил в бубен:

— Вас зову, предки мои и покровители! Вас зову, боги и духи земли манси! Вас зову, всех кто желает испить моей крови! Приходите ко мне, будьте сыты, духи этого края. Пейте меня, ешьте! Но отзовитесь мне, последнему Маюни из зрячего рода Ыттыргын!

Юный шаман еще несколько раз резанул свое плечо и снова стал бить в старый, как сам шаманский род, бубен, впитавший души и силу многих, очень многих его предков.

Щедрое предложение было услышано — и паренек почти сразу ощутил движения рядом с собой, заметил какие-то туманные облачка, что вырастали из-под земли или слетались издалека, дабы припасть к его плечу. Очень скоро оно стало стыть от прикосновений холодных существ неживого мира. Маюни снова ударил в бубен, потребовал:

— Ответьте мне, духи берега, где дева белая из чужих земель, что плыла по этим волнам?!

— Зачем она тебе, Ыттыргын народа манси? — пошел шепоток по зарослям мха. — Она чужая, чужая... Она тебе не нужна... Она чужая... Ищи свою... Ищи манси...

— Не хочу другой! — отрезал шаман. — Хочу сердцу милую! Ус-нэ найти желаю. Покажите ее!

— Чужа-а-ая... — опять напомнили духи.

— Вы пили кровь мою, — напомнил Маюни. — Вы насыщались плотью моей. Я дал вам то, чего вы желали. Теперь вы должны дать мне то, чего хочу я. — И он потребовал: — Покажите мне путь к белой иноземке!

— Ей хорошо... Ыттыргын... Ей тепло... Ей весело... Не ищи... Она пошла дорогой света... В добрый мир, в яркий мир, в теплый мир. В цветочные луга, в душистые поля... Не ищи!

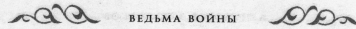 

— Покажите мне путь, или я прокляну вас своей плотью! — ударил в бубен Маюни. — Вы пили мою кровь, вы ели мою плоть. Вы плоть от плоти моей! Мое проклятие, ваше проклятие!

— Зачем?! — испуганно отпрянули белесые создания. — Не ищи... Пойдешь за нашедшей свет, сам уйдешь по пути света...

— Лучше я пойду по пути света, чем останусь без моей единственной Ус-нэ! Укажите мне этот путь, я готов!

— Ты не должен уходить по пути света, Маюни, — неожиданно прозвучал вполне ясный и твердый женский голос, и вслед за ним к шаману вышли крепкий широкогрудый олень с ветвистыми рогами и тонкомордая телочка. — Ты последний из рода Ыттыргын, ты обязан оставить детей в нижнем мире. Грусти о белокожей чужой, помни о ней. Но найди себе жену народа манси и оставь детей, что продолжат древний род Ыттыргын!

— Зачем нижнему миру потомки Ыттыргын, коли шаман из этого рода не способен спасти даже своей ненаглядной избранницы? Разве достоин я жизни после этого, лесная дева Мис-нэ? Даже дороги света я буду недостоин, духи земли! Темные воды должны стать моим местом, и пусть могучий холодный Нгэрм вечно терзает мою душу, недостойную имени предков!

Олени повернули морды друг к другу и разошлись, удаляясь в темноту искрящейся инеем равнины. Духи же, пившие кровь, прильнули, шепча:

— Ищи бабочек, Маюни рода Ыттыргын... Ищи бабочек, зови чужую... Не ходи по пути света, не ходи в теплый мир... Пусть чужая отзовется... Услышит — твоя!

Остяк метнулся к челноку, на ходу подобрав малицу, бросил в лодку, столкнул, запрыгнул сам и погреб дальше, поглядывая на берег. Там, хорошо видимые во мраке ночи, вились белые тени и бродили полупрозрачные олени; там нюхали траву зубры и играли с лисами песцы, там бродили волки и сидели на деревьях совы... Причем и те и другие были слабо различимые, белые, почти прозрачные.

Маюни греб и греб, не жалея сил, опасаясь теперь рассвета куда более, нежели недавно страшился ночи. Прошел час, другой, третий... Четвертый... Как вдруг впереди, далеко на берегу, он и вправду увидел кружащиеся искорки, словно ветер поднял в воздух хлопья искрящегося в звездных лучах инея и теперь играл ими, то подбрасывая, то роняя, то раскачивая или собирая в облако. И там, среди этих порхающих искр, играла длинноволосая дева, одетая в просторное, русского покроя, платье.

— О боги, великий Хонт-Торум! — Маюни рванул к себе перекладину весла, круто поворачивая к берегу, выскочил, побежал было к порхающим бабочкам, но вовремя спохватился.

Это были существа иного мира, мира духов. Ему же была нужна настоящая, живая Ус-нэ!

Паренек повернул обратно к берегу, побежал вдоль него и почти сразу наткнулся на полувытащенную лодку. Из-под груды сетей на носу светлым пятном проглядывал носок сапога.

— О боги, Ус-нэ! — Маюни откинул сети, наклонился к девушке.

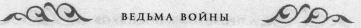

Казачка была холодной, как снег, и вроде как не дышала, на ее ресницах и волосах уже не таял иней, кухлянка и сарафан заледенели, кожа... Кожа еще оставалась мягкой, но приняла синюшный, мертвенный цвет.

Маюни вскинул голову и жалобно завыл, как попавшийся в капкан волк, не в силах справиться с накатившейся волной отчаяния. Потом резко повернул голову к берегу. Там продолжала играть с бабочками полупрозрачная дева в сарафане. Душа Устиньи еще не ушла на нижнее небо, она была совсем рядом, ее еще можно было позвать. Было бы куда...

Молодой шаман прикусил губу, оглядываясь. Подхватил девушку на руки, вынес дальше на берег, потом сбегал за сетями, подложил ей под спину. Метнулся за топором и решительно стал рубить лодку — никаких других дров окрест он просто не видел. Через несколько минут перед казачкой заполыхал костер. Маюни торопливо содрал с девушки всю одежду — застывшая, она сейчас больше леденила, нежели согревала, — притащил днище лодки, подпихнул Устинье под спину, под комки сети, придавая телу вертикальное положение и оберегая спину любимой от холодного ветра, а сам продолжил рубить на куски борта.

Хорошо просмоленная древесина занималась быстро, горела жарко и долго, перед костром очень скоро стало тепло. Паренек посадил девушку ровнее, расправил, чтобы на тело не падало теней, чтобы огненные отблески равномерно согревали все места. Вскоре синева прошла, Устинья стала выглядеть как обычно... Наверное — ибо обнаженной Маюни ее никогда не видел. А сейчас — не мог любоваться, не мог оценить. Сейчас его помыслы были направлены совершенно на другое.

Шаман ударил в бубен, обращая на себя внимание духов, глубоко вздохнул, запел:

— Услышьте меня, обитатели земли и неба; услышьте меня, обитатели вод и полей. Отзовитесь мне, боги и духи. И ты услышь меня, прекрасная Ус-нэ. Услышь меня, Ус-нэ, ответь на мое слово, протяни ко мне свою руку, обними меня своим телом...

Ныне Маюни и без того находился в состоянии, когда видел потусторонние существа без особых стараний, а потому и духи отозвались почти сразу. К шаману прилетели бабочки, запорхали вокруг, а следом подошла и Устинья, улыбнулась — и с готовностью протянула руку:

— Пойдем!

Однако Маюни вовремя вспомнил предупреждение духов, и прозрачной казачке руки не подал — взял ее за настоящую, холодную ладонь, погладил по пальцам и снова позвал:

— Ко мне возвертайся, прекрасная Ус-нэ. Ненаглядная моя, чудесная, желанная. Я буду любоваться тобой, Ус-нэ, я буду обнимать и ласкать тебя, Ус-нэ, буду заботиться о тебе и тешить своими песнями.

— Я рада видеть тебя, мой милый Маюни. — Девушка протянула ему уже обе руки. — Пойдем со мной! Там тепло и весело, там светло и красиво!

— Я стану баловать тебя лесными ягодами и звериными шкурами, я стану потчевать тебя рыбой и мясом, я стану греть тебя ночью и восхищаться тобою днем, моя Ус-нэ, — взял ее за настоящие кисти

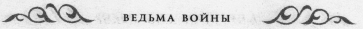

шаман. — Не уходи к свету и теплу, Ус-нэ. Возвращайся! Без тебя мне холодно и темно, без тебя для меня нет этого мира. Вернись ко мне, Ус-нэ!

Уговаривая Устинью остаться, остяк подбрасывал и подбрасывал в костер тес от порубленной лодки — пока вдруг вытянутая рука не опустилась в пустоту. Дерево кончилось. Маюни запнулся, заметался — но запасы дров кончились. Ночь же еще и не думала завершаться. Следопыт задумался совсем ненадолго. Сбегал к своему челноку, выгреб шкуры и кожи, вернулся. Поворошил угли, хорошенько их раздул, выжимая остатки тепла, а потом решительно смел в сторону, накрыл горячее кострище двумя слоями толстых кож, сверху осторожно опустил обнаженную девушку, закидал обнаженное тело остальными шкурами, затем разделся сам и тоже забрался под шкуры. Вытянулся на боку рядом, поглаживая в темноте живот Устиньи, ее ноги, руки плечи:

— Не уходи от меня, прекрасная Ус-нэ. Ты мой свет, ты мое тепло, ты мой день, ты моя радость. Нет жизни без тебя, прекрасная Ус-нэ. Прошу тебя, вернись!

А над девушкой продолжали порхать бабочки. Яркие, прекрасные, они, похоже, не замечали, что летают прямо сквозь меха и что под многими слоями покрывал их нечему освещать.

В укрытии над горячей землей очень быстро стало жарко до пота. Маюни, проведя ладонью от плеча девушки к ее бедру, прошептал последнее:

— Вернись... — и уронил голову. Две бессонные ночи оказались сильнее его любви.

* * *

Устинья чувствовала себя легко и свободно, дыша полной грудью и наслаждаясь теплом и светом. Ее не боялись звери и птицы, цветы вокруг были яркими, а пахли густо и сладко, словно липовый мед. Волки позволяли гладить себя по загривку, пушистые зверьки играли возле ног, а олени тыкались мордами в ладони и звали за собой. И она пошла бы — но внезапно услышала невероятно знакомое: «бум-м-м!», звонкое в начале звука и низко тягучее потом. Этот звук Устинья не спутала бы ни с одним другим, так часто его доводилось слышать. Звук бубна, разом колыхнувший в груди радостные воспоминания.

— Маюни! — оглянулась девушка.

Это был действительно он, юный шаман в своей истрепанной малице поверх подаренных казаками суконных порток и кафтана. Часть обновок, привезенных из Пустозерского острога, досталась и на долю принятого в ватагу следопыта. Паренек стоял на берегу и звал Устинью к себе, выкликая имя, ставшее для казачки почти привычным:

— Ус-нэ, моя Ус-нэ! Вернись ко мне, Ус-нэ!

— Маюни... — Душа наполнилась теплом. — Иди сюда, друг мой! Иди ко мне, тут хорошо.

— Вернись ко мне, Ус-нэ!

Казачка двинулась к нему и вдруг испытала очень странное чувство, как будто она стоит на краю высокого, многосаженного обрыва, а паренек находится внизу — и потому дотянуться до него девушке никак не удается. Глазами — вот он, шаман, совсем рядом. А по ощущениям — далеко внизу. Словно Устинья на

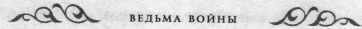 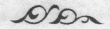
небесах стоит, а Маюни — на земле. Дотянуться никаких рук не хватит...

— Ты же сможешь, ты шаман! — взмолилась казачка, пытаясь дотронуться до паренька хотя бы кончиками пальцев. — Иди сюда!

— Вернись ко мне, Ус-нэ!

— Маюни, поднимайся! Тут хорошо! Тут светло и хорошо. Дай руку!

— Мне плохо без тебя, Ус-нэ! Без тебя нет жизни, нет солнца, нет неба, нет земли. Без тебя этот мир пуст, Ус-нэ! Вернись ко мне, вернись!

— Я тоже скучаю по тебе, Маюни! Хочешь быть со мной вместе — дай руку!

— Ты прекрасна, как рассвет, Ус-нэ! Твой голос чарует, как пение птиц, твой аромат подобен запаху цветов, твои прикосновения горячи, как пламень! Вернись ко мне, Ус-нэ! Я стану холить тебя, как важенку. Буду укутывать мехами, стану кормить парным мясом, буду греть у горячего костра. Вернись!

— Здесь лучше, чем внизу, Маюни. Дай руку! Мы войдем в этот мир вместе!

— Вернись ко мне, Ус-нэ! Без тебя мир черен, как ночное море, без тебя мир горек, как старая полынь, без тебя солнце тускло, а огонь холоден. Вернись!

Молодой шаман словно не слышал ее просьб и никак не пытался дотянуться до протянутых рук. А без Маюни девушке казалось одиноко. Она слишком привыкла к преданному поклоннику, чтобы просто отвернуться и уйти. И как ни красивы были волки, как ни ласковы звери, как ни звали ее олени — Устинья все колебалась, стоя на краю невидимого обрыва.

Между тем Маюни перестал бить в бубен, занявшись чем-то другим. Засуетился, запыхтел, застонал, а потом лег, вытянулся во весь рост. Сердце Устиньи на миг кольнуло ревностью — неужели забыл? Но тут в ушах зазвучал знакомый шепот:

— Не уходи от меня, прекрасная Ус-нэ. Ты мой свет, ты мое тепло, ты мой день, ты моя радость. Нет жизни без тебя, прекрасная Ус-нэ. Прошу тебя, вернись! — Голос становился все тише и тише, пока не затих последней просьбой: — Вернись...

— Маюни? — встревожилась казачка наступившей тишине. — Маюни, с тобой все в порядке? Маюни, ты жив?

Устинья затопталась на краю обрыва, вглядываясь в неподвижное тело. Сзади тревожно зафыркали олени, тревожно завыли волки, но девушка даже не оглянулась.

— Маюни... — Она зажмурилась и сделала шаг вперед, в пропасть... И тут же девушке стало жарко, душно. На тело давила тяжесть, ноги и кончики пальцев сильно кололо, словно кто-то стегал их ветками акации, живот подвело, шея затекла, нос щипало, словно после ожога. Единственной наградой за все эти мучения было сопение Маюни, спящего рядом с ней в кромешной темноте.

Все-таки они оказались вместе. Смогли.

Казачка вздохнула, закрыла глаза и тоже провалилась в глубокий сон.

Проснулась Устинья от странного ощущения — словно что-то двигается по бедру снизу вверх, скользя прямо по телу. Она вздрогнула, накрыла это место рукой — и ощутила ладонь на своей обнаженной ноге!

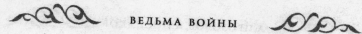

— Ус-нэ! Ты вернулась! — радостно воскликнул в темноте Маюни.

— Я что, голая?! — возмущенно взвилась девушка. — Ты меня раздел?! Да как ты смеешь?!

— Не вставай, Ус-нэ! — испуганно остановил ее остяк. — Не вставай, замерзнешь! Тут тепло, снаружи холодно, да-а...

— Я голая?! — продолжала возмущаться казачка, но попытки встать оставила.

— В одежде не согреть тебя было, да-а... Холодная совсем одежда, ледяная вся, — забеспокоился молодой шаман. — Она бы грелась, а ты мерзла, да-а... Нельзя одетой отогреваться, Ус-нэ, не получается никак, да-а...

— Не смотри на меня! — потребовала Устинья, хотя в темноте все равно было не различить ни зги. — Где мое платье?

— Снаружи оно, Ус-нэ, да-а... Нельзя его надевать, Ус-нэ, замерзнешь, да-а... — Паренек явно беспокоился и частил. — Ледяное, да-а... Греть надо, сушить, да-а... Потом надевать, да-а...

— И чего мне теперь, голой тут лежать, да-а? — передразнила его девушка.

— Лежать, да-а... — подтвердил шаман. — Тут тепло. Уйдешь, остынет. Ждать надобно. Дрова найду, костер разведу, платье и кухлянку высушу. Тогда оденешься, да-а...

— Есть очень хочется, Маюни... — со вздохом призналась Устинья.

— Это хорошо, Ус-нэ! — обрадовался молодой шаман. — Здоровый человек завсегда кушать хочет. Ты лежи, да-а... У тебя холод внутри, знамо, остался.

Замерзнешь быстро на холоде. Сейчас кормить стану, греть стану, да-а...

Маюни тихонько, не поднимая краев, выполз из-под меховых покрывал, толкая перед собой ночевавшую под боком одежду, и, едва оказавшись снаружи, торопливо оделся, пока рубаха, штаны и кафтан не остыли.

Впрочем, настоящего холода в здешние места еще не пришло. Да, изо рта валил пар. Да, изморозь на мхе и корявых деревцах не таяла. Да, вдоль берега местами поблескивали ледяные корочки. Однако море еще не замерзало, пальцы без рукавиц не немели, веки, волосы, края капюшона от дыхания не индевели. Так что, в общем, можно сказать — тепло еще было в этих землях. Зима пока не пришла. Просто осень.

Покрутившись возле стоянки, остяк быстро нашел широкую прозрачную лужу, пробил котелком тонкий лед, зачерпнул воды:

— Хорошо, да-а... Милостью доброй Мис-нэ, инея собирать не пришлось, — пробормотал он, возвращаясь к берегу. — Вода кипит быстро, таять не надобно...

Тяжелым плотницким топором следопыт быстро поколол остатки лодочного днища, что подкладывал ночью под спину девушки, сложил костер, пристроил котелок сверху, сам же пока начал разбирать спутанные сети, оттягивая и складывая в петли. Вскоре стало ясно, почему они оказались в лодке, а не в воде:

— Дырка на дырке, да-а... Чинить надобно ставень, иначе токмо зря мокнуть в море будет.

Вскорости котелок закипел. Остяк снял его с огня, щедрой рукой сыпанул горсть пряных трав и пару

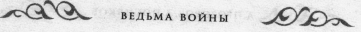

горстей сушеного мяса, накрыл крышкой, полез под полог:

— Ты здесь, Ус-нэ?

— Куда же я денусь, Маюни, голая и голодная?

— Сейчас сытая будешь и теплая, Ус-нэ. — Остяк сел, головой поднимая шкуры. Внутри образовалось немного пространства, как в очень маленькой юрте. — Здесь котелок горячий, Ус-нэ, от него тепло идет. Вот тебе ложка моя. Как остывать начнет, ты кушай, да-а... Пока горячий, кушай. Внутри согреешься, снаружи согреешься. Хорошо будет, да-а...

— Не вижу ничего!

— Рукой осторожно двигай, пока не тронешь. Как тронешь, рядом садись.

Девушка зашевелилась, вскоре испуганно ойкнула, шкуры колыхнулись.

— Нашла!

Маюни повел рукой на звук, ощутил мягкую кожу — тут же испуганно отдернул пальцы, но спохватился и снова потянулся туда же:

— Вот, ложку бери.

— Ага, чувствую... А ты чем кушать станешь?

— Сыт я, Ус-нэ. Вчера крепко наелся. Ты ешь, я за дровами схожу.

Пусть зима еще не началась, однако же без дров человеку даже в теплую погоду не выжить, и потому, выбравшись из-под шкур, Маюни снова взялся за топор и отправился от берега в глубину земель.

Окрестности не радовали — то тут, то там стояли лишь отдельные деревца, к тому же живые. То есть сырые. Правда, где-то вдалеке различались лесные кроны, однако... Однако путь туда лежал долгий, а дрова требовались прямо здесь и сейчас. И пришлось шаману рыскать из стороны в сторону, ако мышкующая лиса, в поисках упавших деревьев. Здесь, рядом с соленым морем, на ветрах, холоде и влажной земле, деревца мало того что вырастали уродливыми — так еще и не жили долго.

За несколько часов пареньку удалось набрать солидную охапку сухого валежника — но это было все. Искать возле их стоянки было больше нечего. Только время понапрасну потеряешь.

Порубив добычу на небольшие палочки, Маюни еще раз заварил сушеное мясо, мысленно отметив, что припасов хватит еще дня на два, не более, — и полез под полог.

— Вот, Ус-нэ, кушай. Ты здесь не мерзнешь?

— Нет, здесь тепло, — покачала головой казачка. — Только темно и скучно.

— Потерпи еще немного, милая Ус-нэ. Дров нет, слег нет. Некуда пока выходить. Не сердись, но и одежды твоей сушить негде.

— И долго еще ждать?

— Пару дней потерпи, прекрасная Ус-нэ.

— Чем ты там шуршишь?

— Одежду снимаю, Ус-нэ.

— Зачем?!

— Под большим пологом без одежды нужно быть, да-а... В одежде каждый за себя, холодно. Без одежды друг друга греть можно, ничего не мешает. Теплее выходит, да-а...

— Врешь ты все... — неуверенно ответила девушка.

— Тебе тепло от котелка, Ус-нэ?

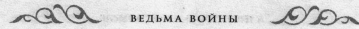 

— Да, — пожала невидимыми плечами казачка.

— А в одежде ты тепло сие ощутила бы?

— Ладно, грейся, — разрешила Устинья. — Все равно тьма непроглядная. Снаружи ныне день али ночь?

— Вечер поздний, да-а... Скоро темно будет.

— День, выходит, прошел? — вздохнула казачка и настойчиво предложила: — Ты кушай, Маюни. Знаю, с утра голодный. Ныне ты первый поешь, а я опосля, что останется. Я еще почти сытая. Вот, ложку возьми.

Остяк от предложения отказываться не стал, пристроился к котелку. Подкрепившись, передвинул варево девушке и спросил:

— А как ты оказалась здесь, Ус-нэ? Зачем лодку взяла, зачем из острога уплыла? Одна, без припасов, в зиму убежала, да-а... Зело опасно сие. Плохо, да-а...

— Не напоминай мне о сем, Маюни, хорошо?

— Конечно, Ус-нэ, — услышав печальный вздох, моментально согласился следопыт. — Не рассказывай.

Девушка некоторое время молча кушала, потом сама же не выдержала, выплеснула:

— Настю атаманскую я подругой считала, а она про меня слухи дурные распускать затеяла! Смеялись все, кроме Митаюки, токмо она верной оказалась, оберегала. Однако как Настя сама дразнить начала, не стерпела я и прочь поплыла, куда глаза глядят.

— Ай, не Митаюки ли подлая тебе сие сказывала?! — моментально насторожился молодой шаман. — Лживая она тварь, гнусная, нельзя верить слову ни одному! Да-а... Митаюки сир-тя знатная, колдовского народа порождение! Враньем они одним живут, на горести чужой радость себе строят. Зря ты ей поверила, да-а... Лжива Митаюки, не подруга тебе ни разу. Обманщица! Погубить, мыслю, замыслила, вот хитрила.

— Совсем ничему верить нельзя?

— Ни одному слову!

— Совсем-совсем? — Если бы не полный мрак, даже наивный Маюни понял бы по ехидной усмешке девушки, что его заманивают в ловушку. Но шаманенок не видел своей избранницы и потому решительно отрезал:

— Ничему и никогда!

— Жалко... — Казачка облизала ложку, сунула в опустевший котелок и вытянулась на подстилке во весь рост. — Митаюки говорила, что ты самый лучший и преданный из парней, что мне нужно крепко за тебя держаться, довериться полностью и связаться навеки. Жалко, что она такая врунья.

— Митаюки так говорила про меня?! — Паренек настолько опешил, что не заметил насмешки.

— Каждый день хвалила, — мстительно добавила Устинья. — Попрекала, что к себе тебя не допускаю, что холодна излишне. О любви твоей говорила, хвалила, что охотник ты хороший, что следопыт и что добыча за тобой есть и ты дом мне купить или построить сможешь, баловать станешь, холить и лелеять. Что держаться я должна за тебя крепко, судьбу свою в твои руки отдать и не сомневаться. Жалко, что врала, правда?

— Митаюки-нэ, из народа сир-тя, соблазнившая Матвея Серьгу, хвалила меня, называла достойным мужем и советовала тебе выбрать меня в мужья? —

Слова казачки словно оглушили Маюни, и он совершенно не замечал забавности в шутке Устиньи. — Неужели она так хорошо обо мне отзывалась?!

— Да, моя подружка из местных пленниц считает тебя удачным выбором, — вздохнула девушка, смирившись с непонятливостью остяка. — А ты сам, Маюни? Как ты оказался на этом берегу?

— Это была Митаюки-нэ, да-а... — припомнил молодой шаман. — Сказала, тревожится о тебе из-за слухов, каковые атаманова жена распускает. Что не нравлюсь я ей, ведьме сир-тя, но раз уж между мной и тобою, Ус-нэ, все столь славно складывается, ради тебя помочь желает... Да-а... Даже мне, злому и грубому, да-а... И указала, куда ты уплыть могла, когда бежала, и как путешествовать собираешься. Так я тебя и нашел... Ее советами...

— Так, сказываешь, врет всегда моя подружка? Что ни слово, то обман?

— Выходит, она к нам всей душой открыта, с добром и заботой, а я ее хаю, проклинаю и оскорбляю постоянно? А она все едино токмо хорошее обо мне сказывала? — все еще не мог прийти в себя паренек. — Терпела и хвалила?

— Ну, положим, не себе в мужья она тебя прочила, о моей судьбе заботилась, — пожала плечами Устинья. — Так что ненависть твою ей бы терпеть не пришлось. Не чаще бы, чем в остроге, тебя видела. У нас своя семья, а у нее своя. Помашет тебе рукой издалека, вот и все знакомство.

— Ох, стыд какой, да-а... — Маюни вытянулся рядом с девушкой, придвинулся вплотную. — Я ее ведьмой злой в глаза кричал, а она тем же временем тебе сказывала, какой из меня следопыт добрый и муж заботливый. И как ни обижал, все едино добра нам с тобой желала... Да-а... Как же теперь прощения у нее выпросить? После позора такого я ей в глаза смотреть не смогу!

— Она вроде не обижалась. — Устинья, утешая, потрепала волосы невидимому рядом пареньку. — Понимала, отчего в тебе к ней злости столько.

— То и стыдно, да-а... Она добром на плохое ответить смогла. Во мне же токмо ненависть и живет, — покаялся остяк. — Хотя, видел, казакам она помогала, как могла, себя не жалеючи. И, верно, не обманывала из ватажников никого. Мы ведь в остроге все заедино, да-а... Она так смогла, ко всем с добротой. А я, получается, не смог? На своих и чужих ватагу единую делю?

— Коли извинишься, она обиды держать не станет, — пообещала казачка, продолжая поглаживать тело прижавшегося паренька. — Митаюки беззлобная и отходчивая. Я ее знаю. С первого дня, как появилась, всегда ее токмо с улыбкой видела.

Тут рука Устиньи внезапно коснулась горячего упругого отростка, заметить которого, понятно, не могла. Девушка ойкнула, отдернула руку и отпрянула. Паренек тоже отдернулся было — но уже через несколько мгновений придвинулся обратно:

— Нельзя врозь лежать, Ус-нэ, да-а... Холодно. Греть друг друга надобно. Давай, спиной я повернусь, ты к ней прижмешься...

Девушка молча послушалась, прижалась, ощущая каждым изгибом своего тела горячую кожу молодого шамана. Рука ее, лежа сверху на боку, случайно каса-

лась бедра паренька и все еще помнила недавнее прикосновение.

«Мужикам постоянно только одного хочется... У них у всех одно на уме... Ненасытные... Только о том и думают... — сразу всплыли в голове неизменные бабьи разговоры. — Маюни тоже, наверное, лишь о сем и мечтает, надеется, мучается. Эвон, какой тугой и горячий...»

Срамные мысли вызвали горячие волны внизу живота, а волны — воспоминание об уродливых тварях, что терзали ее беззащитное тело; их тяжесть, смрад... Боль...

Похоже, Устинья слишком уж явственно содрогнулась от воспоминаний — Маюни закрутился, повернулся лицом, ткнулся губами в плечо, рукой провел по груди... Конечно же, случайно. Ведь темнота...

— Ус-нэ, что с тобой? Тебе холодно? Поддувает? Колет где-то?

Девушка откинулась на спину, и остяк оказался сверху.

«А ведь Маюни спас мне жизнь... — продолжали мучить казачку путаные мысли. — И это единственное, чем я могу его отблагодарить. То, чего ему так хочется, о чем все его мысли... Если уж менквов стерпела, нечто ради Маюни маненько потерпеть не смогу? Чуть потерпеть, но зато он будет счастлив. Разве он не заслужил?!»

— Тут где-то мой пояс, Ус-нэ. Не наколись на него!

— Ты хочешь этого, Маюни? — спросила девушка.

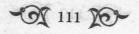

— Чего?

Руки Устиньи скользнули вниз, и прикосновение пальцев достаточно ясно показало, о чем идет речь.

— Я... Этого... — громко сглотнул паренек.

— Так сделай это. Немедленно! Или я передумаю... — Устинья откинула голову, закрыла глаза и прикусила губу, готовясь терпеть.

Маюни, похоже, действительно уже давно был истерзан желаниями и ждать, колебаться не стал — войдя резко и жадно, с нетерпеливостью голодного хищника, наконец-то схватившего добычу, стремившегося завладеть всем, что только успевает, пока нежданную удачу не отобрали. Но... Но Устинья не ощутила никакой боли. Ни боли, ни омерзения, ни ненависти. Разве можно ненавидеть ласкового, как кутенок, Маюни? Это был он, ставший теперь совсем уже близким. А без боли и омерзения происходившее было...

Девушка обняла паренька за спину, прижав крепче, обхватила ногами, тяжело дыша. Готовность перетерпеть небольшое мучение ради преданного шаманенка быстро сменилась согласием потерпеть и подольше... Даже сильно дольше... И даже...

Паренек вдруг мелко задрожал, напрягся, застонал, выдохнул и обмяк, так и оставив Устинью в смешении непонятых ощущений. Но теперь она с огромным облегчением поняла, что если рядом будет именно Маюни, то не так уж и страшно отдаваться мужскому желанию хоть каждую ночь подряд.

Девушка повернулась на бок, нашла ладонью лицо паренька, провела пальцами по щеке, погладила по голове, плечу:

— Теперь можешь прижиматься смело, мой храбрый следопыт. Колоться ничего не будет.

— А если будет? — обиженно ответил шаман.

— Если будет, — рассмеялась Устинья, — тогда колись!

Она придвинулась и несколько раз его куда-то поцеловала. Поди разбери в темноте — куда?

Утро Маюни встретил с таким чувством в душе, словно родился заново. И сил прибавилось, и дышалось легче, и небо голубее стало, и солнце ярче. К далекому, стоящему у самого горизонта лесу он домчался еще до полудня, даже не запыхавшись, и с легкостью вычислил среди редко стоящих деревьев с десяток самых удобных стволов, решительно их свалил и за комли потянул к морю. Поднять все десять за раз у него, конечно, не получилось — но молодой шаман не сдался, взяв сперва пять, протащил их две сотни шагов, потом вернулся за остальными, протянул вперед уже их, вернулся...

Путь, понятно, занял остаток дня и изрядную часть ночи, но Маюни справился, возле стоянки порубил с хлыстов ветки и сложил высокий костер, возле которого удалось наконец-то развесить заледеневшую одежду казачки.

Жаркий костер из веток прогорел, понятно, куда быстрее, нежели обычные дрова, но прогреть платье и кухлянку его тепла хватило, и еще воду вскипятить удалось, чтобы запарить густое мясное варево.

Когда паренек забрался под покрывало, его встретили объятия и поцелуи:

— Ну наконец-то, Маюни! Я уже извелась вся, так долго тебя не было!

— Ус-нэ, милая моя Ус-нэ! Как же я соскучился!

— Ой! Какой ты холодный!

— Прости, Ус-нэ, это малица. Сейчас я ее сниму...

В полной темноте, совершенно обнаженные, они по очереди поели из котелка, после чего, разгоряченные, вытянулись во весь рост, прижимаясь друг к другу. И Устинья отнеслась к этому с легкостью, ибо это был ее Маюни, которого приятно обнимать и целовать. А кроме того, она больше не боялась боли. Теперь в девушке не осталось больше ничего, кроме любопытства к тем странным ощущениям, которые она так и не успела толком ощутить.

— Милая моя Ус-нэ... — неуверенно спросил молодой шаман. — Скажи, а вчера...

Казачка не дала ему закончить вопроса, закрыв губы поцелуем. Маюни понял, что это и есть ответ, — приподнялся и тоже на ощупь начал тыкаться губами в ее плечи, подбородок, грудь, шею... К счастью, столь неуклюжие ласки не заняли у него много времени, и он оказался сверху. Устинья чуть развела ноги, согнув их в коленях, и замерла, с интересом прислушиваясь к тому, что сейчас будет происходить.

Толчок породил волну сладкого тепла, которое потекло наверх, заполняя тело. Казачка с облегчением выдохнула и качнулась навстречу, познавая странное наслаждение, от которого едва не отказалась, которое боялась и ненавидела, но оно оказалось блаженным чудом, спрятанным в ее собственном теле. Достаточно лишь открыться, принять чужую страсть как награду, отдать себя этой страсти — и разум затопит череда ярких вспышек, раз за разом скрадывая все то, что ей так хотелось ощутить.

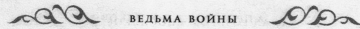 

Устинья плавно всплыла из горячих внутренних всполохов, когда Маюни уже расслабленно посапывал рядом, так и не дождавшись ее благодарного поцелуя. Но девушка все равно погладила его по голове и крепче прижалась сбоку.

— Мой могучий следопыт, — прошептала она. — Как же хорошо, что ты меня догнал. Как же хорошо, что тебе нужна награда. Как же хорошо, что я могу тебя наградить.

Как ни странно, но Устинья уже не была уверена в том, терпит она все то, что позволяет с собой делать, — или с нетерпением ждет этого сама?

Новый день стал для молодых людей переломным. Он начался с того, что Маюни передал казачке высушенную одежду, а сам, выбравшись из-под покрывал, обрубил макушки принесенных накануне хлыстов, оставив от них только слеги в три человеческих роста высотой, три связал вместе, поставил вертикально, а потом поочередно, чтобы не опрокинуть, раздвинул жердины широко в стороны. Поджав комли камушками, он пошел по кругу, ставя поочередно остальные опоры: сперва для надежности прикапывая в гальку, потом опуская верхом на связку «треноги» и закрепляя.

Через час у Маюни был готов каркас чума, который шаман споро обвязал шкурами, крепя их снизу вверх слой за слоем. Это было, понятно, неправильно — вместо единого полотнища лепить подобную «чешую», — но ничего не поделаешь. Какие кожи есть — теми и приходится пользоваться. Зато на маленький чум шкур хватало с избытком, и покрытие получилось аж тройным, очень теплым.

Когда паренек заканчивал свои старания — Устинья уже осталась без «одеяла» и наблюдала за всем, слегка ежась. Маюни же быстро и ловко перетянул в чум подстилки их общей постели, разложил внутри вдоль стен, занес кусочки рубленых макушек, собрал тонкую щепу, высек кресалом на мох искру, раздул, запалил бересту, сунул ее под щепки. Выскочил наружу:

— Ус-нэ! Милая моя Ус-нэ! Прошу тебя, войди в этот дом и будь навсегда хозяйкой в нем и в моем сердце!

— Что же, Маюни... — улыбнулась казачка. — Коли так, веди!

Молодой паренек из древнего шаманского рода Ыттыргын, глупо и широко улыбаясь, взял белокожую девушку за руку и торжественно завел ее в чум, в котором уже вовсю полыхал огонь.

— Как тут здорово! — восхищенно охнула Устинья, оказавшись в относительно просторном, высоком и теплом помещении после нескольких дней под толстым тяжелым покрывалом.

— Так ты станешь хозяйкой моего очага, милая Ус-нэ? — с тревогой переспросил Маюни.

Устинья закинула руки ему за шею и, глядя в глаза, твердо пообещала:

— Отныне и навсегда, мой храбрый следопыт, мой Маюни, муж мой. Пока смерть не разлучит нас.

— Как это хорошо, Ус-нэ, да-а... — облегченно перевел дух шаман. — Ты оставайся здесь, поддерживай огонь. Мне нужно сбегать за дровами. Но сегодня я вернусь быстро. Заметил одно место не очень далеко, там должны быть!

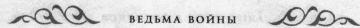 

О том, насколько важен горящий в чуме огонь, Устинья поняла ночью, когда Маюни затоптал перед сном прогорающие угли, выкинул их наружу, а горячей очаг закрыл двумя слоями толстых кожаных подстилок. На такой постели спать было жарко даже под одним лишь легким одеялом из шкуры товлынга — несмотря даже на трескучий мороз за тонкими стенами чума, способными защитить разве лишь от ветра.

Утром спозаранку, заварив для молодой жены остатки сушеного мяса, следопыт отправился на охоту, взяв с собой все тот же топор и опоясавшись казацкой саблей, рядом с которой висели на ремне два ножа разной длины — длинный, для сложных работ, и коротенький — порезать что-то мелкое, наколоть, расковырять.

Какое было оружие — такой стала и охота. Отойдя от стоянки на полверсты, Маюни пошел по широкому полукругу и очень скоро заметил среди мха небольшое потемнение. Опустившись возле темной норки шириной в половину кулака на колени, остяк вытянул из-за пояса топор и, используя его как лопату, быстро, в несколько ударов и рывков вверх, разрыл проход на глубину в три локтя, до самой жилой камеры, и стремительным ударом ножа пробил голову не успевшей очнуться ото сна еврашке.

Народы ненэй-ненэць на северных сусликов никогда не охотились. Еды в них почти никакой — даже большого зверька только одному человеку покушать хватит, и то полуголодным останешься; славы большой тоже нет — еврашки глупые, никакого почета и уважения от такой добычи. Однако же все при том знали, что вкусные они и шкурка ничего, теплая.

Хотя носкости в ней, увы — никакой. Равно все знали и то, что снимать мех нужно сразу — уж очень быстро преть начинает. Посему Маюни свою скромную добычу сразу освежевал, спрятал в заплечную сумку, разрыл нору дальше и выгреб из кладовочки зверька запасы собранных им травяных семян. Не хлеб, конечно, но в еду годится, коли другой не хватает.

Закончив с одной норой, Маюни пошел дальше и вскоре нашел еще одну. Еврашки — они ведь перед главным ходом завсегда площадочку среди травы и мха выгрызают, дабы стоять на ней и осматриваться. Если знаешь, что искать, такие проплешины издалека заметны.

Вторую нору следопыт разорил уже без прежней торопливости. Теперь он знал, что зверьки в спячке и никуда не денутся. Разделал тушку, собрал содержимое кладовой, двинулся дальше. Такая уж получалась охота: ходи да собирай, ровно баба за ягодами отправилась.

К полудню Маюни добыл шестерых еврашек и вернулся с ними к стоянке.

Устинья здесь тоже не скучала — найдя разобранную сеть и челнок, она неспешно заделывала дыры, увязывая нити в прямоугольники ячеек. Работа для казачки, сразу видно, была непривычной — однако двигалась. И если нити хватит — дня через три-четыре снасть будет готова, можно пользоваться.

— Ты уже вернулся, мой следопыт? — Девушка бросила свое рукоделье, обняла паренька за шею, поцеловала, потянула к чуму: — Пошли греться! Ты ведь, мыслю, замерз?

 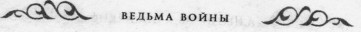

— Некогда отсиживаться, — снял сумку Маюни. — За дровами идти надобно, их в хозяйстве завсегда мало, сколь ни приноси. Ты пока тушки присоли и шкурки почисти. Рукавицы тебе шить будем. Бо без них здесь никак нельзя. В настоящий холод пальцы враз обморозятся.

— Ух ты, как много! — заглянула Устинья в сумку. — Всего за полдня! Да ты и вправду лучший охотник в мире!

— Я обещал тебе, Ус-нэ, — довольно улыбнулся паренек. — Со мной ты никогда не узнаешь голода. А как ловушки поставлю, так и вовсе ни в чем отказа не узнаешь!

Стремясь обустроиться как можно удобнее и не разочаровать своей Ус-нэ, Маюни сделал целых три ходки, каждый раз возвращаясь тяжело груженным сучьями или стволами сухостоя. Успокоился молодой шаман, лишь когда на берег окончательно опустилась ночь и в черных небесах заиграли высокие цветные всполохи. Он нырнул в жарко натопленный чум — Устинья, улыбаясь, помогла мужу раздеться, подала котелок с каким-то чуть кисловатым отваром. Не иначе, ягоды местные казачка отыскала. Потом подала нанизанные на прутья тушки, хорошо посоленные и усыпанные сверху пряными травами.

— Очистила я шкурки от мездры, — сев напротив за очагом, отчиталась жена. — Присолила. Токмо много ее уходит, соли-то. Кончится скоро.

— Ничего, Ус-нэ, — степенно ответил Маюни, поджимая ноги. — Море рядом, дрова, милостью богов, я отыщу, да-а... Варить соль станем, как казаки делают.

Костер уже прогорел, и паренек выложил ветки с тушками над красными углями. Почти сразу на мясе вскипел жир, закапал вниз, превращаясь в маленькие голубоватые вспышки.

— Как прошел день? — прерывая затянувшееся молчание, спросил следопыт. — Без меня ничего не случилось?

— Нет, — пожала плечами казачка. — Только олень с важенкой недалече ходили и на меня посматривали.

— Олень? С оленихой? — удивился Маюни. — Странно. Я не видел ничего. Надобно следы завтра посмотреть. Олень бы нам зело пригодился. Мясо, шкура большая, рога для наконечников. Копье сделать можно будет.

— Не трогай их, Маюни, — попросила Устинья. — Их жалко. Они такие все величавые, белые совсем. И веет от них чем-то... Приятным, душистым, ровно гречихой цветущей.

Молодой шаман замер, уставясь на подрумянившиеся тушки. Потом торопливо перевернул их и стремглав выскочил наружу, даже не набросив на плечи малицу, но прихватив висящий на одной из опорных жердин бубен. Осмотрел берег, шепча молитвы. Потом ударил в бубен. Бил в него снова и снова. Ничего не менялось. Тогда Маюни выхватил нож и занес было над плечом — но вдруг ощутил движение и в сотне шагов от себя увидел, как вышли прямо из темноты два ослепительно-белых на темном фоне красавца: могучий олень, выше человека ростом, с ветвистыми рогами, а рядом — стройная остромордая важенка без единого серого пятна. Парочка вни-

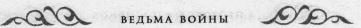

мательно посмотрела на него, прямо в глаза, а потом отвернулась и пошла в темноту.

Маюни сглотнул и опустил бубен:

— Благодарю тебя, великий Хонт-Торум, благодарю тебя, лесная дева Мис-нэ...

— Ну что? — вышла следом Устинья, не поленившаяся накинуть кухлянку. — А-а, вон они, за лужей! Уходят.

— Ты их видишь? — настала очередь изумляться молодому шаману.

— Да... А что? — пожала плечами казачка.

— Духи тундры одобрили наш брак, милая Уснэ... Благословили быть вместе. Теперь у нас все будет хорошо. Теперь мы будем жить долго и счастливо, никогда не ссорясь.

— Здорово! — с улыбкой кивнула казачка. — Но я побегу кроликов спасать, пока не подгорели, ага?

Не дожидаясь ответа, Устинья нырнула обратно под полог чума.

Маюни, не чувствуя мороза, смотрел то вслед уходящим покровителям тундры, то на свой бубен, без помощи которого шаман был не в силах достучаться до мира духов. Устинья же, получается, — могла?!

Теперь могла — раньше Маюни ничего подобного за ней не замечал.

Похоже, путешествие в верхний мир, из которого он вымолил свою любимую, не прошло для девушки бесследно. Теперь она видела духов так же легко, как и обычных зверей или людей. И еще неведомо, какие иные способности открылись в его чудесной Ус-нэ?

Кроме того, что она научилась любить...

Маюни улыбнулся воспоминанию о минувших ночах и предвкушению грядущей, тихонько ударил в бубен, разгоняя возможные порчи и наветы, огляделся напоследок еще раз и ушел в чум.

ГЛАВА 3

Зима 1584 г. П-ов Ямал

Большой поход

Митаюки провела этот долгий вечер, как обычно, под сполохами северного сияния, сидя на коленях, подложив под себя небольшой обрывок шкуры тов-лынга, оставшийся при раскрое одной из кож. Юная чародейка внимала окружающему миру, она слива-лась с его светом и тьмой, с его ветром и шелестом волн, с его холодом и солеными запахами, его вкуса-ми и звуками. Она сливалась с миром, впитывала его, растворялась с нем, звучала его песнями, забыв обо всем остальном...

Но подступила ночь, из далекого острога донес-лись запахи вареного мяса, кислой бражки, песни отдыхающих ватажников. Пора было возвращаться в мир.

Митаюки сделала еще один, прощальный, глубо-кий вдох и, негромко напевая песню ветра, подня-лась, подобрала подстилку, пошла вдоль берега, все еще сохраняя в себе чувство единения с островом и морем, с волнами и ветром, с отблесками небесного сияния и шелестом прибоя. Шла спокойно и устало, как всегда, — и потому не сразу заметила творящуюся совсем рядом странность.

Чайки!

Чайки невозмутимо бродили по берегу, ковыряясь в выброшенных морем водорослях, выискивая среди гнили какие-то невидимые вкусности и жадно их глотая. Совсем рядом кормились, всего лишь на расстоянии пары шагов.

Митаюки остановилась, посмотрела на них, на старую ведьму, что склонила набок голову на мысу, где пела рядом с ученицей. Проверяя случившееся, чародейка подняла руку с тряпкой, резко опустила — и ничего! Чайки словно не замечали близости человека, занимаясь своими полуночными обеденными делами.

— Обнаглели?! — Девушка передернула плечами, стряхивая наваждение, избавляясь от песни волн и ветра в душе, от пропитавшего тело мира. И в тот же миг птицы шарахнулись, бросились врассыпную, взметнулись в воздух, торопливо взмахивая крыльями и недовольно крича.

Митаюки посмотрела на свою руку на просвет — и довольно рассмеялась:

— Нормальное тело, уважаемая Нине-пухуця! Самое обычное, ничуть не прозрачное. Неужели они меня не видели?!

— Когда колдун созвучен миру, дитя мое, когда он не отличается ничем от воздуха, света, ветра, живущего в пустоте, как можно заметить его простому смертному? — наставительно ответила служительница смерти. — Взгляды проходят сквозь него, уши не

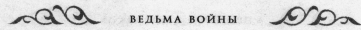 

слышат его движений, носы не чуют его запаха. Его просто нет ни для кого, кроме него самого.

— Значит, я смогла? — вскинула подбородок родовитая сир-тя. — Я выдержала твое испытание?

— Да, — признала кровожадная старуха. — Ты поднялась еще на одну ступень мудрости.

— Если так, — прищурилась Митаюки, — то ты, как моя учительница, должна меня наградить!

— Разве постижение мудрости не достойная награда для ученицы?

— Разве постижение мудрости учеником не есть гордость и радость учительницы?

Нине-пухуця закаркала, изображая смех, и кивнула:

— Пусть будет так. Скажи, чего ты хочешь? И я отвечу, достойна ли ты такого поощрения...

— Мне надоело быть жалкой смертной рядом с простым казаком, — пожала плечами знатная дева. — Хочу стать единственной повелительницей, женой властного вождя!

— И ты знаешь, как это сделать? — ласково поинтересовалась старуха.

— Раз у меня не получается убрать иных сотников и атаманов, — пожала плечами юная чародейка, — стало быть, надобно забрать казаков от сотников и вождей.

— Ты сможешь это сделать?

— Да, — кивнула ученица служительницы смерти. — Я знаю их слабость. Золото. Казаки не способны насытиться этим желтым металлом. Они подобны ежам, не знающим сытости, способным жрать до тех пор, пока есть еда, еще и еще, до тех пор, пока не сдохнут от обжорства. Таковы и белые люди. Золота для них мало всегда. Поманю золотом, и пойдут все, кого только захочу прибрать.

— Ты радуешь меня, умная Митаюки-нэ, — похвалила ученицу ведьма. — Недавний урок пошел тебе на пользу. Ты научилась подниматься по людям, опираясь, как на ступени, на их слабости. Ты прекрасно справишься сама.

— Казаков мало, — скривилась юная чародейка. — Сколько я смогу их украсть, дабы атаман и сотники не возмутились? Десять, пятнадцать воинов... Что за смысл править пятнадцатью слугами? Я хочу превратить их в пятнадцать сотен!

— Ты знаешь слабость пятнадцати сотен смертных?

— Я знаю слабость одного! Слабость сильного, властного колдуна, желающего насадить имя своего бога в души многих и многих смертных, — ответила Митаюки. — Пусть он пойдет со мной. Пусть защитит слабых от чар колдунов сир-тя, пусть обратит сильных в служение новым идолам. Пусть сломает старый обычай и насадит на его месте новый. А уж сесть во главе нового племени мне труда не составит. Кто из здешних дикарей сможет устоять супротив учения девичества?

— Ты хочешь получить шамана Амвросия, служителя распятого бога? — поняла Нине-пухуця.

— Его слабость есть истовая преданность учению, страсть нести слово божие во все уголки мира. Разве этим трудно воспользоваться?

— Он был хорош, наш ярый отец Амвросий, — сладострастно вздохнула старая ведьма. — Жаль,

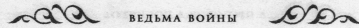 

слишком испугался собственной силы и спрятался с нею на острове, терзая себя страхом и молитвами.

— Я отниму у Солнца Предков тысячи воинов, дам им оружие и обрушу, подобно гневу богов, на прочие племена! — вскинув руку к плечу, крепко сжала маленький кулачок Митаюки. — Ты хотела подвергнуть народ сир-тя тяжкому испытанию, мудрая Нине-пухуця? Ты хотела возродить в нем мужество и воинственность предков? Провести его через боль и страдания, закалив кровавыми битвами, обратив к заветам прошлого? Разве мой план не есть исполнение твоего желания?!

— Ты хочешь получить весь мир в обмен на маленький шажок по ступеням мудрости?

— Я прошу лишь совсем маленькой награды за пройденное испытание, уважаемая Нине-пухуця. А весь мир я заберу сама.

Служительница смерти снова закаркала — и вдруг кивнула:

— Хорошо, дитя мое. Ты получишь свою награду. Но сперва докажи, что ты действительно постигла учения. Пропитайся сим миром и ступай в крепость. Если на пути домой тебя никто не заметит, ты получишь белого шамана для своего завоевания!

Митаюки улыбнулась, опустила веки, сделала глубокий вдох и развела руки в стороны, подняла лицо к небу, тихонько заунывно запела, вдох за вдохом подлаживаясь под порывы ветра, под шелест прибоя, под крики чаек, впитывая все это, пропуская через себя. Становясь частью этого. И вскоре недавнее наваждение вернулось. Она опять перестала ощущать разницу между сполохами северного сияния и своими щеками, которые они освещали, между ветром, дующим в грудь, — и рядом, стала созвучна потрескиванию сохнущей травы и шипению пены, оседающей на гальке.

С этим ощущением она и пошла к воротам острога. Миновала зевающего караульного, не вызвав у него никакого интереса, увернулась от бегущей с каким-то свертком Олены, протиснулась между хмельным Гансом Штраубе и Кольшей Огневым, о чем-то живо спорящими, перешагнула невольницу, заканчивавшую мездрить кожу, змейкой скользнула между еще несколькими, приводящими себя после работы в порядок, остановилась перед Настей, качающей на руках младенца. Атаманова жена, похоже, вынесла малютку воздухом перед сном подышать. Но нет чтобы за ворота выйти! Глупая белокожая дикарка здесь, в дыму и тесноте гуляла.

Митаюки вошла под навес над очагом, остановилась, вдыхая запахи гари и мясного варева, впитывая тепло огня, подлаживаясь под пляску его языков, под гул разговоров, идущих сразу во всех краях помещения и на всех его длинных лавках, а потом двинулась дальше, осторожно огибая мужчин и женщин, стараясь не наступить на ноги или не задеть тело, уворачиваясь от взмахов рук. Иные ватажники беседовали уж очень буйно!

Юную ведьму никто не заметил — не кивнул, не поздоровался, не посторонился, ничего не дал и ничего не попросил. Она привлекла не больше внимания, нежели легкий сквознячок. Если кто чего и ощутил — то не счел достойным внимания.

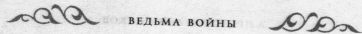 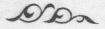

Чародейка вошла в двери башни, развернулась — и резко передернула плечами, сбрасывая столь трудно добытое наваждение.

— О, Митаюки, душа моя! — тут же всплеснул руками Матвей Серьга и отставил влажный ковш с остатками пены. — А мы тебя обыскались! Иди ко мне, душа моя. Дай я тебя поцелую!

Пьяным казак жене совсем не нравился. Но деваться было некуда — пришлось подойти, позволить себя облобызать влажными губами и совсем уж мокрыми усами и бородой.

— В честь чего пируете? — без особого дружелюбия поинтересовалась она.

— Так Иоанна Богослова день сегодня! Святого великого, иконописцам всем покровителя! — раскинул руками Серьга. — Грех не отметить!

Митаюки это ни о чем не говорило. Посему она лишь пожала плечами и предложила:

— Давай я тебе еще бражки принесу, любый мой?

— Вот жена настоящая какова! — с гордостью объявил Матвей, свысока поглядывая на сотоварищей. — Не хает мужа своего, а корец токмо полный подносит!

— Это да, это верно! — поддакнули ватажники. — Повезло тебе с женой, Матвей!

Митаюки довольно ухмыльнулась, зачерпнула брагу, отнесла мужу и, пользуясь тем, что руки у него оказались заняты, ускользнула к котлу, зачерпнула пару полных ложек густого до вязкости бульона, наколола на нож крупный шматок мяса. Подняв голову, неожиданно увидела по ту сторону, за котлом, русоволосую казачку Елену — никому не знакомую, невесть откуда приходящую и невесть куда исчезающую.

— Ты здесь, Нине-пухуця? — удивилась юная ведьма.

— Должна же я кушать? — невозмутимо ответила старая. — И спать тоже должна. Завтра к шаману белому поеду. День на зелье, день на пробуждение страсти в нем христианской. На третий день жди, с обличением примчится. Не уговаривать, осаживать придется...

Спорить Митаюки не стала. Выпила еще варева, наколола второй кусок мяса и, не оглядываясь на мужа, отправилась к башне. Пока Матвей такой — пусть лучше не с ней, а с друзьями веселится. Она свое вернет, когда Серьга протрезвеет.

Однако утром ее преданный казак стенал и ругался, держась за больную голову, отпивался холодным, жирным бульоном, искал место, где притулиться в тишине, опершись лбом в холодное бревно. Беседовать с таким мужем Митаюки смысла не видела и отправилась к Насте, в атаманскую избу, мстительно оставив Серьгу наедине с похмельем.

Жена Ивана Егорова тоже была одна — присутствие воеводы выдавали только слабые стоны из-за перегородки. Женщина сидела за прялкой, свивая толстую нить из начесанной с убитых товлынгов шерсти.

— Доброго тебе дня, Митаюки! — обрадовалась Настя приходу подруги. — Славно ты придумала слонов сих волосатых остричь. Вона, муж с немцем какую славную вставку для колыбельки свалили! Теперь сыночку и вправду в любые морозы тепло будет.

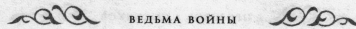 

— Ты бы с ним не в крепости гуляла, милая, а по острову, — подошла к подвешенной на потолочную балку постельке юная чародейка. — Там ветер свежий, морской. Зело сие для дыхания полезно. В остроге же стены округ, совсем другой воздух получается.

— Дни уж больно короткие, Митаюки, — пожала плечами женщина. — А в темноту из крепости выходить с малым боязно.

— Чего тут бояться, на острове-то?

— Умом понимаю, Митаюки. Ан в душе пред тьмой ночной все едино страх.

Ведьма пожала плечами, не очень понимая подругу, однако соглашаясь: это верно, смертные часто боятся темноты. Спросила:

— Что за праздник вчера таковой случился, что мужья наши всю брагу выпили?

— А и не было ничего, — отмахнулась атаманова жена. — Блажь нашла дурная, вот и напились. Уж не ведаю, чего там и придумали.

— От безделья все это! — поморщилась юная чародейка. — Ныне, когда погреба мясом под завязку набиты, а шкур хватит каждому по две малицы сшить, казакам бы надобно случаем пользоваться да за золотом отряд крепкий отправить. Золотишко, оно ведь лишним не бывает. Чем больше здесь и сейчас мужья возьмут, тем сытнее и богаче все мы в старости жить станем.

— Это ведь знать надо, Митаюки, где есть оно, золото! Людей в ватаге ныне мало осталось, большого селения казакам не захватить. А малые окрест мы ужо разорили.

— Так Матвей знает, точно тебе говорю! — уверенно ответила ведьма. — Проведет запросто.

— Чего же он молчит? — удивилась Настя.

— Так я ему еще не объяснила, — подмигнула подруге Митаюки. — Пойду, пожалуй, просвещу.

Она поправила в колыбели одеяльце и вышла в полной уверенности, что если воевода и не слышал ее слов из-за загородки — то Настя мужу обязательно о золоте поведает. Против сего яда никто из белых иноземцев устоять не в силах. Умереть, предать, страдать готовы — но хоть кусочек себе обязательно загребут.

Посеяв нужное зерно, скромная и доброжелательная Митаюки-нэ отправилась за ворота — туда, где на чистом галечном пляже, омытом приливом, невольницы и казачки раскладывали прокопченные для сохранности, а потому едко пахнущие дымом шкуры товлынгов. Пока мужики валялись в постелях, мучаясь похмельем, их подруги, жены и сожительницы готовились заняться раскроем заготовок для новых малиц. Такова уж женская доля: пока одни дрыхнут — другие работают.

— Хорошего тебе дня, Афоня! — заметив паренька, помогающего священнику в его чародействе, неизменно дружелюбная ко всем Митаюки помахала рукой.

Мальчик кивнул, столкнул крайнюю лодку на воду, запрыгнул в нее и погреб к далекому уединенному островку, на котором отшельничал святой отец. Чародейка же прошлась мимо работниц, наблюдая за их стараниями.

Покрой малиц для холодных мест был прост, как костровое полено. Сперва из шкуры вырезался большой прямоугольник, затем складывался пополам. На сгибе мастер делал вырез для головы, а бока сшивал, оставив наверху прорези для рук. Затем к этим прорезям пришивались рукава — вот тебе и малица! Коли не лень — к вороту капюшон приделать можно, завязки на рукава. А нет — и так хорошо. Главное — с размером не ошибиться. Казаки — они ведь заметно крупнее любого сир-тя. Малицы же не на тело, они поверх прочей одежды натягиваются.

— Хорошего тебе дня, Афоня Прости Господи! — привычно вскинула руку молодая ведьма.

— Да пребудет с тобой милость господа нашего, Иисуса Христа, дщерь смертная, — степенно ответил служка.

— Ой... — Митаюки стрельнула взглядом в сторону далекой лодки и кинулась к длинноволосому мальчишке, волокущему в сторону лодок тяжелую корзину. — Сделай милость, человек божий, просвети дочь земель языческих! Поведай мне, душе заблудшей, что за святым великим был Иоанн Богослов, коего вчера казаки чествовали? Чую, великое имя! Стыдно не знать о нем ничего!

— Ну, Иоанн, он святой есть, — поставил корзинку на гальку паренек, отер запястьем лоб и добавил: — Зело.

— Просвети! — взмолилась Митаюки, взяв Афоню Прости Господи за руки и преданно глядя ему в глаза.

— Ну-у... — задумчиво облизнулся паренек, явственно копаясь в памяти. — Апостолом он был...

Есть... Друг ближний богу самому. В-от... Иисус его благословил о матери своей заботиться, вот. Доверял, значит, особо. Еще Иоанн пророком был, будущее видел. Во-от... Так хорошо видел, что книгу целую написал, апокалипсис рекомую. Такую знаменитую, по ней ныне мир весь живет. Готовится.

— К чему готовится? — продолжала удерживать паренька ведьма.

— Ну, это... К концу света. К концу тысячи лет освободится из заточения дьявол, соберет племена монголов, по углам мира рассеянных, и поведет их в святой Царьгород, дабы святынями овладеть. И будет великая битва, и всех поубивают... — Афоня Прости Господи почесал подбородок и уточнил: — Ангелы там будут трубить. Случатся от трубения того болезни, пожары и потопы, они человечество и истребят. Во-от... А потом будет второе пришествие и страшный суд. Вот! — с облегчением закончил свое повествование служка.

— Уж не про Хозяина Священной Березы ты сказываешь? — насторожилась Митаюки, не выпуская жертву из своего внимания.

— Какого Хозяина? — не понял Афоня.

— Сказывали мудрецы народа нашего, — неспешно начала повествование Митаюки, — что мир наш рождается чистым и светлым. Рождаются в нем звери и травы, птицы и деревья, а опосля и люди. И начинают жить в покое и радости. Но, рождаясь и умирая, потихоньку начинают люди встречаться с болезнями и, оставляя за собою грязь всякую, ссорятся они, обиды копят и злобу, начинают враждовать и воевать, убивать и ненавидеть. Грязи стано-

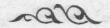 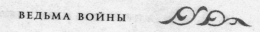

вится все более, болезни все страшнее, а зла и вовсе безмерно... Но каждые две тысячи лет, когда жизнь на земле доходит до невозможного мученья, просыпается Хозяин Священной Березы, вылезает из-под ее корней, поднимает мировые воды и затапливает весь мир, истребляя на нем все живое... А когда воды сходят, мир опять остается чистым и светлым, покойным и радостным. После сего забирается Хозяин обратно под корни, а в чистом мире снова рождаются звери и травы, птицы и деревья, а следом появляются и люди...

— В Библии тоже про Великий Потоп написано, каковой истребил все, окромя одного праведника и избранных им зверей, — неуверенно ответил Афоня.

— Вот видишь!!! — радостно встрепенулась юная чародейка. — Выходит, мудрость предков для наших народов единая! Расскажи мне, расскажи о потопе сем!

— Ну... Жил один праведник в Иудее, именем Ной звался...

Тем временем лодка уже причалила к небольшому островку, чуть ли не целиком занятому рубленой часовней, и плывший в ней первый Афоня, выбравшись на берег, сделал пару глубоких вздохов. Его зеленый суконный кафтан рассеялся, однако руки, ноги, голова остались реять в воздухе, двинулись к крыльцу и окончательно растворились в воздухе уже на ступенях. Открылась и закрылась входная дверь...

Отшельничество отца Амвросия началось с того, что он своими собственными руками, бревнышко

за бревнышком, собрал на небольшом острове, удаленном примерно на версту от крепости ватажников, часовню, когда-то разваленную колдовскими чудищами. Это был его первый подвиг, направленный на искупление грехов своих смертных и спасение души.

Видный собою, неполных тридцати пяти лет, высокий и стройный, с пронзительным взглядом синих очей, священник отправился в поход не за добычей и не за славой, а чтобы донести слово божье, веру истинную до язычников диких земель! Увы, но в деле обращения он преуспел немного... Водрузив кресты на месте капищ во многих дикарских деревнях, паству свою отец Амвросий растерял так же быстро, как и обрел, — ибо казаки в походах на одном месте долго не засиживались, языка местных язычников священник не знал, и что там напереводила дикарка Митаюки, верно ли донесла заветы христианские до здешних душ — он не знал. После побед очередных ватага вскоре снималась, шла дальше — и кресты оставались одни. Стоят ли они на своих местах, молятся ли им здешние остяки — поди догадайся!

Но хуже того — отца Амвросия, как когда-то самого спасителя, стали донимать искусами бесы неведомые, суккубы похотливые и ненасытные, требуя от него крепость веры своей доказать. И тут священник оказался слаб...

Вот теперь, по совести, плоть свою в отшельничестве на острове малом и умерщвлял, грехи искупая.

— Да святится имя твое, да приидет царствие твое; да будет воля твоя и на земле, как на небе... — Услышав скрип двери, священник не дрогнул, а до-

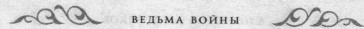 

читал молитву до конца, осенил себя троекратным знамением с поклонами до пола и лишь после этого поднялся с колен и оглянулся.

В часовне было пусто.

Священник открыл дверь, выглянул наружу и сразу увидел пустую лодку, приткнувшуюся носом к берегу, глянул влево, вправо:

— Афоня, ты где?

Ответом была тишина.

Отец Амвросий вышел наружу, спустился по ступеням, не заметив легкого прикосновения, которым с его плеч сняли выпавший волос, снова позвал:

— Прости Господи, ты где?!

Кроме службы, отшельника не навещал почти никто. Изредка приплывали атаман с сотоварищами за советом али кто из казаков за отпущением грехов — если творили нечто уж очень непотребное. Пару раз в неделю священник сам в острог отправлялся — службу отстоять, проповедь прочитать, исповеди выслушать. Однако большую часть времени отец Амвросий, как и положено отшельнику, проводил в одиночестве, в холоде, голоде и жажде, умерщвляя плоть смирением, а греховные мысли — молитвами. И лишь Афоня Прости Господи раз в день привозил ему корзинку с кувшином талой воды и шматком вареного или печеного мяса и парой рыбешек, копченых или печеных.

— Куда же ты запропастился, оглашенный?! — Священник обошел часовню кругом, но паренька так и не нашел. А когда вернулся на крыльцо, то и лодка тоже пропала, оставив после себя лишь небольшую вмятину на пляже. Отец Амвросий вздохнул, перекрестился и вернулся в часовню, к молельному бдению. — Вот же, Афоня, Прости Господи... Чудной.

Афоня же второй в это время, наконец-то увлекшись, заканчивал свое повествование:

— И в третий раз послал Ной голубя, и вернулся тот с зеленой оливковой ветвью. Понял старец, что сошли воды и появилась из-под них земля сухая. Направился после того Ной к горе Арарат, высадился на ее вершине и выпустил весь скот, и всех птиц, и всех зверей, что сохранил на своем ковчеге!

— Воистину о деяниях Хозяина Священной Березы повествует сия история! — поцокала языком Митаюки-нэ. — Он, Хозяин, порождает воды мировые, праведники же мира вашего спасают для новой жизни зверей и птиц земных... — Глядя через плечо паренька, юная чародейка наконец-то заметила плывущую от далекой часовни лодку и спохватилась: — Ой, ты прости меня, премудрый служитель божий! Я ведь тебя, вестимо, от дел важных отвлекаю. Но ты так интересно сказываешь!

— Ты спрашивай, коли еще чего узнать пожелаешь, — смущенно опустил глаза зардевшийся от похвалы паренек. — Я книги священные хорошо знаю, да и перечесть могу, коли понадобится. Все, что пожелаешь, о вере истинной расскажу.

— Знамо, спрошу, — согласно кивнула ведьма. — Так много интересного ныне от тебя узнала! Ты так занимательно рассказываешь!

— Да, я умею, — покраснел еще сильнее Афоня. — Все поведаю... Ну, я пойду? Отец Амвросий, вестимо, заждался.

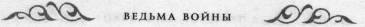

Лодка с Афоней Прости Господи уткнулась носом в берег, и Митаюки опять взяла паренька за руку, задерживая еще на миг:

— Прости, что задержала... Но уж очень ты увлекать умеешь.

— Да я чего, — окончательно стушевавшись, пожал плечами тот. — Я завсегда...

Служка подхватил корзинку, повернулся к лодкам — но от них, ему навстречу, шла уже белокожая казачка Елена, почтительно поклонившаяся:

— Хорошего тебе дня, Афоня!

— Да пребудет с тобою милость господа, — осенил ее крестом паренек и забрался в еще качающуюся лодку.

— Плоть я добыла, дитя мое, — произнесла казачка, проходя мимо юной чародейки. — Пойду зелье приворотное варить. Ввечеру использую.

— Ввечеру... — повторила вслед за ней Митаюки и тоже поспешила к острогу.

Матвей Серьга все еще мучился в постели, жалобно постанывая. Юная чародейка, присев рядом, протянула ему ковш с талой водой, холодной, как лед. Ведь как раз с ледника ее в остроге и брали. Казак сделал пару глотков, с облегчением перевел дух, потом выпил еще немного.

— Оклемался, милый? — с жалостью спросила Митаюки.

— Ой, спасибо, женушка моя ненаглядная...

— Лежи, милый, лежи, — кивнула ему юная чародейка. — Вечером, мыслю, атаман за ужином круг созывать будет. Скажи ему, что засиделись ватажники

в остроге, пора бы уже и о прибытке подумать, за золотишком сходить.

— Куда-а? — простонал Матвей, поморщился и отпил еще воды. — Ближние деревни ограблены давно, а селения большие брать сил нету.

— А я тебе поведаю... — пообещала ведьма. — Но токмо ватагу ты сам вести должен, под своей рукою. Иначе не соглашайся.

— Не лучший из меня воевода, Митаюки, — честно признался Серьга. — Рубить и стрелять умею хорошо. А вот людей куда-то посылать али планы долгие строить непривычен.

— Ты себя недооцениваешь, — улыбнулась ведьма. — Другие хуже тебя соображают, однако же управляются. Быть вождем просто, мой милый. Ты привыкнешь.

Как это не раз бывало раньше, будущее юная чародейка угадала в точности. Вечером одолевшие похмелье ватажники собрались в пристройке возле длинного жаркого очага, отпиваясь бульоном и отъедаясь жирными мясными кусками. По сложившемуся уже обычаю, здесь были и женщины. Иные — сидели рядом с мужьями или избранниками, иные — держались наособицу с подружками. Да и как иначе? Очаг общий, еда тоже общая. Вместе добывали, вместе дрова кололи, вместе варили. Как все это можно по разным углам или людям разделить? В ватаге, где все считали друг друга побратимами, даже полонянок от стола не гнали, дабы объедками питались. Закон казачий прост: трудишься как все — значит, и кусок тебе положен, как всем.

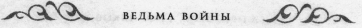

Воевода Иван Егоров пришел в пристройку вместе с Настей, держащей на руках ребенка. Явился с небольшим опозданием — но ватажники быстро освободили атаману место посредь ближней к огню лавки, подставили женщине под ноги чурбачок, дабы той дитя на коленях держать удобнее было.

Егоров зачерпнул густого сытного варева себе, жене, потом наколол на нож кусок сочной горячей убоины. Немного подкрепившись, заговорил:

— Круг мы давно не собирали, други мои. Однако же вопросов для обмысливания набралось немало.

— Давай поутру соберемся, коли нужда такая, — предложил, огладив курчавую бороду, десятник Силантий. Он уже успел поесть и лишь неспешно прихлебывал горячий бульон. Вестимо — тоже похмельем мучился.

— Чего утра ждать, коли вся ватага уже здесь? — подал голос Ганс Штраубе, сидевший по другую сторону костра. — Великих секретов у нас ныне нет, дабы от чужаков таить. Да и где они здесь, чужаки-то? Разве токмо полонянки, речи нашей не ведающие. Так и им сболтнуть некому.

— Не по обычаю, — ответил рассудительный Силантий. — Коли в кругу обсуждать, так токмо меж казаками.

— То вопрос не ратный, — покачал головой воевода. — Ныне припасы я наши учел и тебе, Силантий, поклониться с благодарностью хотел. После твоей охоты еды нам до весны хватит с избытком, голод острогу не грозит. С дровами тоже беды особой нет...

Матвей Серьга вздрогнул от толчка под ребра и вытянул шею.

— Коли в остроге ныне порядок, не пора ли о золотишке вспомнить? Мы ведь сюда не мясо жрать приехали, а добром разжиться! И это... — Он напрягся, вспоминая. — Язычников в веру христианскую обратить.

— Знаешь, где капища нетронутые имеются? — с готовностью обернулся на него воевода.

— Там, где нас не ждут, ибо там мы никогда не показывались, — ответил казак. — Коли на север двинемся и тамошними землями мертвыми до моря восточного доберемся, а опосля к югу повернем, аккурат на окраинные племена нежданно и навалимся! А у каждого племени, сами ведаете, капище имеется. А в капище — по золотому идолу. Плюс к тому амулеты колдовские у шаманов и вождей.

— Пройдем ли, Матвей? — спросил из-за огня немец. — Земли неведомые.

Митаюки наклонилась к уху казака, и тот, пусть после заминки, сказал:

— Гор в землях здешних нигде не имеется, леса столь далеко от колдовского солнца не растут, а болота и реки зимой замерзли. Куда ни иди, ровный и твердый путь получится. Проведу я ватагу, не сомневайтесь. Полтора десятка казаков возьму, и еще до весны идолов золотых встречать будете.

— А почему ты, Матвей? — неожиданно воспротивился Чугреев, торопливо прожевал мясо и продолжил: — Ты стрелок знатный, никто не спорит. И сражаешься храбро. Но у Силантия, вон, куда больше

 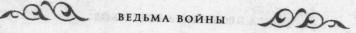

опыта походы водить. Завсегда с успехом возвертает-
ся. Али немец наш, Штраубе, тоже зело хваток.

— Не хотите, не пойду, — пожал плечами Серьга
и потянулся к котлу, утратив интерес к разговору.

— Что скажешь, дядько? — подначил Силантия
Кудеяр Ручеек. — Поведешь нас за золотом?

— Просто сказка сказывается, да непросто дело
делается, — невозмутимо ответил десятник. — На
словах дорога, может, и проста. Да вот какова под
ногами окажется? Без проводника не пойду. Рисково
больно.

— Так Маюни проведет. Маю-юни, ты где?! —
Мальчишка закрутил головой. — Остяка нашего
никто не видел?

Ватажники переглянулись.

— Вроде как три дня тому мне на глаза попадал-
ся... — неуверенно ответил Ухтымка.

— Устиньи тоже много дней как нет нигде, —
подала голос Митаюки. — А они с остяком, знамо,
давно друг к другу неровно дышат. Мыслю, милуются
где-то от людей подальше.

— Где же они могут прятаться так, что даже
к столу не выходят? — выпрямился по ту сторону
очага Ганс Штраубе.

— Маюни хороший следопыт, — уверенно встре-
тила его взгляд своим юная чародейка. — Устинья
с ним не пропадет. Голодать ей не придется.

— А ватажникам, что в земли дикие пойдут, еды
хватит? Далека ли дорога? — Сотник ответил ей прямым вопросом в лицо.

— Шесть переходов от моря до моря, два к северу
до пустыни, два обратно к теплым колдовским ме-

стам. Нечто на десять дней припаса с собой не унести?

— Можно ли верить слову твоему?

— Коли с мужем пойду, головой отвечу.

— Иди, разве кто против? — пожал плечами Штраубе.

— Женой воеводы пойду, — твердо ответила Митаюки. — Коли я одна баба среди пятнадцати мужиков буду, так хочу уверена быть, что все они под рукой мужа состоят и блажь какая им в головы не ударит.

— Ишь, суровая какая! — хмыкнул Чугреев. — Прямо воевода в юбке!

— Ну, какой воевода из девицы сей, не ведаю, — пожал плечами немец, — а Матвей Серьга себя трусом али дураком никогда не показывал. Так отчего нам его атаманом для похода сего и не выкрикнуть? Я под его руку пойду, зазорным сего не сочту. Воевода достойный. Кто еще согласен?

По ватаге прошел быстрый шепоток. Ганс Штраубе, хоть и немец, был среди воинов в уважении.

— Так и я пойду, — все так же невозмутимо сказал Силантий. — Я Матвея много лет знаю. Воин умелый, храбрый и честный. Любо!

— Любо Матвею! — тут же примкнул к дядьке юный Кудеяр Ручеек. — Я с Серьгой уже несколько раз ходил. С ним не пропадем.

— За золотишком сходить завсегда любо, — подал голос курчавый Евлампий, возрастом немногим старше Кудеяра. — Я с Матвеем!

— Любо Серьге! — тут же кивнул и его друг Никодим.

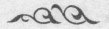 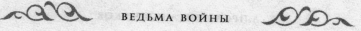

— Я тоже иду! — вскинул руку Семенко Волк. — Засиделся чего-то на хозяйстве. Гульнуть охота.

— И я! И я! — один за другим откликались ватажники, и очень скоро таковых охотников набралось тринадцать человек. Примерно столько, сколько Митаюки и ожидала. Почти все воины, что еще не обзавелись женами среди полонянок, были готовы размяться в походе, развлечься с сабелькой в сече, разжиться золотом, повеселиться в захваченных селениях.

— Что же, дело доброе, — подвел черту Иван Егоров. — Три десятка мечей для обороны острога всяко хватит, с хозяйством разберусь. Посему, куда отступить, у вас всегда будет. Так что гуляйте смело. Матвей! Прикинь, какого снаряжения и сколько потребно для похода. Груз по людям посчитай и как связь держать станем, определи. Опосля ко мне подойдешь. Посмотрим, чего из амбаров и ледника выдать можно, а что заменять, добывать или делать придется. — Воевода поднялся. — Вот и круг не понадобился, все само решилось. Пойдем, Настенька. Еремей, смотрю, зевает. Укладывать пора.

Митаюки поймала на себе насмешливый взгляд немца. Ведьма вздохнула, поцеловала мужа в щеку и поднялась, легким кивком головы указав на дверь пристройки.

Ганс Штраубе все понял правильно и вскоре вышел за ворота острога к стоящей на краю подъемного моста юной чародейке.

— А ты хороша, девчонка, — хмыкнул немец, остановившись за ее спиной. — Уж не знаю, повезло Матвею с тобой али проклятье у него такое, однако хороша-а... Третий раз мужа из простых казаков в сотники вытаскиваешь. Однако же теперь интересно, как он планировать поход станет, расходы и припасы учитывать, да с раскидыванием по весу на каждого ватажника, да запасом тревожным и путевыми потерями? Серьга, он ведь храбр, и глаз у него вострый, да грамоте, мыслю, не учили вовсе. Чего в походах нахватался, тем и силен. Считать учился на дележе добычи походной. Ел, что воевода дает, зелья и ядра брал, сколько воевода рядом ставит. Про нормы расхода походные ни разу не слыхивал, припасы к кулеврине собственной ни разу не считал, пищальные патроны подсумком собственным ограничивал. Как же он, любопытно, ныне припасы для ватаги сочтет да списком воеводе представит? Ты его хоть раз с пером в руке видела?

Митаюки-нэ резко развернулась, прямо посмотрела мужчине в глаза.

— Да, понимаю, ты куда умнее Матвея будешь, — ухмыльнулся немец. — И все за мужа своего делать готова. Вот токмо, полагаю, тебя сим премудростям тоже никто не учил. Сколько пехотинец с грузом в три пуда за спиной в день мяса для сытости съесть должен? Сколько раз и чем кулеврина за поход обычно стреляет и сколько заряды сии весить будут? А пищаль? Насколько больше пехотинец на волокушу груза возьмет и сколь при этом меньше за день проходить будет?

— Никогда, ни за что и ни с кем я не изменю своему мужу, — не отводя взгляда, твердо заявила юная ведьма.

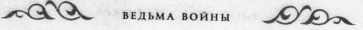
— Ты девочка красивая, — кивнул Штраубе. — Сочная и фигуристая. Да токмо Олена, на мой взгляд, милее. Посему о целомудрии своем можешь не беспокоиться.

— Ты врешь. Я тебе нравлюсь.

— Я потерплю, — пообещал сотник. — Хитра ты больно и чернокнижием балуешься. С тобой связываться себе дороже. Нечто я бабы попроще себе не найду?

— Но ты мне помог, немец, — попыталась уловить мысли собеседника чародейка. — Согласился под руку мужу моему пойти. На гордыню свою наступил и примером сим иных казаков в охотники пойти убедил.

Чародейка ощущала, как Ганса Штраубе переполняет любопытство. Это было понятно. Однако сие знание ничем Митаюки не помогало.

— Да, девочка, помог, — кивнул немец. — Вижу, замыслила ты чего-то. Ты хитра, народ здешний знаешь. Вестимо, должно получиться.

— Хорошо, немец, ты получишь плату за свою помощь. Часть золота из доли моего мужа.

— Не считай других дураками, девочка, если желаешь получить от них помощь, — покачал головой Штраубе. — Вы, дикари, золота не цените. Вы льете из него идолов, вы чеканите из него амулеты... Но это все. Вы не меняетесь им, не платите золотом, не копите слитки. Для вас нет разницы между золотым истуканом и деревянным, если они одинаково красивы. Ты стараешься не из-за золота.

— Тогда чего ты хочешь от меня, немец?

— Я хочу своей доли! — прищурился Штраубе. — Но не в золоте. Доли в том, чего ты добиваешься!

Митаюки прикусила губу и отступила. Отвернулась, раздумывая.

— Одно мое слово, и воеводой ватаги пойду я, — сказал ей в спину Ганс Штраубе. — Матвей Серьга хорош, но мне верят больше. Твой план набега мне очень нравится, но я могу провести его сам, без тебя. Ты, может статься, и чернокнижница, однако порох и свинец неплохо заменяют самые могучие заклинания.

— Но добиться того, чего хочу я, ты не сможешь, — снова повернулась к немцу ведьма. — Свинец может убить, разрушить. Но пули и ядра не умеют создавать.

— Мудрое утверждение, — усмехнулся Штраубе. — Не стану ему перечить. Но давай перейдем к делу. Чего ты добиваешься, что задумала на самом деле?

— Когда увидишь, поймешь, — пожала плечами Митаюки-нэ. — Я согласна, Ганс Штраубе. Если ты будешь исполнять мои приказы, то получишь свою долю в моем успехе.

— Нет, — покачал головой немец. — Помогать: да. Однако исполнять приказы, подобно безропотному слуге, я не стану.

— Но ты всегда и безусловно будешь признавать титул моего мужа!

Штраубе криво усмехнулся. Он понимал, в чем таится разница между «признавать титул» и «подчиняться». Молодая туземка была достаточно умна, чтобы не допускать подобных оговорок.

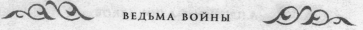

— Я буду признавать и поддерживать его высокое положение, — согласился немец.

— Договорились! — кивнула Митаюки и пошла в острог.

— Стой, чернокнижница! — окликнул ее немец. — Дай клятву, что не обманешь.

— Не обману, — мотнула ведьма головой. — Ты мне нужен. Так же, как я тебе.

— А когда стану не нужен, ты попытаешься меня прикончить? — сделал вывод Штраубе.

— Так же, как и ты меня, — невозмутимо пожала плечами Митаюки и пошла дальше.

Немец тяжело вздохнул, глядя ей в спину, и пробормотал себе под нос:

— «Вы не могли бы сделать походную роспись, милый Ганс?» — «Даже и не знаю, Митаюки...» — «Но я очень вас прошу, милый Ганс!» — «Ладно, Митаюки, раз уж ты так просишь, то сделаю» — «Очень благодарна, милый Ганс!» — «Всегда к вашим услугам, юная леди...». — Он вздохнул еще раз. — Ладно, пойду считать припасы. Доннер веттер... Интересно, и во что это я так лихо только что ввязался?

Между тем к острову с часовней в эти самые минуты причалила лодка. Афоня Прости Господи выбрался из нее, удерживая в правой руке накрытую полотном корзинку, за нос вытянул полегчавший челн далеко на берег, после чего паренек вошел в двери.

Отец Амвросий, понятно, стоял за алтарем на коленях и, отвешивая глубокие поклоны и крестясь, истово молился выставленным в ряд образам:

— Боже святый и во святых почивай, трисвятым гласом на небеси от ангел воспеваемый, на земли от человек во святых своих хвалимый, тебе самому действующему вся во всех, мнози совершишася, святии в коем роде благодетельми благоугодившии тебе...

Афоня отступил к стене, присел на стоящую там лавочку, поставив корзинку на колени и терпеливо дожидаясь окончания одинокой службы. А длилась она долго... Однако не бесконечно.

— Что привело тебя сюда в столь неурочный час, несчастный? — наконец соизволил обратить на гостя внимание священник.

— Рыбу копченую горяченькую тебе из острога прислали, отче, сбитень пряный и просьбу поутру с благословением приплыть. Новый поход к язычникам казаки затеяли, слово божие нести.

— Рази не ведаешь ты, что плоть я свою голодом умерщвляю?! — гневно ответил отец Амвросий. — Почто вкусности всякие таскаешь? Хватило бы мне и корочки хлеба сухой и плесневелой!

— Где же мне взять здесь корку хлеба, батюшка?! — изумился паренек. — Тут и свежего-то третий год, поди, никто не видел, а ты про корочку сухую сказываешь!

— Ладно, давай! — поднялся с колен священник.

— Вот, испей, — первым делом протянул ему деревянную фляжку Афоня. — Пересохло в горле, поди, после чтения слов святых для бога?

Отец Амвросий взял флягу, осушил в несколько глотков, поморщился:

— Фу, что за сбитень?! Горький, холодный, не сладкий!

— Остыл, батюшка. Путь-то не близкий, море ледяное.

— Ладно... — Священник крякнул, облизнулся, сел на скамью, переставил корзину себе на колени, откинул тряпицу и решительно взялся за разделку толстой тушки жирного коричневого судака. Афоня Прости Господи же, напротив, поднялся, обогнул скамью, встал у отца Амвросия, вскинул руки у него над головой и стал ими водить, что-то еле слышно нашептывая. Однако рыба не бесконечна, особенно такая мягкая и вкусная...

— Плоть слаба. — Облизав последние косточки, священник кинул их в корзинку. — Надеюсь, господь простит мне эту скоромную малость. Пойду руки в море помою.

Отец Амвросий вышел наружу. Афоня же прошел вперед, с интересом прошел вдоль икон, поводил перед ними ладонями, понюхал горячие сальные свечи.

— Поезжай, Прости Господи, — вернулся, отирая ладони о рясу, священник. — Скажи, приплыву утром, благословлю.

— Да, батюшка, — кивнул паренек, подхватил корзинку, направился к дверям, но перед самым порогом вдруг остановился, оглянулся через плечо: — Скажи, отче... Коли служитель богов клятву им дал нести слово истины в чужие народы, об истинных богах не ведающих... Коли служитель этот заместо странствий и проповедей на острове запирается да молится один втихомолку, сие на пользу душе его пойдет али токмо в бездну греха погрузит и обиду в богах вызовет? Кои служителя подобного и вовсе отринуть могут...

— Не узнаю речей твоих, Афоня Прости Господи, — моментально побелев, хрипло произнес священник. — Откель ты слов таких набрался и по какому праву меня, отца своего во Христе, вопрошаешь?!

— Так, женщину одну встретил, — ответил паренек и вышел за дверь.

Отец Амвросий облегченно перевел дух, несколько раз размашисто перекрестился, подкрался к порогу, тихонечко толкнул створку наружу — и с воем ужаса отпрянул назад, налетев на алтарь, опрокинул его и отбежал еще дальше, пока не уперся спиной в скромный иконостас.

На крыльце стояла его давняя знакомая — язычница из рода сир-тя, именем Ирийхасава-нэ, что уже не раз настойчиво просила у священника приобщения к христианству. Зело странным, надо сказать, способом. Круглолицая и широкобедрая дикарка, одетая в бобровую кухлянку, перешагнула порог, повела носом, улыбнулась, сделала еще пару шагов.

— Здравствуй, великий и могучий белый шаман, — сказала она с легким поклоном. — Как же давно не видела я тебя! С самой-самой весны. Скажи, сколь многим смертным успел ты передать свое учение? Где я могу приобщиться великой христианской мудрости?

— Ты... Ты... Ты... — запинаясь раз за разом, никак не мог ответить отец Амвросий.

— Я пришла, — согласилась Ирийхасава-нэ.

— Порождение Сатаны! Исчадье ада! — с ужасом выстрелил в нее ругательствами священник, выста-

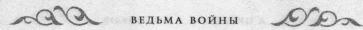

вил перед собой крест на вытянутых руках. — Сгинь, сгинь! Пропади!

— Нет-нет, отче, я не должна уходить, — отрицательно покачала головой сир-тя. — Я помню твое учение. Ваш бог предавался в пустыне одиночеству и терпел там искусы от темных духов. Достойный Иисуса служитель должен обязательно устоять перед искусами. Из любви к тебе, отче, как твоя преданная ученица, я принесла тебе обязательный для православного отшельника искус.

Девушка поднесла пальцы к горлу — и в тот же миг кухлянка рухнула на пол, оставив ее полностью обнаженной. Священник чуть не застонал, увидев перед собой сильное, красивое, юное тело. Розовые языки пламени, раскачиваясь, словно поигрывали сосками высоких грудей, пробирались между ног, гладили ровные смуглые бедра, обнимали руки и плечи, явственно бегали по ее бокам и животу...

— Нет! — скрипнул зубами несчастный, пытаясь выстоять перед тройным воздействием и приворотного зелья, и любовным наговором, и прямым, навеваемым ведьмой наваждением. Нине-пухуця не желала рисковать и использовала все свои знания, дабы добиться нужной цели.

— Смотри на меня, священник! — подступила девушка и стала развязывать пояс на своей жертве. — Если деяния твои нужны твоему богу, коли он желает твоего отшельничества, ты сможешь устоять перед искусом. Ты ведь обещал Иисусу нести истинное учение в языческие земли? Но предпочел запереться здесь? Сейчас ты узнаешь, угодно ли ему такое служение!

— Я выстою! — стиснул зубы священник.

— Хочу это увидеть... — Ирийхасава-нэ стянула с него рясу, швырнула в сторону, приблизилась так, что тела соприкоснулись. Теплые мягкие пальцы девушки побежали по бокам мужского тела, и вместе с ними священника окатило обжигающей волной вожделения. Столь сильного, что оно причиняло боль, просачиваясь в каждую пору его тела и превращаясь там в маленький вулкан, затапливая его разум. — Это просто искус, священник. Это испытание. Твой бог прошел через него. Достоин ли ты его имени и своего креста?

— Я выдержу... — Отец Амвросий зажмурился. — Иже иси... Да святится...

Но пламя уже бушевало в его разуме, выжигая молитвы из памяти, плоть же стремилась вперед, отказываясь подчиняться сознанию, тело вздрагивало в конвульсиях, и если священник стоял, то только потому, что провалился в небольшую выемку между состыкованными в торец бревнами.

— Значит, ты отказался нести свет истины в заблудшие души, отче? — усмехнулась гостья, хорошо ощущавшая состояние жертвы. — Спасет ли тебя эта измена?

Ее пальцы опустились на плоть священника, заиграли на ней — и последняя плотина рухнула, терпение обратилось во взрыв, смирение в ненависть... Мужчина ринулся вперед, сбив несчастную с ног, раздавил ее собой, обрушив на свою жертву все те муки, что только что испытал, и, полностью утратив разум, — вбивал и вбивал в женщину это чувство. Вбивал, насколько хватало сил, взрывался, таял

 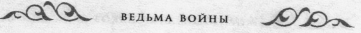
в слабости — но едва возвращались силы, как снова вцеплялся в обнаженную гостью, пока окончательно не ослабел и не провалился в полубессознательную дрему.

— Да, отче, ты силен, — услышал он слова поднявшейся с пола Ирийхасава-нэ. — Ты хорош... Иногда не знаю, чего мне хочется от тебя больше: твоей мудрости или твоей страсти. Невероятно! Всю ночь, до утра... Как волчатник пойманную ящерку... Надеюсь, твой бог так и оставит тебя бессильным смертным и ты никогда не сможешь устоять перед своими искусами.

Девушка пошла к двери. Через полуопущенные веки она казалась уже не такой фигуристой, а ее бобровая кухлянка нежданно обратилась в грубую тунику из шкуры товлынга.

— Мы еще встретимся, отче. Молись тут и дальше, а я стану тебя часто-часто навещать.

Створка открылась, закрылась. Отец Амвросий остался в тишине и одиночестве.

И позоре.

Он не смог устоять перед искушением! Отшельничество не принесло добродетели тому, кто клялся посвятить себя миссионерству. Жалкая похоть сломала отца Амвросия в считаные минуты.

И тут в памяти священника всплыла казацкая просьба, о которой сказывал накануне Афоня. Ватажники просили благословения, намереваясь отправиться в новый поход к язычникам.

Уже через мгновение отец Амвросий стоял на ногах, торопливо одеваясь, а через минуту — мчался по волнам к острогу, гребя со всех сил.

— Кто тут собрался на берег, под солнце колдовское?! — громко вопросил священник, ворвавшись в острог. — Я иду с вами, дабы нести слово господа нашего в дикие заблудшие умы!

Сказал — как отрезал! Таким тоном, что возразить отцу Амвросию ни один из собирающих припасы ватажников и думать не посмел.

Да, пожалуй, и не собирался. Священник в ватаге всегда на пользу. Умирающего причастит, за живых помолится, а в трудный час — еще и лишним мечом в сече станет. Чему же тут можно возражать?

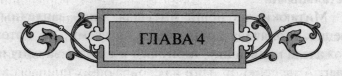

ГЛАВА 4

Зима 1584 г. П-ов Ямал

Тотемники

Выбранный юной чародейкой путь начался прямо напротив острога, от северного берега реки.

То есть, конечно, командовал Матвей Серьга. Девушка же лишь махнула рукой, тихонько шепнув мужу:

— Вдоль кустов двинемся, пока не кончатся, — и тут же отступила в задние ряды небольшой казацкой ватаги, дабы не мозолить воинам глаза.

— За мной, православные! — громогласно объявил сотник и, взявшись за передние концы своей волокуши, тронулся по галечному пляжу вдоль моря, от высадивших казаков стругов к краю серого северного неба.

Воин Матвей, известно, был крепким, шел быстро и решительно. Таковыми же были и Силантий, и Ганс Штраубе, и Евлампий... Отец Амвросий шагал налегке... А вот Кудеяр Ручеек очень быстро стал отставать. Концы его волокуши зарывались в камушки, и он постоянно петлял, вытягивая то одну, то другую жердину. Путь змейкой получался

чуть не вдвое длиннее прямого — и поди, угонись за остальными!

Митаюки, из ноши имевшая лишь заплечный мешок, поначалу пошла было со всеми, но потом пожалела мальчишку, вернулась и взялась за одну из слег:

— Давай, навались!

Двойного худосочного тягла оказалось достаточно — волокуша пошла прямо, хотя и не быстро. По счастью, путь на север уводил ватагу все дальше от колдовского солнца, и вскоре землю стало заметно подмораживать, и после обеда она затвердела так, что концы жердин больше не проваливались и шустро скользили по поверхности.

— Ты мешок свой сверху кинь, чего мучаешься? — предложил Ручеек.

Митаюки послушалась, и тащить сразу стало легче. С плеч груз пропал, а волокуше оказалось все равно, заметно не отяжелела.

По морозцу они пошли сильно быстрее, однако остальную ватагу все равно нагнали только поздно ночью, когда казаки уже остановились и успели собрать из слег чум. Огня не разводили — поели копченой рыбы да водой из ручья запили, разбив тонкий еще здесь ледок. В чуме же такой толпой тоже быстро надышали, и спать было терпимо.

К середине второго дня мороз заметно окреп, и ивовые заросли на востоке стали быстро чахнуть. Матвей, однако, продолжал идти вдоль берега, пока путники не выдохлись, и только на привале объявил:

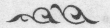 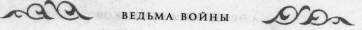

— Завтра от моря поворачиваем! Теперь там уж точно никаких лесов не будет! На ночь робы из шкур товлынга одевайте. Без них теперь и околеть недолго.

Казак оказался прав. Ночью, без движения, даже в чуме и во всей одежде было жутко холодно. Кабы не теплые новенькие малицы — точно без обморожений бы не обошлось. А так — люди просто замерзли. Правда, у них имелось надежное средство для согрева: собрать волокуши, взяться за концы и шагать на восток, пока не вспотеешь...

Дни начинались, когда ватажники уже были в пути, заканчивались, когда казаки еще не успели остановиться. По счастью, в небесах то и дело развевались цветные сполохи северного сияния, давая достаточно света, чтобы не заблудиться в белой снежной пустоте.

С погодой людям повезло. Мороз сковал все лужи и болота, снега же пока нападало всего по колено. Так что и волокуши никуда не проваливались, и ноги в сугробах не вязли. Иди да иди. Даже жалко порою становилось останавливаться. Так ходко путешествовать получилось, что вместо волнистого снежного простора простор ровный открылся перед казаками не через шесть дней пути, а всего через четыре. Матвей поначалу изменения даже не заметил, отмахав по льду с полверсты, пока Силантий, несколько раз топнув ногой, вдруг не крикнул:

— Да вы гляньте православные, что под нами! Да это же море!

— Славно, — лаконично ответил Серьга и повернул к югу.

Через два дня путники смогли снять малицы тов-лынгов, а еще через день — земля отмерзла, море покрылось промоинами, а далеко впереди, пока еще у горизонта, стала хорошо различима неровная стена зеленого густого леса.

Еще половина перехода — и Матвей махнул рукой, указывая на прогалину возле впадающего в море ручья:

— Привал! Прошли быстро, так что пару дней можно отдохнуть-погреться да силы возвернуть. Силантий, выстави дозоры, Ручеек за дровами. Нужно наконец и горячего поесть. Остальные лагерем займутся. Тут не мешает обосноваться основательно.

Митаюки от мужа отдельных приказов не получила и потому отступила в кустарник, опустила веки, сделала несколько глубоких вдохов, уравновешивая мысли после трудного пути, развернула руки ладонями вверх и тихонько запела, подлаживаясь под окружающий мир.

После изрядного перерыва в занятиях войти в нужное состояние не получалось очень долго — но где-то через час юная чародейка все же ощутила то странное наваждение, когда все звуки, запахи, цвета исчезают — и одновременно остаются, а сама ты раздваиваешься, превращаясь в подобие светлой, воздушной тени. Мир исчезает — потому что становишься его частью, неотличимым продолжением тепла, движения и света, но... остается — ведь любое изменение вокруг начинаешь чувствовать, как изменение внутри самого себя, подлаживаясь и оставаясь продолжением этих перемен.

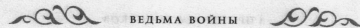 

Впрочем, разве словами такое передать возможно? Это слияние возможно только ощутить...

Впав в наваждение, Митаюки-нэ вышла к лагерю, постояла на краю. Занятые разборкой волокуш не обратили на нее внимания — не заметили. И тогда она с чистой совестью отправилась вдоль берега на юг.

Без волокуши, в одних лишь легких сапожках и кухлянке чародейка ощущала себя почти невесомой. Не шла — летела. И несколько верст до следующего ручья одолела всего за пару часов. У проточной воды ее словно защекотало. Забавно, щекотно, изнутри.

Поначалу чародейка подумала, что это из-за течения. Однако же, перейдя русло вброд чуть выше по течению, Митаюки поняла, что постороннее чувство навевается спереди, из густых зарослей акации. Осторожно забравшись в гущу ветвей, девушка сразу обнаружила защитный амулет, заговоренный от случайного путника на волчатый глаз. Похоже, заклинания, нацеленные на отвод глаз и направление чужаков прочь от тропы, по кругу, разрывали ее ощущение единства с миром, вызывая то самое «щекотное» состояние.

Верная своей привычке оставлять как можно меньше следов, молодая ведьма перерезала ножом три нити, образующие знак пути, соединила чертой руны востока и запада, превращая их в бессмыслицу, и облегченно перевела дух: едкое чувство внутри исчезло. Амулет перестал действовать, оставаясь для непосвященных внешне неповрежденным. Да и колдун не всякий приглядываться станет. Висит оберег — и висит. Значит, в порядке все.

— Однако недалеко должно быть селение, — пробормотала ведьма, возвращая клинок в ножны. — Иначе, кого амулеты стерегут?

Митаюки выбралась обратно на берег ручья, напилась сладкой прохладной воды. Подумала — и, поддавшись наитию, пошла вверх по течению. Спустя полверсты на южном берегу девушка заметила могучий куст шипастой акации, высоко возвышающийся над океаном скромного ивняка. Ничего не почувствовав, чародейка все равно повернула к нему — уж больно неуместным показался ей этот куст, забралась в гущу, аккуратно отводя в сторону ветки с острыми и длинными, в мизинец, шипами. И не зря — на одном из стволов нашлась трехцветная сетка, наводящая порчу «семи дочерей» в северном направлении. Сиречь — насылающая смертельные болезни.

Выругавшись и прочитав заклинание от сглаза, Митаюки порезала сетку в клочья, вернулась к ручью, повторила отчитку, стоя в текучей воде, после чего двинулась дальше — и вскоре нашла еще один куст с наводящим морок оберегом. Кто-то очень умело и старательно закрывал южный берег ручья от обитателей севера, кружа их, сбивая с пути и отравляя порчей. То ли менквы местных сильно донимали, то ли ненэй ненэць повадились в угодьях сир-тя охотиться, но защита оказалась выстроена плотная и умелая.

Решив, что для прохода ватаги вполне достаточно чистого от порчи участка шириной в пару верст, юная чародейка вернулась обратно по ручью, вдоль берега двинулась дальше, теперь куда более старательно прислушиваясь к миру и выискивая глазами

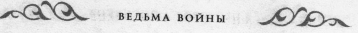

странности и несуразности. Вскоре заметила одинокую березу, повернула к ней и... И едва не наступила на таящегося среди кустов воина! Крепкий парень лет двадцати, в замшевой кухлянке и мягких катаных сапогах с подшитой на подошву кожей устроил себе лежку у самых корней ивового куста и почти полностью скрывался ветвями. Вид у него был ленивый, на тропу сир-тя поглядывал вполглаза — однако этого вполне хватило бы, чтобы заметить идущего вдоль моря врага.

Мысленно ругнувшись, юная чародейка пробралась к березе — и, естественно, нашла на стволе оберег от «потаенной беды»: большой кленовый лист, окруженный плетением с рунами. Незваную гостью амулет почуял — лист завял. Надеясь это скрыть, Митаюки оборвала ножку листа — пусть воины думают, что все случилось из-за случайного повреждения.

Пробравшись чуть дальше, чародейка нашла и лагерь караульных: несколько гамаков, висящих под плетеным навесом, и толстые кувшины с густым кисло-сладким фруктовым отваром на корнях рогоза. Фрукты не давали отвару портиться, а рогоз придавал сытости. Одного кувшина обычно хватало двум воинам на пять дней дозора. Несколько глотков утром, днем и вечером утоляли жажду, наполняли желудок — и готовить ничего не нужно. Через пять дней по обычаю приходила смена — и отъедались воины уже дома.

Два гамака были заняты, три оставались свободны. Это означало, что не меньше трех сир-тя бродили где-то неподалеку. Если среди них есть колдун, пусть и не самый умелый, недолго и попасться.

Митаюки отступила так же осторожно, как прокралась к березе, у моря перешла на быстрый шаг и помчалась к ватажникам.

Казаки уже успели не просто поставить лагерь, но и поесть, и даже спать легли. Здешний день оказался обманчивым, близкое колдовское солнце крало у ночи изрядную часть темноты. Вокруг было еще светло — но на севере море уже давным-давно исчезло в темноте.

Один только Серьга хмуро сидел у костра, подбрасывая время от времени в пламя сухие веточки. Услышав шаги, вскинул голову, поднялся навстречу, схватил в крепкие тяжелые объятья, крепко расцеловал:

— Где же ты была, женушка? Я ужо извелся весь!

— Там дальше, версты четыре отсюда, дозор ратный стоит, — махнула рукой Митаюки. — Сир-тя земли свои от дикарей сторожат.

— Это плохо, — пригладил ее волосы муж. — Коли так близко, могут и заметить. Придется идти с рассветом, брать. Дабы первыми успеть. Что же ты одна-то бродишь, ненаглядная моя? А ну, случись что? Волчатник там, язычники али ногу подвернешь?

— Ты же меня найдешь и спасешь, любый? — От прикосновений и столь явной тревоги сурового воина у Митаюки защемило сердце и по спине пробежали горячие мурашки. — Поднимешь на руки и вынесешь...

Матвей Серьга хмыкнул и подхватил свою жену — то ли сам захотел, то ли ее желанию поддался. Митаюки обняла его за шею, качнулась вперед, слегка куснула за ухо, прошептала:

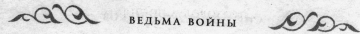 

— Тут же тепло... Зачем нам спать со всеми, Матвей?

Казак, хмыкнув, просто пошел вперед, мимо чума и дальше в кустарник — не разбирая дороги, проламываясь через заросли, словно могучий товлынг. Притоптал прутья, опустил на них жену, расстегнул пояс. Митаюки тоже рванула застежку и содрала с себя кухлянку, уже горя, уже предчувствуя, как опять окажется в объятиях могучего, несокрушимого дикаря. Слабая, беззащитная, покорная — в руках крепких и надежных, как крепостная стена. И как сила эта вольется в нее и станет ее частью, вознеся чародейку к небесам власти и наслаждения...

Казак явно соскучился по жене — и его сил хватило до полуночи, когда погасло не только настоящее, но и колдовское солнце. После небольшого отдыха в объятиях Матвея чародейка очень быстро поняла, что в кустарнике не так уж и тепло, — и потянулась за одеждой. Серьга тоже оделся, отправился к чуму. Когда ведьма его нагнала, сотник уже разговаривал с разбуженным немцем.

— Ты воин опытный, сделаешь тихо, — полушепотом объяснял Матвей. — Больно близко. Управиться надобно, пока нас не заметили.

— Под березой они стоят, — добавила Митаюки, поняв, о чем идет речь. — Дерево окрест единственное, трудно не заметить. За ручьем. Пять гамаков у дозорных.

— Коли в смену спят, то и десять может оказаться, — сделал вывод Штраубе. — Еще четверых возьму, сотник, дабы уж не ошибиться. — Он поднял лицо к небу и добавил: — До рассвета управлюсь. Перед восходом сон зело сладкий...

Митаюки зевнула — и полезла в чум. С делами ратными мужчины и без нее управятся.

Не успела юная чародейка закрыть глаза — как ее разбудил тревожный крик. Вместе с остальными казаками девушка выскочила из чума и только тут поняла, что уже светает.

Тревогу поднял стоящий в дозоре Кудеяр. На юге, верстах в четырех, ярко полыхала макушка едва выглядывающего над горизонтом дерева.

— Проклятье, немец! — сплюнул Матвей. — К оружию, други! Брони одевай! С собой ничего, окромя оружия, не брать. Похоже, Штраубе нашего выручать надобно.

Вооружаться для казаков было делом привычным. Кто поверх кафтана кольчугу через голову, словно косоворотку, натянул, кто юшман пластинчатый на боку крючками застегнул, кто колонарь, что от обычного кафтана только нашитыми пластинами отличен, напялил. Опоясались саблями, похватали кто рогатины, кто пищали, кто бердыши за спину забросил. Отец Амвросий, широко перекрестившись, взял в руку саблю, на пояс, однако, не повесив. Евлампий и Никодим схватили за концы волокушу с двумя кулевринами и огненным припасом. Считаные минуты — и десять воинов быстрым шагом устремились вперед.

Вскоре они перешли ручей — и на том берегу их встретил Ганс Штраубе с сотоварищи.

— Что?! — вопросительно выдохнул Матвей.

— Клянусь святой Бригиттой, здешние язычники службу дозорную правильно несут, — виновато развел руками немец. — Полыхнуло, когда нам сажен сто всего до ворога оставалось. Сигнал тревожный сир-тя подали да сразу и ушли, ни единого мы не застали. Погнаться хотели, но там, на тропе, самострел насторожен. Хоть его заметили вовремя. Посему отступить я велел. Может статься, тропы-то ложные? К ловушкам ведут?

— Тут токмо море настоящее, — тихо произнесла Митаюки.

— Это верно, — кивнул Силаний. — По пляжу-то при отливе куда как спокойнее двигаться. Там ни ямы ловчей быть не может, ни капкана средь гальки не спрятать.

— Чем дольше ждем, тем больше сил по тревоге ворог собрать успеет, — добавил Ганс Штраубе. — Что прикажешь делать, атаман?

— Опосля вещички заберем, — махнул рукой Матвей Серьга. — А ныне вперед, пока не спохватились!

Дальше ватага шла уже не спеша, отдыхая после предрассветной пробежки. Примерно через час дыхание путников восстановилось, однако шага Матвей не ускорял. Силы воинов стоило поберечь — ведь по чужой земле шагали, неведомой. Нападение в любой миг случиться может.

— Стойте! — неожиданно для всех крикнула сзади Митаюки.

— Чего еще? — оглянулись на нее казаки.

— Акация стеной стоит! — указала в сторону от берега молодая ведьма. — Шипастая, через нее в здравом уме никто не полезет, обойти попытается.

— Ну и что? — пожал плечами Никодим.

— Где ты видел, дикарь, чтобы деревья ровной линией росли? — презрительно дернула верхней губой лучшая ученица Дома Девичества. — Ровной чертой токмо стены в острогах рубят али рвы копают.

— Мыслишь, посадил их тут кто-то? — первым сообразил немец. — Под углом к берегу. Кто-то нас, ровно рыбу речную, в вершу с узким горлышком заманивает.

— Чего же теперь делать-то? — неуверенно спросил Кудеяр, тиская ратовище копья. — Назад возвертаться?

— Зажечь фитили! — перекрестившись, приказал Серьга. — Молись за нас, отче. Ныне на молитву первая надежда.

Силантий первым высек искру, и от его бересты остальные стрелки запалили свои фитили. Заправили их в замки пищалей.

— Матвей! — окликнул сотника немец. — У тебя среди всех глаз самый вострый. От сего мастерства ныне судьба наша зависеть может. Может, ты позади с кулевринами пойдешь? Приказы твои мы и оттуда услышим.

— И то верно, — одобрительно кивнул Силантий. — Коли беда случится, каждый выстрел на вес золота будет.

— Тогда ты в голове выступай, — согласился с доводами сотника Серьга, отошел назад, проверил запальники кулеврин, заглянул в ствол, удовлетворенно

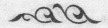 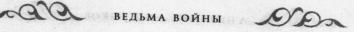

кивнул, приказал Евлампию и Никодиму: — Давайте, братцы, на плечи жердины поднимайте.

И как только парни выполнили команду, повернул пушки поперек носилок, цепляя гаками за слеги.

Отец Амвросий тем временем, сжав в ладонях нагрудный крест и шепча молитвы, медленно шел по берегу далее. Пояс с саблей висел у него через плечо — опоясаться оружием священник так и не посмел.

— Отче! — спохватившись, кинулась следом Митаюки. — Куда же ты один в ловушку, святой отец?!

Священник, полностью отрешенный, ее словно не слышал. Хорошо хоть, шел не очень быстро, и юная чародейка его легко обогнала, настороженно глядя по сторонам.

Высокая стена черной акации, почти лишенной листьев, потихоньку приближалась к берегу. Она высоко поднималась над ивовыми зарослями и почти не имела просветов. Тот, кто сажал и растил кустарник, очень старался.

— Куда убегли, оглашенные?! — запыхавшись, схватил за плечо священника Силантий. — Остальных обождите!

Отец Амвросий чуть качнулся и замер, удерживаемый силой, а юная чародейка пошла дальше. Во второй руке десятник держал рогатину и схватить Митаюки не мог.

Девушка сделала еще несколько шагов, прищурилась, сорвалась на бег, продираясь через траву к стене кустарника, и замерла возле качающейся на ветру змейки, свернутой на руне вечной жизни.

Знак, призывающий зверя...

Митаюки-нэ пошарила глазами по сторонам и вскоре заметила комок красной шерсти с пятью растопыренными нитями. Совсем чистый, не запыленный, не заросший паутиной. Похоже, кто-то сорвал замковый узел совсем недавно и освободил знак зверя от запретов.

— Великий Темуэде-ни... — охнула ведьма. — Это же тотемники!

Она обернулась и громко закричала:

— Здесь живут тотемники! В проходе прячутся чудовища!

Ватага остановилась, словно споткнувшись, глядя на полосу влажной гальки, лежащую между морем и зарослями акации. Шагов десять в ширину и с полсотни в длину.

— Фитили не потухли? — быстро перекрестившись, спросил Ганс Штраубе. — Копейщики вперед и влево, в одну линию уступом, стрелкам приготовиться. Вперед!

Ватага, перестроившись, вошла в проход.

Шаг, другой, третий...

Море вдруг зашипело, забурлило пеной, вскипело брызгами — и из воды взметнулись три головы на длинных шеях, стрельнули раздвоенными языками. Каждая голова размером с телегу, шея толщиной с лошадь — и все три одновременно метнулись к людям. В ответ оглушительно громыхнули пищали, вырывая из голов кровавые клочья и закрывая маленький отряд белой пеленой.

Неожиданный болезненный отпор вынудил тварей отпрянуть — но тут же они снова метнулись вперед, раскрыв огромные пасти. Кто-то из казаков заскулил

 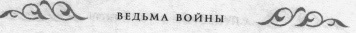

от ужаса — но места в строю не бросил, и пасти напоролись на вскинутые навстречу рогатины. Пищальщики бросили оружие и выхватили сабли, рубя чешуйчатые морды, отец Амвросий вскинул навстречу чудищам святой крест:

— Сгинь! Сгиньте, твари бесовские!

Одна из гигантских змей замотала головой, не в силах избавиться от засевшей в нёбе рогатины, нырнула, вынырнула, отплыла дальше в море, а две другие опять накинулись на столь близкую, но колючую добычу.

Бросок головы с распахнутой пастью, новый крик ужаса — и змея вздела вверх морду, тряхнула, пропуская добычу глубже в горло. Меж ее зубов торчали, судорожно дергаясь, ноги в шароварах и сапогах.

Оглушительно жахнула кулеврина — шею разорвало пополам, и голова с добычей размашисто шмякнулась на гальку. Одновременно, не выдержав отдачи, кувыркнулись с ног Никодим и Евлампий, заползали на четвереньках, оглушенно тряся головами.

— Вставай! — заорал на них Матвей, зло пиная сапогами. — Встать! Жердь поднимайте!

Четверо казаков бросились к сотоварищу, один приподнял тяжелую челюсть, трое за шаровары вытянули несчастного из пасти зверюги. Все остальные, держась плечом к плечу, закрывали друзей собой, выставив копья. Наученная опытом гигантская змеюка втыкаться мордой в сверкающие наконечники не спешила и раскачивалась чуть в отдалении, нависая сверху, целилась схватить тех, что копошились сзади.

Серьга наконец-то смог поставить парней на ноги, поднял заряженную кулеврину, наложил на жердь, укрепился гаком, прищурился, ловя подвижную цель, ткнул фитилем в запальник. Опять жахнул оглушительный выстрел, раскидавший всех трех пушкарей, — однако из головы твари вырвался огромный, чуть не в треть черепушки, кровавый шмат, и тварь мгновенно кинулась прочь. Только осталась среди волн длинная, на много саженей, кровавая полоса.

— Пищали заряжай! — холодно приказал Ганс Штраубе, двумя руками опираясь на рогатину и осматривая поверхность моря. — Силантий, Семенко, Кудеяр, пушкарям помогите! Они, похоже, сами не пройдут.

— Семенко того, Ганс... Сам не ходит... — хмыкнул десятник. — Где ему сотоварищам помогать?

Молодой казак, вытащенный из пасти зверя, сидел на гальке с ошалелым видом и стряхивал с себя вязкую белую слизь.

— Ну, так другого кого возьми... — брезгливо поморщился Штраубе. — И во имя святой Бригитты, уходим отсюда! Мало ли еще кто заявится?

По южную сторону от колючей стены из черной акации начинался лес. Самый настоящий сосновый бор с многоохватными деревьями, по коре которых полз вверх влажный зеленый мох, с подлеском из стройного можжевельника и пушистых елочек, с густыми зарослями высоченного, по пояс, папоротника, выстилающего все мало-мальски освещенные участки. Казаки быстро удалились от моря в эту сочную зелень, пахнущую смолой и пряностями. Собрав пушкарей и огненные припасы, казаки миновали пляж еще раз и долго пробирались между деревьями, прочь от проклятого места, пока не оказались на бе-

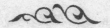 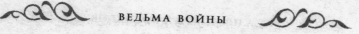

регу небольшого озерца, глубиной по колено и полусотни шагов в окружности. Несчастный Семенко тут же влез в него прямо в одежде, торопливо смывая начавшую подсыхать змеиную слюну.

— Что же ты за бестолочь такая, однако?! — всплеснул руками Силантий. — Ты бы напиться сперва дал, что ли! Всю воду изгадил, шельмец.

— Отстань, — отмахнулся ватажник, сбросил броню, кафтан и сапоги и продолжил отмываться в рубахе и шароварах.

Остальные казаки, посмеиваясь, стали рассаживаться округ, отдыхая и приходя в себя. Ганс Штраубе, пройдя вдоль воинов, остановился перед ведьмой:

— Давай, Митаюки, сказывай. О каковых тотемниках ты намедни кричала и откуда сии чудища ужасные взялись?

— Тотемниками в народе сир-тя северные племена кличут, немец, каковые ветхой старине привержены и обычаи с древнейших времен не меняют. — Юная чародейка тоже села на землю, поджав под себя ноги. — Сказания моего народа повествуют, что когда-то у всех племен и народов были свои тотемы, священные животные, которым поклонялись предки и которые сим предкам были предводители.

— Фу, мерзость! — Отца Амвросия аж передернуло. — Мало вам в язычестве погрязнуть, так вы даже не истуканам, а скоту поганому поклонялись!

— Да, отче, — легко согласилась ведьма. — В племенах самых мудрых, южных и сердцевинных колдуны и вожди давно поняли, что звери не в силах даже близко сравниться с сир-тя ни в чем. Что зверье лесное есть лишь мясо для еды и кости для поделок,

просто шкуры для одежды и домов и клыки для оружия. Однако же на севере очень многие племена, как встарь, продолжают поклоняться тотемам и полагаться на их помощь.

— У них нет золота?! Нет истуканов? — встревожилось сразу несколько казаков.

— Все есть! — поспешила успокоить ватажников ведьма. — Они поклоняются и мужским богам, и женским, и принимают посвящение мальчиков через золотой песок. Однако же покровителем воинов у них считается тотемный зверь, какового они призывают с собой на битвы и на какового полагаются в защите селений. Мыслю, мы попали к племени нуеров. Раз змеи вступились за дозорных, когда мы проходили через запретное место, так сие выходит...

— И теперь все здешние змеи будут на нас охотиться? — громко спросил из середины лужи уже совсем голый Семенко Волк.

— Нет. Это же просто звери, — пожала плечами Митаюки. — Чтобы они вступились за свой род, нуеров нужно приманивать амулетами или вызывать шаманским обрядом. У племени только один тотем, здешние сир-тя могут позвать только нуера. Это водяная змея, в лесу ее можно не бояться.

— Здесь везде вода, — развел руками немец. — Земли такие.

— Ну и что? — удивилась ведьма. — Вы же воины. Вы не должны бояться опасности.

— Хотелось бы знать, какой именно? — степенно поинтересовался Силантий.

— Если нас найдет здешний колдун, — повернула к нему лицо юная чародейка, — он призовет нуера

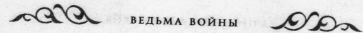 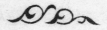

и направит против нас. Если мы придем к селению сир-тя, колдун вызовет нуера туда.

— А потом?

— У тотемников не бывает «потом», — покачала головой Митаюки. — К ним на защиту приходит самый злой и могучий зверь-покровитель. Он убивает врагов сир-тя, и селение живет дальше.

— Но ведь мы прошли мимо здешних зверюг! — воинственно воскликнул Кудеяр.

— Там, у воды, висит амулет, — повернулась к нему юная чародейка. — Дозорные сорвали его защиту, и оберег вызвал нуеров к запретному месту. Странно, что их было три, а не один, однако же я не сильна в сих премудростях. Может статься, общий морской берег обороняют от внешнего врага тотемы сразу нескольких родов? Во-о-от... Теперь тотемники подождут пару дней, чтобы нарушивших границу чужаков наверняка съели, и снова вернутся сторожить порубежье.

— Тогда что будем делать мы? — прямо спросил Штраубе.

— Выберете другое чистое озерцо и остановитесь на отдых, — пригладила колени ученица служительницы смерти. — Я же пока найду селение и приведу вас прямо к нему. Я сир-тя, мой облик для тотемников привычный. Меня никто ни в чем не заподозрит.

— Ну, это не тебе решать! — внезапно отпрянул немец. — На то у нас атаман имеется. Что прикажешь, Матвей, как дальше поступим?

— Подождем, пока Семенко наконец скоблить себя перестанет, и другое озерцо искать пойдем, —

усмехнулся казак. — Вода будет, без жратвы пару дней вытерпим. Ты управишься за два дня, девочка моя?

— Да, муж мой, — уважительно поклонилась Митаюки.

— Хороший план. Так и поступим.

От казаков юная чародейка ушла обычной скромной женщиной сир-тя в поношенной кухлянке — однако, едва скрывшись с их глаз, ведьма тут же остановилась, раскинула руки и зажмурила глаза, пропитываясь этим миром, впуская в себя наваждение невидимости. И только потом направилась к морю по оставленным казаками следам. Однако, пройдя сотню саженей, заметила идущую поперек пути тропку. Ее можно было бы принять за полоску земли, на которую не упало в этом сезоне семян, или на место, куда постоянно падает тень, не давая подняться ни папоротнику, ни траве, но... Но в песне, которая наполняла этот мир, полоска была посторонней нотой. Только поэтому ведьма и повернула направо, прошлась по линии, обогнула вместе с нею заросли папоротника, нырнула под поваленное дерево, свернула за высокую сосну — и замерла. Присела возле выпирающего корня, тронула пальцами.

В месте пересечения корня и полоски корень блестел! Это означало, что кто-то, пробегая мимо, побоялся споткнуться и наступил сверху, а не рядом. Причем поступал так не раз, и не два, и даже не десять. Сосновые корни прочны, полируются медленно.

— Выходит, и вправду тропинка, — прошептала Митаюки, теперь уже уверенно шагая дальше. От лужи к папоротникам, от поваленных деревьев к молодой поросли, от камней к можжевельнику.

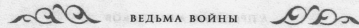 

Примерно через час потаенная тропка вывела следопытку на настоящую тропу, а та — на еще более широкую. Митаюки бежала уже вприпрыжку, весело и легко, нагнала двух девочек с корзинками, обогнала, крутанулась — нет, не заметили! Помчалась дальше. Дорога уткнулась в шумную речушку шагов десяти шириной, примерно с версту тянулась вдоль берега, потом вдруг резко повернула через песчаный брод. Дальше открывалось просторное озеро.

— Ну, конечно... — опять вслух прошептала молодая служительница смерти. — Где еще могут жить тотемники водяной змеи, кроме как на острове?

Племя нуеров, похоже, обитало в этом удобном, хорошо защищенном месте уже давно — на вытянутом острове, длиной с половину версты и шагов триста в ширину, почти не осталось деревьев. Стояли только самые древние, могучие сосны в шесть-семь обхватов, рубить которые не взялся бы даже самый отважный воин. Это ведь не один год, верно, нужен, такую толщу древесины проковырять! И, даже одолев, повалив великана — что потом со столь огромным массивом дерева делать?!

Между стволами были разбросаны легкие семейные чумы. Маленькие, способные укрыть от дождя и ветра лишь пару человек и двух-трех детей, — и большие, высокие, покрытые толстой кожей. Митаюки знала, что в них тоже больше трех-пяти сиртя не жило. Однако подобные дома принадлежали не простым воинам или охотникам, а вождям, шаманам, потомкам знатных родов. Чем дальше от берега — тем крупнее были шатры, тем знатнее их обитатели. Но дальше всего от лазутчицы, открытое озерному простору, возвышалось святилище, крытое шкурой огромного нуера и украшенное его головой с длинными кривыми зубами.

Когда-то, в Доме Девичества, они с подругами веселились по поводу того, что глупые тотемники убивают своих покровителей для строительства святилищ, в которых этим самым покровителям молятся, поклоняются, просят помощи... Но сейчас ведьме смеяться почему-то не хотелось.

Она дошла до широкого, в три шага, моста, соединяющего остров с берегом. За много поколений тотемники обленились плавать домой на лодке, предпочли сделать сухопутную переправу. Сами себя лишней обороны лишили!

Митаюки посторонилась, пропустив двух воинов с копьями, украшенных татуировками на шее в виде душащих их змей. Выглядели они крепкими, тренированными, однако же тела тотемники маслом не натирали. Похоже, у северян имелись свои понятия о красоте. Юная чародейка пожала плечами и, обогнав женщину с целой косой из желтых ароматных луковиц, перебежала на остров, сразу пересекла его, вдохнула озерный воздух, негромко напела мотивы свежего, дующего в лицо ветра — затем вытянула нож и перерезала две внутренние нити висящего перед святилищем оберега, хранящего покой племени.

Если повреждения и заметят — то только утром. Хранитель племени — это утренний амулет, ему молятся на восходящее солнце.

Служительница смерти быстро пошла по острову, повреждая все встречные обереги. От святилища — к Дому Воинов, от Дома Воинов — к Дому Девичества

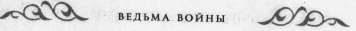
и дальше — между чумов, от одной семьи к другой. В одном месте остановилась, прислушалась.

— Опять дикие люди пытались пробраться в наш лес, — сказал сидящий на циновке перед чумом седовласый сир-тя, одетый в малицу из мягкой и тонкой кожи волчатника. Лицо его портил большой ожог на щеке, во рту не хватало двух передних зубов, точно под разрезанной губой; на груди поблескивал шестью лучами золотой амулет вождя воинов. — Они попытались этой ночью обойти дальний дозор! Глупые двуногие животные...

— Стало быть, нуеры сегодня не голодали, — ухмыльнулся второй, черноволосый, в малице, украшенной по вороту и на плечах нашитыми цветными камушками и с амулетом почти втрое меньшим. Значит — тоже воин, тоже вождь. Но — младший. Мужчины рассмеялись, младший продолжил:

— Зимой дикие люди всегда жмутся к нашим землям, жалкие твари. Им так хочется жрать, что они не боятся болезней и ухитряются пробраться мимо путающих мороков. Они не знают, что своими стараниями всего лишь превращают себя в корм. Себя, своих баб и пометы... — Вожди снова рассмеялись. — Чем больше лезет чужаков, тем сытнее морским нуерам!

Митаюки двинулась было дальше, однако тут вдруг старший сказал:

— Но ты все же не забывай о пророчестве старого Нуерсуснэ-хума, храбрый Ульчикутыр!

— Шаман с самого лета предрекает смерть и разрушения городу Нуер-Картас, но у нас не случилось даже непогоды!

Юная чародейка остановилась и навострила уши.

— Он обещал погибель от неведомых ратей, Уль-чикутыр, а не от непогоды, — покачал головой стар-ший вождь.

— Старик выжил из ума и пугает всех попусту, дядя! Половина города, наслушавшись его карка-нья, разбежалось к родичам на дальние реки и озера, зловредная Саганаси увезла на Айма-Вынгану всех воспитанниц Дома Девичества, а когда на рассвете пришла весть о замеченных дозором чужаках, сбежа-ла еще половина города! На острове не осталось ни стариков, ни детей, ни лодок. Кабы лодок хватило, еще бы и женщин не осталось! Мы собрали в город всех воинов племени, свезли все припасы, дабы их прокормить, отослали всех слабых и немощных, еже-дневно молимся мужским богам и нуерам-покровите-лям, трясемся от страха, и все из-за чего? Из-за того, что старому шаману из-за летней духоты приснился страшный сон? Клянусь Нум-Торумом, кабы мы из-гнали старика вместо того, чтоб его слушать, город жил бы куда лучше, нежели с его советами!

— Ты напрасно ругаешь мудрого шамана, — по-качал головой старший вождь. — Его дар всевиденья много раз приносил городу пользу, спасая от бед. Вспомни, как десять лет тому он предвидел полово-дье и мы смогли переждать его на Еловых холмах? Тогда в городе смыло все, кроме деревьев и золотого идола Айас-Торума... А его весть о приходе язвенной паданки? Тогда его тоже ругали за то, что он запре-тил есть мясо! И токмо опосля все узнали о вымира-нии восьми племен и родов. Наш же город болезнь не затронула вовсе. Эхе-хе-х... — задумчиво покачал головой седовласый воин. — Сир-тя северных земель

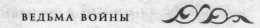

тогда так испугались, что несколько лет питались одной рыбой!

— У нас в городе собралось больше полусотни храбрых воинов, дядя! У нас могучие тотемы-покровители, наш город стоит на острове, и пробиться к нему можно токмо через мост, под стрелами луков и копьями воинов. Подумай, сколь велика должна быть армия, способная одолеть наш Нуер-Картас?! И где она?! — развел руками Ульчикутыр. — Окрестные земли пусты на пять дней пути! Я поражен глупостью своих сородичей, дядя. Они верят страхам старого шамана больше, нежели своим глазам!

Молодой вождь разочарованно покачал головой, глядя на озеро сквозь ноги юной чародейки.

— Нуерсуснэ-хум уже спасал им жизнь своими пророчествами, Ульчикутыр. Как можно ему не верить?

— Нуерсуснэ-хум изрек сотни пророчеств, из которых сбылось лишь два! Почему вы помните о них, но забыли про остальные?

— Пророчеств сбылось куда больше! Просто не все были столь важны и страшны.

— Пророчества о том, что весной растет трава, а из туч проливается дождь? — презрительно хмыкнул молодой вождь.

Митаюки-нэ поняла, что разговор пошел по кругу, и тихонько двинулась дальше, заглядывая в чумы.

Слова вождей подтвердились. В домах было куда больше воинов, нежели женщин. Похоже, только молодые воины сир-тя не смогли расстаться со своими юными красивыми женами. Остальные предпочли поверить здешнему шаману и отослали семьи прочь.

Три десятка домов — три десятка воинов и вдвое меньше женщин. Еще два десятка мужчин, что еще не обзавелись женами, пребывали в Доме Воинов. Туда Митаюки заходить не стала. Заглянула в щель на краю полога — и отправилась дальше, пока никто случайно с ней не столкнулся. Прошла по берегу вдоль всего острова, посидела в задумчивости на одном из причалов, глядя на играющих возле самых ступней мальков.

— Какое чудесное место, — раскинув руки, выдохнула Митаюки-нэ. — Мне тут нравится. Здесь будет хорошо!

На острове лазутчице больше было нечего делать. Юная чародейка рывком поднялась, пробежалась через оказавшийся пустым мост, быстрым шагом дошла по дороге до приметного места и свернула на тропинку. Передернула плечами, стряхивая наваждение, и побежала дальше.

К ватажникам Митаюки вышла задолго до вечера. Опустилась на колено у ручья, возле которого расположились казаки, зачерпнула воды, испила, черпнула снова.

— Да хватит уж, не томи! — не выдержал Силантий.

— Золотой идол есть, — подняла голову ведьма. — Бабы тоже. Полсотни воинов. Крепких, умелых, с копьями. Два десятка луков. И, знамо, тамошний колдун обязательно призовет из озера самого могучего нуера.

— Да, по бабам мы и вправду заскучали, красавица, — заулыбались казаки. Крепким молодым мужикам слова ведьмы пришлись по больному месту.

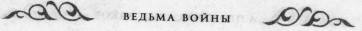

— Колдуна узнать и убить можно? — И только у немца мысли работали чуть-чуть иначе.

— Без разницы, — пожала плечами Митаюки. — Это тотем, а не зверь, разумом которого завладел шаман. Тотем станет защищать племя до тех пор, пока жив сам.

— Это мы поправим, — пообещал Силантий.

— К острову можно пройти токмо по мосту. Длинному, полтораста шагов. А у них луки.

Казаки переглянулись и стали подниматься, вытягивая из-за поясов топорики.

Побродив окрест, они нашли молодую, в один обхват, сосенку, свалили, разделали, отделив три чурбака, раскололи их вдоль, каждый на несколько тесовых досок и сели прокручивать ножами дырки. Затем сдвинули доски, наложили сверху поперечные, через готовые отверстия сбили воедино деревянными же чопиками. Прибитые между поперечными досками сучья стали ручками...

Не прошло и трех часов, как у ватаги уже имелось пять тяжелых щитов почти в рост человека высотой.

Митаюки же все кружила и кружила возле погруженного в молитвы отца Амвросия. Она очень боялась, что могучий белый шаман забудет провести над воинами обряд очищения душ и снятия грехов, укрепляющий воинов против заклинаний сиртя. Да и в бою отчитки священника зело полезны бывают.

— А когда исповедоваться можно будет, отче? — наконец подступилась она.

— На рассвете, дитя мое! — отрезал священник. — Перед битвой священной супротив чар бесовских и порождений языческих! А до того времени на грехи свои помыслы направь и душу раскаянием омой.

— Да, отче, — поклонилась ведьма и отступила. Шаману — видней.

На голодное брюхо казаки поднялись быстро и бодро, отстояли короткий молебен, причастились, приняв от отца Амвросия в рот по маленькой прядке вяленого мяса. Затем снарядились и двинулись к городу сир-тя, подступив к озеру вскоре после рассвета.

Их ждали. Все обитатели города собрались на ближнем берегу острова, переговариваясь и с интересом глядя через протоку на странных гостей. Они не испытывали страха. Митаюки чувствовала скорее эмоции любопытства и жалости. А также нетерпения — сир-тя ждали зрелища.

Правда, почти все воины пришли полюбоваться расправой с копьями и боевыми палицами на поясах. Жизнь в порубежье приучила здешних тотемников к осторожности. Но недостаточно — поскольку луков в толпе сир-тя юная чародейка пока не замечала. Полуобнаженные красавцы в мягких светло-серых малицах без рукавов, украшенных кисточками и шитьем, с родовыми татуировками на шеях и приглаженными волосами, собранными сзади в черные хвостики, не без жалости наблюдали за тем, как к мосту двигалась кучка дикарей в засаленных темных одеждах, поверх которых матово поблескивали металлические пластинки. Они смотрели на мужчин в тяжелых шапках, у кого заостренных, а у кого округлых, с трудом волокущих тяжелые толстые щиты и какие-то вовсе непонятные палки, примерно у половины заменяющие копья.

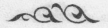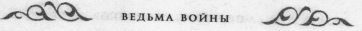
Остановившись шагах в двадцати от моста, дикари засуетились...

— Зажечь фитили! — скомандовал Ганс Штраубе передовому отряду.

— Снимай кулеврины! — Матвей Серьга заметил возле протоки приземистую иву с толстой веткой, растущей на высоте пояса, и, поднатужившись, поднял с опущенных носилок одну из тяжелых пушек, наложил сверху, поддернул, цепляясь гаком, и отпустил молодых помощников: — Все, братцы, дальше я сам!

Никодим и Евлампий побежали к остальной ватаге.

Отец Амвросий вытянул руку в сторону сир-тя, громко потребовал:

— Покайтесь, заблудшие, спасите души свои от геенны огненной!!!

Старый шаман сир-тя, похоже, воспринял это как вызов и ударил в бубен, закружился и запел. Лицо и руки старика были тощи, как ветки можжевельника, покрыты черными пигментными пятнами, но в длинном свободном балахоне он казался вполне себе крупным мужчиной, а голос его звучал ясно и звонко:

— Приди, брат мой по крови! Приди, друг мой верный! Приди, отец племени нуеров, и вступись за детей своих! Покажи нам силу свою! Покажи нам благословение свое!

В центре озера зародилась волна и покатилась к острову, обогнула с юга, ворвалась в протоку и вздыбилась, обратившись в огромное чешуйчатое тело, увенчанное гигантской змеиной головой.

Нуеры, что пытались поглотить казаков на морском берегу, по сравнению с ним вспомнились сущими шмакодявками.

Митаюки попятилась, судорожно вцепилась в молоденькую березку, сразу закачавшуюся от столь сильного рывка.

Огромный тотем распахнул алую пасть, украшенную двумя изогнутыми зубами в размер человека, и зловеще зашипел.

— Пли! — махнул рукой немец, и в пасти расцвели темно-красные пятна.

Нуер захлопнул пасть, ринулся на врагов. Казаки моментально присели за щиты, выставив вперед копья. Удар огромной головы разметал людей, как легкие веточки. Змей вскинулся, выбирая жертву, — но тут грохнул выстрел кулеврины. Куда попал муж — ведьма не поняла, но попал больно. Нуер изогнулся, зашипел, повернулся к белому облаку, расплывающемуся среди ветвей ивы, метнулся...

— Нет!!! — Душа ведьмы содрогнулась от страха, и Митаюки, бросив березу, сделала шаг навстречу чудовищу, выставила вперед руки, всей своей волей пытаясь вцепиться в разум огромного тотема. Справиться с волей столь могучего зверя она не могла и не пыталась. Просто заставила чуть-чуть промахнуться, и удар пришелся не в Матвея, а рядом с ним, в пустую землю.

Тут же чародейку скрутило болью. Шаман заметил нежданного врага и теперь мстил за своего покровителя. Митаюки упала, содрогаясь в судорогах.

— Дитя мое! — Священник опустился рядом на колено и широко перекрестил ее нагрудным распя-

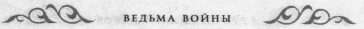
тием. — Господи Иисусе Христе, сыне божий, огради чадо сие святыми твоими ангелы, молитвами всепречистыя владычицы нашея, силою честнаго и животворящаго креста, святаго архистратига и прочих небесных сил бесплотных...

Боль стала отпускать. В невидимой схватке колдовских чар полубезумный священник почти не уступал духовной силой умудренному опытом шаману.

Матвею заминки вполне хватило, чтобы накинуть на ветку вторую кулеврину, ткнуть фитилем в запальник. Жахнул выстрел. Выпущенное в упор ядро прошило чешуйчатое тело насквозь — нуер злобно клацнул пастью, покачался, как бы приходя в себя, и с хрипом кинулся вперед. Толстая ива от могучего удара в середину кроны вся содрогнулась, затрещала, но выдержала. Укрывшийся за ней казак выхватил саблю, рубанул мелькнувшее рядом жало, поднырнул под ветку, уходя от удара с обратной стороны, кольнул в тело — однако против толстой чешуи клинок оказался слаб, не пробил.

Гигантский змей кидался то с одной стороны, то с другой, но захватить своей большущей пастью крохотного человечка никак не мог и от бессильной злости опять вцепился в крону, ломая мешающие ветви.

Казаки же тем временем успели собраться, перезарядить пищали.

— В глаз ему целься! — приказал Штраубе. — Фитили горят?! Приготовились...

Нуер как раз начал мять челюстями сучья разлапистой ивы.

— Пли!

Слитный залп слился с отчаянным возмущенным шипением. Нуер, как от могучего удара, отпрянул, с размаху рухнул в воду, окатив столпившихся на самом берегу сир-тя, но тут же снова ринулся на берег, обрушился тушей на мелких людишек — но те успели отпрянуть в стороны. Змей отполз, замотал головой. Вместо левого глаза у него теперь зияла большущая выемка. Тотем повернулся, осматривая берег здоровой стороной, а потом опять стремительно кинулся на сушу, рухнул сверху, стремясь уже не поймать и проглотить, а раздавить злобных мелких врагов.

Матвей, прижавшись спиной к драному и обслюнявленному стволу, подтянул одну из кулеврин, сыпанул в ствол порцию пороха из провощенного березового туеска, кожаный пыж. Прибил заряд шомполом, закатил ядро, прибил пыжом. Из пороховницы заполнил запальник и опять выдвинулся к ветке, накинул кулеврину, поддернул, цепляя гак.

Злобный чешуйчатый гад отполз к воде, повернулся боком, примеряясь к удару.

Матвей на спине, ногами вперед, поднырнул под сук, забирая ствол почти к зениту, ткнул фитилем в запальник, и выстрел грянул в тот самый миг, когда нуер вскинул голову. Чугунный шарик перечеркнул воздух, вошел в основание нижней челюсти, с легкостью прошил все змеиные кости насквозь и помчался дальше, вырвав при вылете крышку черепа почти целиком.

Нуер замер, выпрямившись, как огромный тюльпан, — и уже мертвой тушей рухнул в озеро.

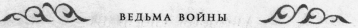

Над протокой воедино слились восторженный вопль казаков и крик ужаса горожан сир-тя. Воины и с той, и с другой стороны ринулись к мосту. Матвей же опять уселся перезаряжать кулеврину, на этот раз дробью.

Враги столкнулись примерно на середине перехода. Казаки, привычные к битвам, за несколько мгновений до сшибки успели составить поперек щиты, первый ряд пригнулся за ними. Сир-тя, налетев, попытались поверху достать копьями задних врагов, те отводили удары рогатинами. Но тут первые чуть повернули щиты и ударили саблями в открывшиеся щели, коля нападающих в животы и ноги. Защитники города стали падать — казаки приподняли щиты, сделали два шага вперед и опустили, остановились. Второй ряд ударил вперед рогатинами поверх голов щитоносцев. Зацепить никого не зацепили, но внимание отвлекли — щиты снова повернулись, давая возможность убивать близкого врага.

Сир-тя попятились, пытаясь уже сами вогнать наконечники меж щитами. Но смотрящие вниз слишком рисковали получить укол сверху, а смотрящие вверх — снизу. Щиты приподнялись, продвинулись еще немного. Защитники попятились, боясь предательских уколов. Щиты приподнялись, и казаки сделали еще два шага вперед.

— Луки! Несите луки! — наконец сообразил Ульчикутыр. — Стреляйте в них с берега по бокам!

Часть бойцов отхлынула, бросившись к Дому Воинов, еще часть попятилась перед медленно наступающей тесовой стеной.

Матвей отбросил шомпол, поднял тяжелую кулеврину на ветку, поймал цель.

Щиты приподнялись, передвинулись, отжимая сир-тя с моста. Тес равнодушно принимал на себя все тычки копий и удары боевых палиц, а сверху и из щелей постоянно грозили смертью сверкающие наконечники.

— Остановить их! — в отчаянии бросился на стену Ульчикутыр, палицей отмахиваясь от наконечников, а копьем разя сверху вниз, надеясь достать хоть кого-то. И тут оглушительный пушечный выстрел хлестнул по мосту двумя горстями железного жребия, пробивая тела, ломая руки и ноги, опрокинув сразу полтора десятка воинов. Мост стал полупустым — щитовики ринулись вперед, чуть не бегом. Уцелевшие сир-тя попятились еще быстрее, спотыкаясь о невидимые кочки и неровности... развернулись — и бросились бежать!

— Сарынь на кичку!!! — восторженно завопили казаки и, бросая тяжелые щиты, кинулись вперед.

Женщины, визжа, бросились наутек, но сейчас ватажникам было не до них. Нападающие гнали потерявших рассудок воинов, стремясь дотянуться клинками до спин, пробежали между чумов, выскочили на утоптанную площадь перед святилищем.

Добежавшие до Дома Воинов лучники, схватив оружие, как раз выскакивали навстречу, торопливо накладывая стрелы на тетивы. Послышались щелчки, запели в воздухе легкие вестницы смерти, ища добычу, и стали жестко бить в кольчуги, в железные пластины колонтарей и юшманов костяными наконечниками. Вскрикнул от боли один казак, поймав

 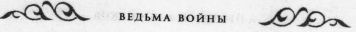

стрелу чуть выше локтя, споткнулся другой от попадания в голень, ругнулся третий из-за продырявленной щеки.

Ватажники, кто имел, метнули рогатины. Точное попадание сразило лишь одного лучника — но заставило остальных уворачиваться, шарахаться, отпрыгивать. А это — два несделанных выстрела. Вполне хватит, чтобы добежать до врага. Сверкнули клинки и топорики, разя излишне отважных горожан и рубя луки, которыми те безуспешно пытались закрыться от остро отточенной стали — и ватажники побежали дальше, почти не замедляя шага.

Остров, что всегда был залогом безопасности жителей Нуер-Картаса, в этот раз стал для них ловушкой. Добежав до мыса, женщины и воины вошли в ледяную воду и остановились. Некоторые попытались плыть — им вслед полетели стрелы. Подобравшие луки сраженных врагов дикари оказались хорошими стрелками. Вид хрипящих среди кровавой мути, захлебывающихся сородичей заставил сир-тя смириться. Приняв неизбежное, воины бросили оружие.

— Вот и славно, — вогнал саблю в ножны Ганс Штраубе. — Вяжи их, ребята! Осмотрите деревню, может, где-то еще кто прячется. И добейте увечных, дабы понапрасну не мучились. Все едино лечить бедолаг тут некому.

Юная чародейка пошла вперед, когда шум битвы начал уже затихать. Ступила на мост, прошла до середины, склонилась и сняла золотой амулет с раненого, хрипящего от боли из-за развороченного дробью бока Ульчикутыра. Осторожно переступая лужи крови, добралась до другого вождя, мертвого, забрала и его знак власти. Присела и пошарила по груди еще какого-то старикана, но ничего не нащупала. Похоже — просто пожилой воин. Неудачник, так ничего и не добившийся за всю свою долгую жизнь.

Митаюки-нэ ступила на берег и, небрежно помахивая знаками власти, мудрости и достоинства, дошла до святилища, откинула полог, окинула огромный чум взглядом.

Амулеты, руны, зелья. Посохи и ритуальные ножи, рыбьи кожи с родовыми знаками, черепа нуеров, просто костяные, деревянные и позолоченные. Кувшины с горючим маслом для светильников и разжигания жертвенных костров. В городе Митаюки для этого вытапливали из змей жир, непригодный в пищу из-за горечи. Но тотемники нуеров, вестимо, оных берегли и добывали масло из чего-то другого. Над кувшинами висели кресало для возжигания ритуального огня, колдовские маски, каменная елда...

Собрание великой мужской мудрости, так и не сумевшей спасти город от гибели.

— Чую, запахло поганью, — внезапно произнесли из глубины святилища. — Ты напрасно прячешь свой облик, злобная Нине-пухуця! Твоя вонь остается с тобою всегда, подлая поклонница смерти.

— Ты ошибаешься, мудрый Нуерсуснэ-хум, — подошла к старому шаману ведьма. — Я не она!

— Ты знаешь мое имя. И ты пахнешь смертью. Кто же ты тогда, если не Нине-пухуця?

— Родители нарекли меня Митаюки-нэ. — Девушка смотрела не на сидящего на земле старика, а на золотого идола за дальним пологом. — Я ее ученица.

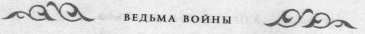

Истукан и вправду существует. Значит, казаки будут довольны, беспокоиться не о чем.

— У поклонницы смерти нашлась ученица? — поднял голову старый шаман. — Кто-то захотел добровольно обратиться в гнусь и подлость? Ты не обманешь меня, старуха! Если ты не она, то почему ты знаешь мое имя?

— Потому что я хорошая ученица. — Митаюки покачала перед лицом старика добытыми амулетами.

— Это верно, — закашлялся Нуерсуснэ-хум. — Старуха только обещала истреблять всех, кого встретит, ты же сие творишь. Тогда хоть скажи: зачем?! Зачем ты уничтожила мой город, зачем истребишь всех его обитателей, зачем разоришь еще десятки селений и насытишь ложью умы тысяч сир-тя?

— В тепле и покое, мудрый шаман, вырастают лишь черви и плесень, — провела ладонью по амулетам на стене Митаюки. — Медведи и тигры воспитываются в драках, на кровавой добыче. Уважаемая Нине-пухуця желает возродить в народе сир-тя душу тигра. Для этого миру мудрого солнца нужна война. Страшная, кровавая война, в которой вырастут не черви, но хищники. Так вот я исполнила завет учительницы. Я принесла войну.

— Выходит, ты убиваешь нас нам на благо?! — хрипло усмехнулся Нуерсуснэ-хум.

— Именно так, — невозмутимо согласилась юная чародейка.

— Сама не боишься оказаться одной из жертв?

— Уже, — резко наклонилась к лицу старого шамана ведьма. — Я уже прошла через смерть, и именно смерть придала мне силу, старик. Ты же всевидящий,

мудрый Нуерсуснэ-хум! Ну же, посмотри мне в глаза! Что ты в них узреешь про мою судьбу?!

— Ты сделала свою боль своей силой, дитя... — признал шаман. — Но разве это дает тебе право причинять боль другим?

— Разве на боль нужно право, старик? — распрямилась Митаюки-нэ. — Она приходит сама. Приходит ко всем. Достойным и нет, к подлецам и праведникам. Ей наплевать! Я не приношу боль, старик. Я всего лишь иду с ней рядом.

— Нине-пухуця нашла достойную ученицу. Ты жаждешь уничтожить наш мир даже сильнее, чем она!

— Нет, старик, — выпрямилась Митаюки. — Я всего лишь даю миру второго солнца возможность стать сильнее. Почему бы ему не победить меня, одинокую девочку, которую никто не стал защищать? Которую били, унижали и насиловали, и целому миру не было до этого никакого дела! Если народ сир-тя достоин существования, пусть уничтожит меня и возродится в новой славе! Или пусть сгинет прахом под моими ногами.

— Мне уже нет места в твоей войне, поклонница смерти, — вздохнул Нуерсуснэ-хум. — Я уже прах. Об одном прошу: не дай дикарям надругаться над моим телом. Я посвятил себя мудрости и не желаю стать просто мясом. Придай меня огню.

— Но ты еще жив, шаман!

— Нуер, с каковым я вырос, который был частью меня самого, — мертв, поклонница смерти. Мой город — мертв. Мой народ — мертв. Все мертво. Если я еще дышу, маленькая девочка Митаюки-нэ, это еще не значит, что я жив. На самом деле я уже умер...

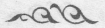 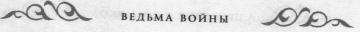

Юная чародейка прикусила губу, колеблясь. Потом решительно взяла горшок с белесым горючим маслом, плеснула им в глубину святилища, на стены, на подстилки, отступила к пологу, поливая из стороны в сторону. Присела с оправленным в кость ритуальным кресалом, несколько раз ударила камнем о камень, высекая искры на влажные полосы. Одна упала удачно — огонек подпрыгнул маленьким синим шалуном, задумчиво покачался на месте, а затем вдруг разбежался сразу во все стороны.

Митаюки вышла на свет, а у нее за спиной святилище с легким хлопком разом оказалось объято пламенем.

— Что случилось?! — подбежал Матвей. — Где ты была, девочка? Я весь обыскался!

— Я подожгла святилище.

— А как же идол?!

— Чего ему сделается? Он же золотой!

— Ну да, верно, — почесал в затылке Серьга. — Капище все едино изводить надобно.

— Только остальные дома надо бы поберечь. Смотри: остров на озере, неподалеку от моря. Красиво, безопасно, близкие ловы и угодья. Хорошее место, дабы укрепиться.

— У нас в ватаге всего полтора десятка человек! Зачем нам столько домов?

— Это только пока... — негромко ответила Митаюки-нэ.

В святилище гореть было толком нечему: шкуры на стенах да сухие, как сено, жерди каркаса. Так же стремительно, как полыхнули, они и прогорели, уже через несколько минут черные обугленные палки обломились и сложились вниз, дабы дотлевать на пепелище углями. Над всей этой чернотой ярко сиял крупный, в два локтя высотой, золотой идол с круглой головой, раскосыми глазами, приплюснутым носом, круглым животом, короткими ножками и огромным, втрое больше обычного, выставленным вперед естеством. Именно на него Митаюки и повесила собранные золотые амулеты, взяла мужа за локоть:

— Матвей, пошли найдем какой-нибудь еды. А то у меня еще со вчерашнего утра в животе урчит.

ГЛАВА 5

Зима 1584 г. П-ов Ямал

Союзник

Все люди разные, и нет похожих. Есть молодые и старые, честные и лживые. Есть красивые и уродливые, храбрые и трусливые, преданные и подлые. Есть ленивые и трудолюбивые, жадные и воздержанные, увлеченные и безразличные... Все люди отличны меж собой, и потому учение Девичества советует не пытаться воспитывать из мужчины того, кто тебе нужен, не требовать от человека поступков, на которые он не способен, не ломать волю и характер, не биться головой о камень...

Невозможно превратить товлынга в нуера, храбреца в труса, менква в трехрога, а лжеца в правдолюба. Если тебе нужен мужчина особенного склада — не трать напрасно силы на превращение урода в красавца, а вождя в робкого простолюдина. Просто выбери себе именно того, кто нужен.

В этот раз Митаюки-нэ искала не мужа — как раз своего Матвея Серьгу она обожала. Ведьма искала союзника. Однако, будучи хорошей воспитанницей,

юная чародейка и в этом выборе полагалась на учение Девичества, а не на запугивание или уговоры.

Ватажники тем временем веселились. Поначалу все они, конечно же, пошарили по чумам, найдя там копченую рыбу и мясо, кувшины с похожим на кисель сытным отваром и вялеными щечками судака — и устроили пирушку. Потом, знамо, разобрали меж собой визжащих пленниц, запивая похоть крепкими отварами на душице и липе.

Своего мужа чародейка утащила в Дом Девичества, где буквально изнасиловала два раза подряд, высосав все его мужские соки, и оставила отдыхать. После такого издевательства Серьга не смог бы изменить Митаюки, даже если бы захотел — можно не беспокоиться. Пусть спит, ест и отдыхает. Дикари свою работу сделали — настала ее очередь.

Над островом разносились крики, стоны и плач. Соскучившиеся по женской сладости, казаки не особо церемонились с беззащитными пленницами, сорвав с них одежды и по очереди овладевая прямо на площади перед бывшим святилищем, на глазах связанных воинов. Одни сир-тя ругались и проклинали победителей, пинали ногами землю, запоздало жалея, что не умерли с оружием в руках и вынуждены терпеть подобный позор, другие молча ненавидели, иные жаждали мести или мучились совестью.

Митаюки-нэ бродила между пленников, с безразличием окунаясь в волны злобы и водопады проклятий, заглядывала в лица, внимательно прислушиваясь к эмоциям, которые испытывают несчастные. Ненависть, ненависть, ненависть... Стыд и отчаяние... Опять злость и бессилие. И снова стыд воина, не су-

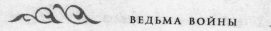

мевшего защитить, спасти, оборонить. Стыд, зависть, ненависть. Опять злоба, опять стыд...

Юная чародейка повернула назад, остановилась над мальчишкой, совсем недавно прошедшим посвящение. Слишком молодой для воина — однако татуировка в виде стискивающего шею нуера уже нанесена. Лопоухий, с короткими, отросшими всего на три пальца черными волосами, голубоглазый и слегка рябой. Лет пятнадцать на вид. Хотя, скорее, семнадцать, раз уже принят в воины. Наверное, это его первые месяцы в новом состоянии...

Паренек смотрел на то, как чужаки насилуют его соплеменниц, его подружек или даже сестер, и не столько ненавидел врагов, сколько завидовал им! Он хотел быть таким же непобедимым, могучим и властным. Хотел точно так же запускать руку между ног молодой девчонке и тискать ее там, наслаждаясь беспомощностью красотки со связанными за спиной руками. Хотел мять ее груди и смеяться, глядя в глаза, и не обращать внимания на крики возмущения. Срывать одежды, бросая обнаженных женщин на спину, наваливаться сверху и проникать в теплое влажное лоно...

Митаюки-нэ усмехнулась, перешагнула какого-то особо буйного сир-тя, катающегося по земле и стремящегося порвать прочные кожаные путы, прошла по селению, присела возле голого немца, хмельного от сытости и вседозволенности, и тихо попросила:

— Когда наиграетесь, притащите ко мне рябого синеглазого мальчишку из полона, хочу наособицу с ним поболтать, в стороне от прочих сир-тя. И не убейте его случайно, коли заскучаете. Он может стать полезен.

— Как скажешь, мудрая госпожа! — ухмыльнулся Ганс Штраубе. — Надеюсь, мой вид тебя не смущает?

— О моем смущении тебе стоило заботиться прошлой осенью, когда вы насиловали меня саму, — холодно отрезала ведьма. — Ныне же мне достаточно послушания.

Немец был исполнителен и перед рассветом, когда уставшие казаки начали засыпать, разбредясь с полонянками по ближним чумам, приволок лопоухого мальчишку к Дому Девичества, в котором обосновался с женой атаман небольшой ватаги. Откинул полог, громко кашлянул.

— Прощенья просим, воевода! Вот, пленник сей желает чего-то, а речей его не понимает никто. Может статься, супружница твоя подсобит?

Митаюки, успевшая к этому времени выспаться, откинула шкуру, торопливо влезла в кухлянку, вышла к порогу. Штраубе вопросительно приподнял брови. Юная чародейка кивнула, присела перед поставленным на колени перепуганным пареньком:

— Как твое имя, раб?

— Сехэрвен-ми... — сглотнул он. — А кто ты?

— Я есть та самая мудрая шаманка, которая пытается спасти твою жизнь. Но я разрешаю называть меня Митаюки-нэ.

— Чего там, девочка моя? — поинтересовался Матвей.

— Он желает стать нашим проводником, муж мой, — перешла на русский язык ведьма. — Бросить

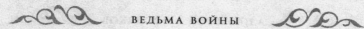 

свой народ и семью и перебежать на нашу сторону, став верным твоим слугой.

— Мерзкий ублюдок! — скрипнув зубами, выхватил саблю казак. — Посторонись, я выпущу кишки этому подонку!

— Постой, атаман! — вскинула руку Митаюки. — Мы ведь не знаем здешних земель, а он желает показать нам пути к богатым городам и селениям.

— Нет доверия предателю! Коли изменил своим, изменит и нам!

— Зачем доверять, Матвей? — искренне не поняла ведьма. — Главное, чтобы он знал дорогу!

— Хороший проводник дорогого стоит, — поспешил поддержать девушку немец. — Коли обманет, зарезать в любой миг можно.

— В ловушку заманить способен, — резонно ответил Матвей, но саблю опустил.

— Дозволь перемолвиться о сем с мальчишкой, атаман, а уж потом суди, — попросила Митаюки. — Постараюсь в его замыслах разобраться.

— Ладно, говори, — разрешил Серьга, и юная чародейка вновь повернулась к парню, с ужасом смотрящему на сверкающий клинок.

— Ты можешь стать одним из воинов, Сехэрвен-ми, — на языке сир-тя произнесла Митаюки. — Не тем жалким существом, что бродит с копьем по порубежью и соблазняет престарелых дев шелковистой кожей в надежде на лишний кувшин отвара, а настоящим воином, победителем, который захватывает города, делит добычу и вытворяет все, что только пожелает, с пленными девками, не спрашивая на то их желания. Тем, кого боятся, а не презирают.

— Ты лжешь... — всхлипнул мальчишка. — Захватчик никогда не признает пленника равным себе...

— Если пленник докажет свою полезность, он очень легко превращается в одного из победителей, — ласково улыбнулась ему чародейка. — Посмотри на меня. Я ведь не из рода дикарей. Но я понимаю их язык, и вот я уже командую ими, а не валяюсь у них в ногах, утоляя их похоть.

Мальчишка опять всхлипнул, но теперь с надеждой.

— В первый поход тебе придется сходить со связанными руками, — кивнула Митаюки. — Но если ты укажешь верный путь к богатому селению, дикари поверят тебе и признают равным. И ты войдешь в город одним из победителей, сможешь выбрать себе самую красивую девку и развлекаться с ней так, как только тебе мечталось в самых смелых фантазиях!

— Я не предам свой род! — несмотря на ужас, отрицательно замотал головой Сехэрвен-ми. — Я не покажу дороги к другим нашим селениям!

— А кто говорит о предательстве, дурачок? — вкрадчиво удивилась ведьма. — Разве у города Нуер-Картас нет врагов? Приведи дикарей к чужому городу, и пусть они разгромят противников народа, хранимого нуерами! Белокожим воинам добыча, твоему роду спокойствие. Потом, уже с добычей и доказательством победы над врагами, мы придем к старейшинам твоего народа и предложим им союз. Ты видишь, дикари сильны, такие друзья нужны всем. Но их мало, им тоже нужны союзники. Если нам удастся добиться подобного союза, Сехэрвен-ми, можешь быть уверен, тебя сочтут героем не только эти

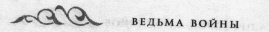 

белокожие иноземцы, но и народ нуеров. Поверь мне и не сомневайся: еще до весны ты получишь золотой амулет великого вождя, богатый дом, а самые прекрасные девушки всех селений будут умолять тебя, чтобы ты взял их девственность! Союз дикарей, владеющих огненным боем, и мудрых тотемников позволит нам стать старшими средь прочих племен, и благодарить за это станут тебя. Ты станешь легендой. Дом твой будет самым богатым под солнцем мудрых, а покорных тебе женщин ты перестанешь запоминать по именам.

— Ты лжешь... — уже не так уверенно пробормотал лопоухий мальчишка.

— Подумай сам, — пожала плечами Митаюки, — чего плохого в том, чтобы показать путь к вражескому селению? Ты не посрамишь своего имени, но сделаешь первый шаг, вкусишь первую победу и убедишься, что я тебя не обманываю.

Сехэрвен-ми бегал глазами, не зная, что выбрать. Нутром он чуял, что что-то тут не так, — но доводы девушки сир-тя казались разумными и правильными.

— Может статься, ты просто не знаешь дороги? — выпрямилась Митаюки. — Так и скажи! Мы возьмем в проводники другого пленника, а тебя на рассвете сожжем для его устрашения.

— Я знаю! — встрепенулся Сехэрвен-ми. — Знаю! До крупного города племени двуногов отсель берегом всего пять дней пути. Я был там несколько раз, на празднике масок Хоронко-ерва! Отец сказывал, десять лет тому мы воевали с этим городом и даже были убитые. С нашим народом у них постоянно ссоры из-за протоки к морю от озера Тарпхава-хо! Если белокожие воины накажут их, пусть даже истребят всех до единого, совет верховных вождей токмо рад окажется!

— Чего он? — вопросительно посмотрели на чародейку немец и муж.

— Пять дней пути до ближнего богатого города, тайные тропы он покажет, — пожала плечами Митаюки. — Подробности по пути выведаю.

— Не врет?! — нахмурился Матвей Серьга.

— Конечно, врет, любый мой, — ласково поцеловала мужа юная поклонница смерти. — Хочет навести нас на город, с которым у его народа вражда. Но нам-то какая разница?

— И то верно, — согласился Ганс Штраубе. — Раз врет, можно верить, лучшей дорогой проведет. Великое дело, хороший следопыт.

* * *

— Ты просто чудо, мой любый следопыт! — кинулась на шею Маюни Устинья, получив от него в подарок новые сапожки, и крепко расцеловала.

Сапожки были сшиты из обрезков шкур, но оттого оказались только красивее. Стриженый лисий мех пушился на ступнях, выше по голенищу шли, перекрещиваясь поверх песца, полоски оленьей кожи, выше черные полосы из спины важенки, а верх голенища оторачивали лисьи хвосты.

Девушка, развязав завязки на сапожках, сделанных Митаюки, вставила ноги в обновку, притопнула и снова кинулась к остяку целоваться:

 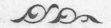

— Прямо как влитые! И тепло в них... Прямо горячо!

— Знамо отогреешься, — смущенно буркнул Маюни себе под нос. — Ведьма сир-тя, может, и добра к тебе, Ус-нэ. Да токмо холодно ныне в ее рукоделии, да-а...

— К тебе она тоже добра, — обняла паренька за шею казачка. — Али ты недоволен, что она тебя мне в суженые так настойчиво сватала?

— К тебе от добра твоего добра, ко мне по судьбе добра... Да-а... Честна Митаюки-нэ оказалась, посему доброй и кажется. Да-а...

— Это плохо? — не поняла его бурчания Устинья.

— Хорошая сир-тя Митаюки-нэ, — со вздохом смирился остяк. — Увижу ведьму, прощения просить стану, да-а... Зря ругал, да-а... Обижал зря.

— Интересно, как она там? — бережно сложила сапожки в мешок казачка.

— С мужем Митаюки-нэ, — кивнул следопыт. — Матвей Серьга казак справный, за ним не пропадет. А нам кочевать надо, да-а... Дрова все собрал, не найти, да-а... Ловушки пустые, да-а... Кочевать пора, Ус-нэ, долго на сем месте стоим.

Место, где почти месяц назад высадилась Устинья, оказалось счастливым. И вода рядом, и земля галечная, и лес недалече. Но главное — несмотря на морозы, снега не выпадало довольно долго, и Маюни много дней успешно отлавливал вкусных еврашек, радуясь тому, что приезжая Устинья не знала, какая это на самом деле позорная добыча.

Потом девушка наконец починила сеть, и остяк выпростал ее в море, перед устьем одного из ручьев.

Несколько дней снасть приносила по полтора десятка увесистых рыбин в день, и охотник наконец-то начал добывать больше еды, чем они с Ус-нэ успевали съесть.

Зима, однако, наступала крепчающими морозами, берега все шире обрастали припаем — и снасть Маюни все-таки снял, опасаясь однажды утром обнаружить ее вмерзшей в лед. Тем же вечером тундру накрыло снегом, завалив разом по колено. Однако передышку, подаренную сетью, следопыт использовал в полной мере, изготовив и расставив в недалеком лесу полтора десятка силков и ловушек. И теперь, отправляясь за дровами, неизменно возвращался то с парой песцов, то с несколькими лисами, а то и с оленьей тушей.

Вся его добыча была неизменно посвящена любимой. Примерно полторы сотни тундровых сусликов обратились в длинную нижнюю кухлянку, теплую, легкую и мягкую, как пух одуванчика. А новая верхняя малица стала не просто длинным тулупом с капюшоном, нет! Плечи на ней были лисьи, вокруг лица песцовая опушка, на боках — хвосты расчесанные вшиты, грудь оленья, спина лисья, подол горностаевый... Любая княжна позавидует!

От родного сарафана Устинья отказалась — холодила больно ткань гладкая. Иное дело кухлянка еврашкова. В любой холод надеваешь — сразу тепло. Мех по коже бегает, щекочет — прямо как пальцы Маюневы. Иной раз и заводят, аж в объятия мужские хочется. Когда же еще и малица одета — так жарко становится, в пору в воде плескаться. Хочется — да нельзя. Здесь брызги, что из котелка вытряхиваешь, прямо на лету замерзают, а дыхание изо рта на той

 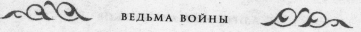

же малице серебристой изморозью оседает. Попробуй искупнись! Как из воды высунешься — так враз ледяной царевной и станешь.

Маюни, правда, иной раз и голым ночью выскакивал — никакой холод его не брал. Устинья же мерзла и раздевалась только в чуме перед растопленным очагом или перед сном, когда в горячую постель только нырнуть оставалось.

— Ты слышишь меня, милая Ус-нэ?

— Да, Маюни, слышу, — вздрогнула девушка. — Коли надобно кочевать, значит, надо, чего тут говорить? Токмо не знаю, как это? У нас ведь ни телеги, ни саней даже.

— Ничто, Ус-нэ. В челнок все сложим, он большой. По снегу лодка хорошо скользит, да-а... Токмо слеги оставим. Большие, тяжелые. Неудобно тащить, да-а...

— Сейчас пойдем?

— Нет, Ус-нэ, — покачал головой паренек. — Коли уходим, ловушки снять надобно. В новом месте ставить буду, да-а... На рассвете соберемся, да и двинемся.

— Хорошо, мой следопыт, как скажешь. С тобой я хоть на край света отправлюсь.

— Чего же ты такая грустная, моя прекрасная, моя ненаглядная, моя желанная Ус-нэ?

— А разве ты его не видишь?

Маюни проследил ее взгляд, но не разглядел ничего, кроме небольшого кустика. Рука его скользнула к поясу, но бубен, как назло, остался в чуме, и потому шаманенок просто спросил:

— Кто там?

— Белый олень, — шепотом ответила девушка. — Он грустный. Мне кажется, он не хочет, чтобы мы бросали его здесь.

— Ему не одиноко, он хозяин тундры, — так же шепотом ответил Маюни. — Здесь его дом. Просто он пришел попрощаться.

— Давай возьмем его с собой?

— Его дом здесь, Ус-нэ, — решительно мотнул головой следопыт. — В новом месте будут другие духи.

— Бедный мой... — Девушка пошла к кусту, остановилась там, глядя кого-то невидимого, разговаривая, поднимая ладонью морду.

Маюни вздохнул. В этом была какая-то несправедливость. Ведь потомственным шаманом был он. А духов видела Ус-нэ. Вестимо, так наказала потомка рода Ыттыргына лесная дева Мис-нэ за отказ выбрать жену из своего народа. Посмеялась над угрозами. Но Маюни не обижался. Пусть лучше так. Ради того чтобы стать мужем красивой белой иноземки, он и вовсе был готов отказаться от бубна. Боги одарили жену даром большим, чем его собственный? Ну и пусть! Этот дар все равно его, раз Маюни каждую ночь сжимает Ус-нэ в своих объятиях!

Следопыт поправил пояс, сунул за него топор и решительно повернул в сторону леса.

Когда новым утром солнце осветило стоянку, то нашло на ней только скелет чума — связанные макушками высокие слеги и черное пятно кострища между ними. А в сторону далекого, у самого горизонта, леса тянулся по насту глубокий гладкий снег волокуши.

Зимой человеку не нужно море — оно все равно замерзнет. Зимой человеку не нужно родников

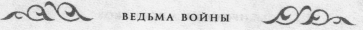

и озер — зачерпнуть снег можно в любом месте. Зимой ему нужны дрова. И потому лучшее место для жизни в морозы — это густые непролазные леса.

* * *

«Идти берегом» в понимании тотемщиков оказалось продираться через леса по узкой тропе, петляющей между болотин и небольших озер, пересекающей вброд ручьи и небольшие речушки, тонущей то в зарослях папоротника, то среди тесно стоящего можжевельника. Вдобавок то тут, то там путникам встречались местные чудища, больше похожие на ожившие амбары, нежели на привычных казакам зверей. По счастью, папоротники и кроны берез с осинами привлекали интерес зверюг куда больше, нежели люди, и ни одна из тварей ватагу не побеспокоила. Даже волчатники — здешние хищные курицы размером с буйвола — и те почему-то возможной добычей не заинтересовались. Вестимо, отряд показался им слишком опасным врагом. А может — просто сыты были.

Тем не менее казаки держались настороже и несли в руках заряженные пулями пищали. Прочее добро уложили на носилки и привязали к рукам шести пленников. Так они и связаны оказались, и к делу приставлены.

Заставить пленников работать на благо ватаги придумала, понятно, юная чародейка. Белокожим дикарям столь разумный поступок и в голову не пришел. Поначалу они даже отказывались, но ведьма, часть чарами, насылая эмоции согласия, частью словами все же убедила иноземцев, что при столь малом числе воинов разумнее всем казакам держать оружие и всегда оставаться готовыми к бою. А тащить тяжести способны и сир-тя, как бы они победителей ни ненавидели.

Да и вообще — не резать же их, в конце концов! Раз пленников никто убивать не хочет — надобно к делу приставить, дабы попусту еду не переводили. Она ведь тоже счет любит. Кто не работает — тот не ест...

Уговорила...

Для набега Митаюки со всей осторожностью выбрала наименее буйных норовом и эмоциями мужчин — прочих пленников Матвей оставил на острове под присмотром двух раненых казаков.

Сехэрвен-ми со связанными за спиной руками бежал впереди, никаких сомнений в пути не выказывая, следом шагали трое копейщиков с рогатинами, дальше — стрелки и Силантий, несущий кувшин с запаленной масляной лампадкой. Штука не очень удобная, но на случай быстро зажечь фитили — необходимая. Потом шагали пленники, а замыкали колонну остальные казаки с атаманом во главе.

— Одного не пойму, — миновав очередную болотину, заметил Ганс Штраубе. — Почему тут нет колдунов на драконах? Ну, которые с высоты за землями доглядывают?

— А чего сверху в густом лесу разглядишь? — хмыкнул Серьга.

— Ну, в других местах они ведь чего-то высматривают, атаман, — подчеркнуто уважительно, с поминанием должности парировал немец. — Мысли, опять же, слышат.

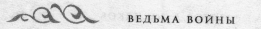 

— Тотемники и сами с защитой земель своих управляются, — ответила Митаюки-нэ. — Что за опасность на окраинах? Менквы часто забредают. Погреться, человека одинокого выследить и мозг высосать. Зверолюди к сему пристрастны. И еще дикие люди забредают. Это из которых следопыт ваш, Маюни, родом вышел. Но они от обитаемых мест подальше держатся, в дальнем порубежье охотятся. Сюда токмо в голодные годы откочевывают. Возле мира второго солнца дичи куда как больше, нежели в их пустыне. Вот ты как мыслишь, немец, по силам сим жалким подобиям людей одолеть преграды, местными сир-тя придуманные? Нуера огромного, возле города на нас кинувшегося, десять следопытов, равных Маюни, одолеют? Стая хищных зверолюдей по берегу мимо змей невредимой проберется?

— Всякое случается, — пожал плечами Штраубе.

— Всякое случается и там, где порубежье драконы летучие сторожат. Вы уж второй год как в их краях осели, и сотворить с вами они ничего не в силах, — напомнила чародейка. — Тотемы же куда лучше дело справляют, ибо по своему разумению на благо племени поступают, а не чужой воле рабски подчиняются.

— И все же сверху видно куда как дальше, Митаюки.

— Тотемники принадлежат к старой вере, немец. Молятся зверям-покровителям. А колдуны иных племен полагаются на себя. Тотемники полагают их отступниками и недолюбливают. В общем, летающим драконам здесь не рады.

— Это как еретики лютеранские и католики благочестивые римского престола? — громко хмыкнул

Ганс Штраубе, хлопнув ладонью о ладонь. — Так бы сразу и сказала! Тогда все ясно. Лютеране и католики, даром что христианами себя полагают, друг другу в глотку в любой миг вцепиться готовы, рвать, грызть и истреблять до дитятки последнего неразумного. Токмо страхом кары королевской и сдерживаются. Там же, где корона слаба, так и режутся насмерть, есть такое.

— А ты сам из каких будешь, немец? — поинтересовался сзади казак Кудеяр.

— Из макленбургских, клянусь святой Бригиттой! — вскинул сжатый кулак Штраубе. — Я убиваю только за золото, малец. Хочешь затеять ссору: плати!

Казаки рассмеялись, на чем богословский спор и затих. Хорошо, приотставший священник всего этого срама не расслышал.

Два перехода прошли спокойно, а к концу третьего Силантий вдруг громко заругался, указал вперед: там, над деревьями, поднимался сизый влажный дым, каковой от обычного костра никогда не случается. Для подобного поверх пламени охапку совсем сырой травы кинуть надобно.

— Опять мы дозор где-то прошляпили, други! Вишь, сигнал подают. Пока дойдем, для отпора изготовиться успеют.

— Сехэрвен-ми! — окликнула проводника Мита-юки. — Далеко нам еще?

— Один переход полный, и еще изрядно, — обернулся сир-тя. — Иногда к вечеру добирались, иногда раньше. Как идти.

— До города еще два перехода, — перевела на русский ведьма. — Дальше идем или спасаемся от греха?

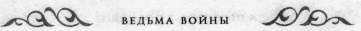

Девичья подначка вызвала у ватаги лишь легкий смешок, и Матвей махнул рукой, приказывая двигаться:

— Ничего! Сломаем и собравшихся.

Юная чародейка мысленно кивнула, соглашаясь с мужем. Ветховерные тотемники известны своими мудрыми шаманами и провидцами. Так что приход дикарей предсказан ими, верно, еще прошлой весной. И потому успела дальняя стража поднять тревогу, нет — значения не имело. Местные сир-тя к войне готовы. Да и дозоры здешние столь хороши наверняка лишь потому, что сами загодя предупреждены старшими колдунами об опасности. С северянами не схитришь, надеяться можно только на грубую силу.

К сигнальному костру сходило трое казаков, однако никого там, понятно, не застали. Воины свое дело сделали, город упредили — и погибать теперь в безнадежной схватке отнюдь не стремились.

Пошарив немного окрест и не найдя ни врагов, ни следов, подсказывающих о путях отступления, ватажники вернулись к отряду. Огня тушить не стали — не хватает еще подтверждение о своем визите посылать!

— Дальше идем, — махнул рукой Матвей Серьга. — Не ровен час, засаду язычники на привычном путевом привале задумали. Попортим им сию задумку.

Возражать атаману никто не стал, и ватага почти до полуночи продиралась через лес, остановившись, только когда пленники в темноте завалились с одними из носилок. Ночевать пришлось в каком-то густом ельнике, прямо на земле, изрядно ободравшись о лапы, да еще и поужинав всухомятку, — людям было уже не до костров.

Единственным казаком, которому подобный отдых пошел на пользу, стал Матвей Серьга. Новым днем он уже не чудил и перед сумерками остановил ватагу на поляне возле ручья с шумным перекатом, между обложенных камнем нескольких закопченных очагов с поставленными над ними треногами и перекладинами. В общем — на самой настоящей путевой стоянке, каковые оборудуют себе купцы, разъезды, охотники али иные странники, часто ходящие по одной и той же дороге.

— Однако, мы на торном пути, — заметила юная чародейка. — То тропка была узенькая, а тут вдруг дорога широкая. Куда ты нас завел, Сехэрвен-ми?

— Дык, отсель до двуногов часа четыре всего пути осталось! — испуганно оправдался лопоухий проводник. — Местные часто ходят. Коли не с рассветом выступать, а после сборов утренних, аккурат тут первый привал получается. Да и путь важный. Коли к закату повернуть, то вскорости россох будет, там сразу на три города тропы расходятся.

— Славно, — кивнула Митаюки, откладывая себе в память сию важную деталь, и перевела услышанное пояснение на русский, для казаков.

— Половина перехода, стало быть, — кивнул Матвей. — Ну, коли так, то надобно и дневку учинить, отдохнуть перед сечей после долгого похода.

Казаки решение сотника мрачно одобрили. После предыдущего привала всем хотелось выспаться и пожрать. Ну и, понятно, снаряжение ратное тоже проверить не мешает.

— Молебен отстоять хорошо бы, — добавила Митаюки, чем сразу заслужила одобрение священника.

— Верно глаголешь, дщерь христова! — воздел он палец к небесам. — О душе своей помышлять надобно во первую голову! О душе, а не о плоти.

Ведьма так часто приходила отцу Амвросию на помощь в делах мирских и церковных, что мужчина, похоже, привык считать ее прихожанкой, хотя крещения чародейка так и не приняла. Боялась очень, что христианский бог убьет ее колдовскую силу. Ибо в чародейских схватках молитвы священника почти всегда одолевали древнее колдовство сир-тя. Посему силами истового белого шамана она пользовалась, но сама норовила держаться поодаль.

Так и на рассвете, когда отец Амвросий созвал ватажников на заутреню, юная ведьма предпочла отступить в сторонку, скрыться за боярышником, а потом вдоль ручья да по тропиночке отойти так далеко, чтобы и краем уха молитвы не различить. Здесь, на берегу у шумного переката, в окружении сирени и бузины, Митаюки-нэ раскинула руки и подняла лицо к свету, подпевая ветрам, водам, птицам и листве.

Ощутив привычное уже состояние наваждения, чародейка вышла на дорогу и вскорости была уже в городе тотемников, поклоняющихся двуногам.

Здешнее селение выглядело немного странным. Оно полностью вытянулось вдоль самой реки, на полосе шириной в сотню шагов между берегом и густым ельником. Почему — непонятно. Митаюки даже не поленилась пробраться в заросли, осмотрелась за елями — но лес там был как лес, самый обыкновенный. Осина, черемуха, много рябины и бузины, норы сусликов и гнезда птиц. Единственное объяснение, которое чародейка смогла придумать, — это наводнения. Возможно, при сильных дождях лес в низине затапливался. В то время как самый берег оставался сухим — он явственно поднимался выше.

Немного удивившись, ведьма вернулась к чумам и медленно двинулась в глубину города, пробираясь между беспорядочно стоящими домами: где только один меж водой и ельником на обширной поляне возвышался, а где и целых три бок о бок теснились.

Поселок пребывал в безмятежности, жизнь катилась своею колеей. В одних домах женщины выделывали шкуры — менква ведь одежду шить не заставишь, будь ты хоть трижды премудрый колдун! Многие вещи приходилось делать своими руками даже сир-тя. В других мужчины резали кость для украшений или лущили дерево на стрелы. На причалах кто-то возился с челнами — тоже работа для человека, а не порабощенного зверя, трое воинов, усевшись кружком, ощипывали кремневые пластинки то ли на ножи, то ли на наконечники копий — острие получалось длинное и широкое.

Однако, если прикинуть на глазок, хозяева находились только в одном из трех-четырех чумов и на одном причале из десяти. Как это всегда случалось, днем в городах сир-тя большинство жителей находилось на обширной площади перед святилищем. Здесь горели очаги, на которых готовилось общее угощение либо обжигались колья, варились настои, пропекались для затвердения либо коптились для сохранности шкуры. Проще говоря — делалось все, для чего

 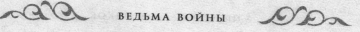

нужен огонь. Ведь дрова для общих очагов обычно таскали порабощенные волей колдунов менквы, порою сваливая в пламя сухостоины в полтора-два обхвата. Для общего очага и такие годились, а для домашнего нужен либо хворост, либо колоть чурбаки на малые полешки. А зачем мучиться со своим огнем, если есть общий? Топить-то чумы незачем, под колдовским солнцем даже ночью всегда тепло.

Впрочем, как отметила для себя Митаюки-нэ, здесь, в городах тотемников, ни одного порабощенного шаманами менква она еще не видела. На юге, откуда она была родом, зверолюди трудились на благо хозяев чуть не в каждом селении. Тотемники же как-то обходились...

Возле очагов собирались занятые хозяйством мужчины и женщины, рядом с ними суетились и дети — играли меж собой, либо мешали родителям, либо просто отдыхали вместе с ближними и дальними родственниками. Юноши и девушки, по обычаю живущие в стоящих на отшибе по разные стороны от поселка Домах Девичества и Домах Воинов, где проходили обучение и воспитание, — тоже встречались здесь, когда проходили на священные обряды, на ужин или еще по какой необходимости. Здесь же, возле святилища, проходили и общие молебны, восхваляющие богов, здесь шаманили колдуны, здесь начинались все праздники, здесь, на священной березе, висели главные защитные амулеты...

В общем — именно на площади и бурлила основная жизнь города.

Здесь, понятно, было шумно и многолюдно. Топот бегающих наперегонки мальчишек, перекидываю-

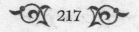

щие по кругу мехового мышонка девочки, бродящие с тюками седовласые мужи, несущие ведра женщины. Митаюки даже затормозила в отдалении, опасаясь оказаться разоблаченной. А ну, врежется кто из мальцов со всего разбега? Невидимость — она ведь штука такая. Коли не замечают — то и не обогнут, не посторонятся. Потом — шум, гам, крик, позовут колдуна... Тут бы она и попалась.

Однако же юной чародейке страсть как хотелось добраться до главного оберега. Зачем ей вообще нужно было в такую даль пробираться, если защитные амулеты города после себя целыми оставлять? Раз уж Митаюки здесь, дело нужно довести до конца...

Подумав, девушка повернула к озеру, опустилась к воде и по ней, у самого озера, стала пробираться вперед, огибая шумную толпу.

Волны, понятно, накатывались на ее ноги, огибая и оставляя пустые пятна. Однако местные жители к реке привыкли и времени на созерцание прибоя понапрасну не тратили.

Обойдя по воде святилище, Митаюки-нэ выбралась на сушу сразу за березой, в несколько шагов прокралась к стволу, повернулась к амулету и... И увидела на нем влажную полоску, протянувшуюся от глаза ящера через переплетение нитей с рунами вниз. На землю упала капелька, затем еще одна.

Оберег плакал! Он оплакивал погибшее селение!

Юная ведьма невольно оглянулась на горожан — шумно веселящихся либо занятых своими делами. Они словно не замечали происходящего! Оберег плакал — приметы страшнее просто не существует! Небесная колесница бога смерти, плач оберега и лун-

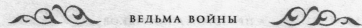 

ная дорожка на волнах — вот три самых кошмарных знамения, несущих погибель всего живого. Но слезы капали — а люди словно не замечали зловещего признака!

Митаюки отступила. Что за смысл портить амулет, который уже исполнил свое предназначение?

Ей очень хотелось прислушаться к эмоциям горожан, узнать их чувства — но ведьма опасалась, что если отвлечется от песни окружающего мира, то может оказаться видимой. Поэтому она продолжала слушать шелест листвы на ветках, плеск волн, пение птиц, громкие голоса в святилище, продолжала слушать и подпевать, одновременно подкрадываясь ближе к стене огромного чума. Авось, интересное чего услышать получится?

Но тут случилось и вовсе невероятное — откинулся полог, и на площадь перед святилищем вышло полтора десятка зрелых мужчин. Пятеро — в масках в виде черепов, с круглыми колдовскими амулетами. Значит — шаманов. И еще десять вождей со звездными амулетами воинов.

Площадь пришла в движение, все горожане устремили взгляды к правителям города.

— Не беспокойтесь, дети мои! — вскинул руки один из колдунов. — Верховный вождь и верховный шаман ныне изберут лучший путь к уничтожению ворога и снятию порчи с нашей земли!

Полог все еще колыхался, и Митаюки нырнула под него. Таясь вдоль стеночки, прошла мимо сразу закрутившегося оберега. Другой, напротив, моментально отвис, тоже предупреждая хозяина об опасности. Но верховному шаману было не до созерцания и молитв. Он стоял, опираясь на посох: в толстой прочной шкуре, покрытой тиснением из рун, с золотыми браслетами на плече и предплечье, в раскрашенном красным черничным соком и желтой охрой черепе и грозно шипел:

— Ты должен выйти и убить этих дикарей! Жалких, грязных, безмозглых дикарей! Тебе не нужны шаманы для истребления двух десятков бледных иноземцев, у тебя полторы сотни воинов! Ты не должен подпускать их к городу!

— Почему мои воины должны умирать из-за вашей трусости, колдун?! — так же злобно рычал в ответ явно пожилой, наголо бритый воин со шрамом через лицо и вытекшим глазом. — Если пророчество обещает позорную смерть шаману, первому встретившему врага, то почему вы должны прятаться, а мы умирать?! Воинам города тоже грозит упряжка Нум-Торума, разве ты забыл?! Или ваша кровь другого цвета?! Или вы не мужчины нашего рода?!

— Война — удел воинов! Удел шаманов — хранение мудрости! Если мы помогаем вам унять менквов или пригоняем зверей на убой, это не значит, что мы должны умирать вместо вас...

Такого шанса Митаюки-нэ упустить не могла. Подхватив с шаманского бубна оправленный в золото священный ритуальный нож, она быстро подступила к шаману и с размаху полосонула его по горлу. И тут же отступила, предоставляя потокам крови хлынуть на вождя, бросила нож старику под ноги — и метнулась из святилища, тут же свернув к реке, пробежала по берегу за его стеной, вернулась обратно, на вытоптанные дорожки меж домами, со всех ног промчалась

через город. Там она выскочила на дорогу и перешла на быструю трусцу.

К лагерю казаков Митаюки долетела всего за час и рухнула, тяжело дыша, на подстилку к ногам Матвея, с трудом выдавив:

— Выступайте немедля!.. Свара в городе... Верховный вождь верховного шамана заколол...

— К оружию, други! — немедленно приказал Серьга. — Одевайте брони!

И первым, показывая пример, потянулся к колонтарю.

— Откель ты сие ведаешь? — с подозрением спросил юную чародейку Силантий.

— Какая тебе разница, десятник? — одернул казака Штраубе. — Коли любопытно, опосля спросишь. А ныне времени нет языком попусту молоть. Лучше кулеврину с племяшом своим на плечо забросьте. Так их нести быстрее всего выйдет.

Отряд снарядился быстро. Всех пленников, кроме лопоухого проводника, привязали к деревьям и оставили на месте стоянки, на спину Сехэрвен-ми повесили мешок с порохом, дробью и ядрами, дабы лишняя сила попусту не пропадала. Митаюки, немного отлежавшись и восстановив наконец дыхание, — поднялась, подступила к священнику, понуря голову:

— Благословите отче, ибо грешна...

Как ей сейчас не хватало помощи от мудрой Нине-пухуця! Старуха умела разъярить священника так, что тот буквально лучился шаманской силой, разя любого колдуна силой своего распятого бога. Митаюки так не умела, она могла только просить.

— Во имя отца и сына и духа святого... — осенил ее крестом отец Амвросий, вызвав лишь слабое покалывание в голове и руках.

— Скажи, отче, а бог любит тебя? — не стала целовать протянутую руку юная чародейка. — На тебя можно положиться? Может, твой Иисус отвернулся от тебя и на твою силу больше нет надежды?

— Господь одаряет милостью всех, кто признает истинность его учения! — назидательно ответил священник. — Тебе воздастся по вере твоей, пусть даже я окажусь недостойным служителем.

— Так ты недостоин?! — округлила глаза Митаюки. — Бог бросил тебя? Ты не способен пройти испытание?

— Какое испытание?! — моментально вскинулся священник, и ведьма ощутила покатившуюся от него волну страха, перемешанного со злостью. Отче жутко боялся, что его тайна стала известна кому-то еще.

— Все шаманы проходят испытание, — невозмутимо ответила Митаюки. — Если колдун не способен изгнать болезнь или предсказать будущее, он лишается своего имени и золотого амулета.

— Как смеешь ты сравнивать меня, носителя истинного слова и веры истинной, с идолопоклонниками?! — грозно сверкнул глазами священник и развернул плечи. — Сколь ни был бы слаб я плотью, но дух мой крепок, да сила христова не во мне, а в боге!

Он решительно попытался пронзить перстом небо, а затем осенил себя знамением.

— Прости, отче... — тут же отступила юная чародейка. Она своего добилась: священник взъярился.

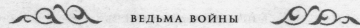 

Ватага выступила. Мужчины не бежали, однако шагали широко и быстро, а потому одолели тот же путь, что и бегущая девушка, всего за полтора часа. На окраинах города казаки развернулись в редкую двойную цепь: копейщики впереди, пищальщики сзади. Однако сражаться здесь было не с кем. Чумы стояли пустыми — все сир-тя селения собрались у святилища, в котором свершилась страшная до невероятности трагедия.

Внезапно слева послышался громкий вопль — в одном из домов обнаружилась квелая старуха, каковую нынешние события города уже не беспокоили. Лежала себе на подстилке да на небо и кроны любовалась. И вдруг — чужаки!

Быстрый удар рогатины превратил крик в предсмертный хрип — но тревога была уже поднята.

Матвей и Силантий быстро опустили кулеврину на землю, выхватили из-за пояса топорики, обнажили сабли. Точно так же поступили и Евлампий с Никодимом. Митаюки вытащила бронзовый нож, приставила к горлу Сехэрвен-ми, подтянула пленника ближе к себе.

Площадь у святилища заслоняли стволы деревьев и многочисленные чумы, но было слышно, что на крик идет сразу несколько человек.

Передние казаки опустили рогатины — но между легких домиков показалось всего лишь несколько женщин и трое безоружных мужчин в замшевых туниках.

— Дикари!!! — заорали уже они, отпрянув назад.

Ватага метнулась в погоню, откуда-то от площади навстречу ринулись воины, и толпа полуголых мужчин с копьями и палицами нахлынула на редкую цепь доспешных казаков.

Митаюки, волоча следом лопоухого паренька, спряталась за спину мужа, тот неспешно выдвинулся в первую линию.

— А-а-а!!! Смерть!!!

На Матвея налетело сразу трое сир-тя с копьями, но ватажник широким взмахом топора и сабли словно смахнул все наконечники влево от себя, шагнул вдоль ратовищ вперед, обратным движением сабли рубанул ближнего воина по шее. Тот ловко поднырнул под клинок и поймал точно в лоб догоняющий саблю, чуть ниже, топорик.

Двое других попятились, отдергивая копья, — но Серьга шагнул следом, вскинул топор, отвлекая внимание, и быстро уколол ближайшего саблей в грудь. Третьего сир-тя спасло только то, что на казака налетело справа еще два воина, вынуждая отбиваться, пятясь, топориком от уколов слева, а саблей от выпадов справа. Улучив мгновение, Серьга неожиданно присел на колено — два древка скользнули у казака над головой, а сам Матвей качнулся вперед, выпрямляясь уже почти вплотную к врагу. Сверкнул снизу вверх сабельный клинок, вспарывая живот одному врагу, вонзился в грудь другому топорик, и Серьга, перешагнув тела, повернулся к третьему сир-тя, опять уцелевшему в сторонке.

Митаюки ощутила острое щемящее чувство в душе и горячее томление внизу живота. Это был он, тот самый могучий Матвей Серьга, кровавое воплощение Нум-Торума, в которого она когда-то до беспамятства влюбилась после жестокой сечи в кустарнике на

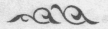 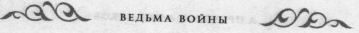

берегу безымянной протоки. Хмурый непобедимый воин, невозмутимо идущий навстречу смерти — и тем пугающий всех духов битвы до беспамятства.

— Матвей! — Не совладав с собой, чародейка бросилась вперед, высунулась сбоку и крепко, жадно, поцеловала мужа в губы.

Ей хотелось большего, куда большего — но сейчас это было невозможно. И потому, урвав малость, девушка отпустила своего мужчину:

— Иди!

Однако последний из тотемников, не дожидаясь схватки, отбежал на безопасное расстояние.

Толпа сир-тя врезалась в редкий строй дикарей и отхлынула, потеряв сразу десятки воинов. Привыкшие повелевать всем и вся хозяева мира явно не ожидали такого жестокого отпора и потому пятились довольно долго, чуть не до самого святилища, растерянно глядя на клинки и броню странных врагов. Между ними протиснулись раскрашенные черничным соком колдуны в своих черепах-масках, с круглыми золотыми оберегами. Одни ударили в бубны, другие просто вытянули руки, бормоча заклинания, и Митаюки ощутила, как становятся вязкими и непослушными руки, как перестает биться сердце, а голова отказывается повернуться к священнику...

— Господи Иисусе Христе, сыне божий! Огради мя святыми твоими ангелы, силою честнаго и животворящаго креста и всех святых Твоих! — провозгласил отец Амвросий, вздымая крест над православным воинством. — Помолимся вместе, дети мои! Помози ми, боже, недостойному рабу твоему, избави мя от всех навет вражиих, от всякаго зла, колдовства, волшебства, чародейства и от лукавых человек, да не возмогут причинити мне никоего зла! Господи, светом твоего сияния сохрани мя!

Сердце упруго ударило раз, другой, третий...

— Целься! — медленно поднял руку Ганс Штраубе, и казаки второго ряда, двигаясь, словно в забытьи, вяло и тяжело стали поднимать стволы в сторону могучих колдунов, справиться с заклинаниями которых не удавалось даже истовому ватажному священнику. Разве ослабил немного, и то спасение... — Пли!

Пальцы нажали спуск так же медленно, борясь сами с собой, не желая подчиняться воле владельцев. Однако замки щелкнули так же стремительно, как всегда, полыхнул облаком порох на полках, огненной иглой украсились запальники, дружно жахнули стволы.

Дробь с такой силой ударила в тела чародеев, что отшвырнула их на несколько шагов, разрывая плоть на кровавые ошметки, — и в тот же миг спал смертельный паралич с замерших ватажников.

— Ур-р-ра-а-а!!! — взревели они, бросаясь вперед.

— А-а-а!!! Сме-е-ерть!!! — кинулись навстречу тотемники, швыряя метательные палицы и копья. Несколько казаков опрокинулось, пара споткнулась. Матвею тоже досталось: палица звонко цокнула по шлему и отлетела, сдвинув его на левое ухо, а одно из копий, которое он не успел отбить, врезалось в закрывающую сердце пластину колонтаря, раздробив о железо обсидиановое острие. Казак чуть дернулся влево — но это не помешало ему уколоть вперед, в длинном выпаде, ближайшего врага в открытое плечо.

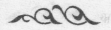 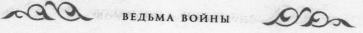

— Митаюки-и!!!

Ведьма оглянулась на крик, рванула лопоухого пленника за мешок, подволокла к немцу, торопливо распутала узел мешка. Штраубе, лихорадочно стреляя глазами вдоль строя дерущихся казаков, достал пороховницу из козьего рога, берестяной туесок с зельем, принялся сноровисто заряжать пищали. Возвышаясь над ним, продолжал читать молитвы отец Амвросий, а ему из-за армии сир-тя вторил, стуча в бубен и приплясывая под священной березой, еще один недобитый шаман.

— Проклятье... — прошептала ведьма, облизнув враз пересохшие губы, и закрутила головой. Очень скоро, подтверждая ее ужас, из леса послышался треск, и вдалеке закачались вековые сосны и ели.

Матвей, негромко разговаривая сам с собой, привычно, как делал это десятки раз в году, работал саблей и топориком, раскачиваясь всем телом и встречая врагов широкими взмахами обеих рук. Он много раз слышал, как ловкие, умелые мастера дуэльных поединков умеют парировать удары, играть клинками, уклоняться от стремительных выпадов. Серьга подобных хитростей не знал. Когда враг напирал, он просто ставил оружие поперек и быстро взмахивал им из стороны в сторону, распихивая все, что летело в тело, куда подальше, а в короткие мгновения, когда не убивали его, — рубил и колол все, до чего дотягивался.

В грудь летят копья — качнулся влево, отвел вправо, обратным движением рубанул куда ни попадя клинком, а топориком легонько пристукнул ближнюю голову, качнулся обратно, пригибаясь и тут же подрубая саблей совсем близкую руку с палицей, и опять качнулся вправо, позволяя наконечнику скользнуть по пластинам колонтаря, клинком резанул вдоль древка копья.

Язычник пальцы спас, бросив оружие и отдернув руки, отпрянул, сбивая своих же товарищей, Серьга топориком отмахнулся от наседающих слева врагов, ничего не парируя, а просто пугая, сделал шаг вперед, быстро уколол врага, потерявшего равновесие за язычником. Подтягивая клинок, резанул уже самого неудачливого копейщика по шее, поднырнул под струю крови — и копье, предназначенное казаку, вонзилось в лицо его врага. Матвей развернулся, поймал падающую сверху палицу на скрещенные саблю и топорик, качнулся вперед, пиная врага ногой в живот, а когда тот согнулся — всадил топорик в макушку и отскочил в сторону. Сбоку прошелестело брошенное издалека копье.

Уворачиваться бесполезно. Но если постоянно двигаться — попасть в тебя будет намного труднее.

Серьга качнулся, отводя палицу, рубанул встреч, закрылся от тяжелого бронзового топора своим легким, тут же нырнул вперед — все равно ведь не удержать, — снизу вверх вогнал саблю в живот, отпрянул, качнулся.

— Матве-ей!!! — Невесть откуда взявшаяся Мита-юки вцепилась за колонтарь, потянула казака к себе.

— Уйди! — Серьга отпихнул девицу локтем, отмахнулся от копья, но ответить не смог: девица вцепилась как клещ и волокла к себе.

— Матвей!

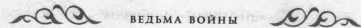 

— Уйди, дура! — Атаман отбил брошенное издалека копье, спас от палицы голову жены и опять не смог ответить, не достал. — Да отстань же, оглашенная!

— Сюда! — Упрямая Митаюки продолжала тянуть его назад.

Через прореху в строю попытались прорваться трое воинов с палицами. Первого, самого быстрого, Матвей просто пропустил, топориком отщелкнув палицу в сторону, и тут же, полосонув саблей открытый бок, прикрылся от нападения справа обычным широким взмахом, заодно откинув другую палицу. Сделал шаг вперед и, раз уж оружие оказалось внизу, закончил свой взмах, направив топорик в голень врага, мгновенно выпрямился в направлении третьего сиртя, скрещивая свое оружие.

Язычник ловко отдернул палицу и с замаху ударил казака в грудь. Серьга повернулся боком, позволяя каменному оголовью скользнуть по железным пластинам, под которыми лежал на толщину в два пальца войлок поддоспешника, а потом просто повернул саблю клинком вверх, и потерявший равновесие бедолага сам напоролся на клинок.

— Матвей!!!

— Да уйди ты, ненормальная! Чуть не угробила!

— Матвей!!! — опять дернула его за руку ведьма и указала рукой на лес. Там, уже совсем близко, над деревьями покачивалась темно-синяя голова размером с избу, челюстями каждая со струг и крохотными, меньше кулака, янтарными глазками.

— А-а-а... — Казак убрал оружие и помчался прочь.

Митаюки задержалась лишь на несколько мгновений: чтобы выдернуть из ближнего пищального замка медленно дымящийся фитиль.

Оглушительное хлопанье ломаемых елей заставило всех дерущихся хоть краем глаза покоситься на звук, и тут же залитое кровью поле брани огласилось радостными криками тотемников. Сир-тя торопливо отпрянули, предоставляя закончить битву своему живому покровителю. Казаки тоже забыли про сечу, пятясь к реке и осматриваясь в поисках укрытия.

И было из-за чего.

Двуног был не просто огромным — он оказался невероятен! Его голова возвышалась над макушками самых высоких деревьев, его передние крохотные лапки превышали и длиной, и толщиной взрослого мужчину, а задние были размером со слона у ляжки и с корову возле ступни. Сама же ступня была как лодка на десятерых и могла накрыть сразу два стоящих рядом чума.

Шаман завизжал и мелко-мелко застучал в бубен. Видать, был одним из начинающих и сам удивился, что смог докричаться до тотема-покровителя.

Тут же грохнул выстрел: немец решил не рисковать и застрелил колдуна, едва только тот оказался на виду. Однако отхлынувшая толпа сир-тя даже не заметила еще одной смерти. Она восторженно вопила, махала руками, многие даже подпрыгивали, и все указывали в сторону незваных гостей.

Двуног поднял голову и заорал, распугав всех птиц и летучих ящеров на полдня окрест, потом опустил голову и с интересом всмотрелся в букашек внизу. Казаки жались к стволам деревьев, надеясь спрятать-

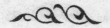 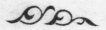

ся за ними, судорожно сжимали в руках совершенно бесполезные против подобного врага сабли и топорики.

Матвей наконец домчался до оставленных кулеврин, схватил ближайшую, выпрямился, огляделся — и чуть не в голос завыл от бессилия! Вокруг стояли чумы из легеньких жердей и деревья в два-три обхвата. Стволы-чумы, чумы-стволы... И ничего! Ничего горизонтального, чтобы можно было зацепиться гаком для упора!

Двуног зашипел, опуская голову, — Ганс Штраубе вскинул пищаль, нажал на спуск. Грохнул выстрел — и гигантский двуног отпрянул, хлопнув пастью. Похоже, он чувствовал боль. Пищаль для него была как укол иголкой для человека. Однако укол иголкой в язык зело неприятен.

Немец бросил разряженную пищаль, схватил другую, пальнул, бросил — и кинулся бежать. Двуног возмущенно зарычал, повернул следом, толкнулся ногой, прыгнул на другую, толкнулся, с каждым шагом пролетая два десятка саженей.

— Молись Бригитте, Ганс! — в отчаянии крикнул Серьга и упал к дереву, цепляя гак за точащий сосновый корень. — Митаюки, пали!

Юная чародейка упала на колени и ткнула дымящимся фитилем в запальник.

Опускать казенник было просто некуда — и пушечный выстрел плюнул ядром горизонтально, вдоль самой земли. Полет чугунного шарика даже отметила линия сдутой пыли, поднявшаяся между стволом и ногой чудовища. Ядро вонзилось в верхнюю часть ступни, взрезало кожу, потом мясо под ней и, стремительно теряя скорость, пробило сустав щиколотки, застряв где-то среди костей.

Двуног взвыл от боли, уже начиная новый шаг, и когда опустил раненую ступню — не смог на нее опереться, вскрикнул, поддернул и... начал заваливаться набок, ломая своим весом толстенные деревья, словно пересохшую траву. Туша ударила оземь с такой силой, что мир содрогнулся, а часть чумов, подпрыгнув, просто посыпалась, теряя жерди и взмахивая выцветшими покрывалами.

— Чего встали, православные?! — переведя дух, крутанулся через плечо Ганс Штраубе и выхватил меч. — Сарынь на кичку! Вперед!!!

— Ур-ра-а!!! — встрепенулись казаки, приходя в себя. — Сарынь на кичку! Вперед!

Заметно поредевшая ватага собралась в кулак и снова ринулась на приунывших и потерявших боевой задор сир-тя. Женщины сразу кинулись бежать, увлекая примером слабых духом; мужчины, застигнутые нападением без оружия, за работами, тоже предпочли прянуть прочь, не поддерживать своих воинов — и врагов у казаков внезапно стало до странного немного...

Между тем огромное чудовище пыталось встать, судорожно помахивая передними лапками, толкалось от земли головой, лупило по земле хвостом, разнося в щепу все, что оказалось поблизости, и широкими взмахами здоровой ноги пыталось найти опору. Двуног вполне мог подняться. И даже если он будет хромать — управиться с монстром будет совсем непросто.

Матвей схватил вторую кулеврину и теперь отчаянно ругался, не в силах придумать для нее точку

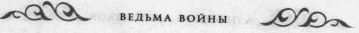

опоры, Митаюки металась по ближним чумам, пока наконец не нашла то, что хотела, — длинный кожаный канат, сплетенный из пяти ременных жил. Ведьма кинулась к мужу, показала добычу ему, коротко спросила:

— Вокруг дерева обмотать?

— Давай! — согласно кивнул Серьга.

Вдвоем они побежали к реке, в сторону которой лежала голова зверя. Двуног фыркнул, словно хотел сдуть букашек, и это у чудища почти получилось — Митаюки от плотного ветра споткнулась, упала, но тут же снова поднялась, кинулась за мужем. Двуног, чуя неладное, попытался сцапать нахальных людишек — однако челюсти щелкнули в нескольких саженях, и монстр забился, пытаясь встать, но вместе с тем приближаясь мордой к врагам.

Между тем Матвей забежал ему за загривок, прижал фальконет к толстой сосне:

— Здесь!

Митаюки зацепила гак петлей сложенного вдвое каната, побежала вокруг дерева, сперва чуть опуская ремни, потом чуть поднимая, дабы вторым и третьим витком прижать к стволу первый.

Серьга отпустил ствол — и тот повис в петле, пусть болтаясь, но не падая.

— Держит! — Казак тут же навел оружие в затылок гигантского чудовища.

Двуног забрыкался, поворачиваясь, но после нескольких скачков выдохся, замер, полуповернув голову и глядя с расстояния всего нескольких шагов на крохотного человечка. Матвей ответил своим взглядом — мрачным и уверенным, глубоко вдохнул и приказал:

— Деточка, пали!

Митаюки ткнула фитилем в запальник — и выпущенное почти в упор ядро вошло монстру в череп. Двуног облегченно выдохнул и закрыл глаза.

— Все? — неуверенно спросила юная чародейка и вытянула руку, пытаясь ощутить эмоции здешнего тотема.

— А кто его знает, тушу этакую? — пожал плечами казак. — Надо бы для уверенности еще пару ядер в башку вогнать. Припасы огненные где?

Митаюки указала на дерево, возле которого, среди раскиданных пищалей, валялся связанный проводник.

— Держи! — Матвей сунул девушке в руки казенник и побежал за мешком.

От неожиданной тяжести ведьма крякнула, но устояла, напрягаясь изо всех сил. Хорошо хоть большая часть веса ствола приходилась на петлю, а не на нее.

Быстро вернувшийся муж стремительно перезарядил пушку, навел, выстрелил. Перезарядил еще раз — пальнул снова. Однако двуног после новых попаданий даже не вздрагивал. Он был мертв.

Битва за город закончилась. Вокруг туши тотема-покровителя, над многими десятками мертвых тел воинов наступила тишина — а вот по другую сторону площади, за святилищем, звенели крики, раздавался зловещий хохот, мольбы, стоны. Именно туда отступили горожане, и именно там сейчас победители вя-

зали пленных, шарили по домам и добивали последних сир-тя, пытающихся оказать сопротивление.

Матвей подошел ближе, похлопал ладонью по торчащему из пасти клыку размером с человеческую ногу, широко перекрестился:

— Мыслил, ничем тварь этакую одолеть не получится! Но господь не оставил...

Казак вернулся к дереву, двумя руками взялся за пушку, рывком выдернул из петли и понес к пищалям. Митаюки размотала канат, скрутила через локоть, повесила на плечо, пошагала следом. Возле лопоухого проводника остановилась, опустилась на колено, одним взмахом рассекла путы на его руках:

— Я обещала тебе женщин, почет и добычу, Сехэрвен-ми, если ты доведешь нас до большого города тотемников? — спросила она. — Можешь брать. Все, кого поймаешь, твои.

— А-а... — Мальчишка перевернулся на спину, сел, растирая руки. — Как?

— Как-как, — пожала плечами чародейка. — Ты же мужчина, воин, победитель. Просто идешь и берешь все, что пожелаешь. Или кого пожелаешь. Город наш, развлекайся.

— Мне никто не подчинится, не послушается... У меня нет оружия!

Митаюки-нэ презрительно хмыкнула и кивнула на раскиданные тела погибших воинов, между которыми валялось изрядно палиц, ножей, топоров и даже копий.

— А белокожие дикари меня не тронут? — неуверенно переспросил Сехэрвен-ми.

— Они же знают, что ты наш проводник! Зачем им тебя трогать, коли ты не пытаешься сбежать?

— И я могу делать все, что захочу? И с кем захочу?

— А ты полагал, я тебя обманываю? — вскинула брови ведьма. — Нет, мой храбрец. Я сделаю тебя величайшим воином в мире второго солнца. Ты станешь великим вождем, у тебя будет богатый дом, слуги из родов сир-тя и столько женщин, сколько ты только пожелаешь! Будь предан, и я исполню любые твои прихоти! Теперь беги, веселись.

Саму Митаюки ловля пленников и насилие над девами, понятно, не привлекали. Она неспешно обогнула кровавое поле битвы, дошла до святилища, откинула полог.

Убитый ею верховный шаман все еще лежал здесь.

— Колдун, первым встретивший врага, — негромко припомнила ведьма. — Забавно, насколько точны бывают пророчества. И насколько бесполезны. Интересно, вождю удалось оправдаться или нет?

Она заглянула дальше, в глубину величавого чума, разглядела золотой отблеск, но к идолу не пошла. Отыскала на полу кувшин с маслом для светильников, разлила часть вокруг, полупустую посудину метнула дальше. Судя по звуку — она разбилась.

— Тем лучше. — Взяв ритуальное кресало, юная чародейка высекла искру.

В этот раз святилище занялось с первой попытки. Девушка вышла, аккуратно опустила за собой полог.

Пусть горит! Пусть горят все эти бубны, амулеты, руны, свитки, списки... Пусть горит все! Пусть исчезнет от святилища самый след, а над его пепелищем поднимется простой и лаконичный деревянный

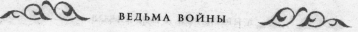

крест. Чем меньше на земле сир-тя останется людей, умеющих пользоваться колдовской силой, тем больше станет значить ее мудрость.

— Если я останусь единственной чародейкой на всем свете, кто в этом мире сможет мне перечить? — зажмурилась ведьма, подставляя лицо жару, идущему от ревущего пламени.

Когда недавнее величественное строение осыпалось на горячего идола грудой головешек, Митаюки вспомнила, что шаманская мудрость хранилась не только у мужчин. Существовала еще школа девичества, в которой юных сир-тя учили не только тому, как соблазнять и приручать мужчин, как повелевать ими и другими людьми, но еще и приворотам, заговорам, порчам и приготовлению зелий.

Юная чародейка спустилась к берегу, вдоль самой реки пошла верх по течению, вскоре увидев крытый шкурой длинношея дом — именно там, где положено по обычаю: в стороне от селения, отделенный от города небольшим ручейком. Ведь, уходя в Дом Девичества, девочки вступают на первую ступеньку взросления, покидают родной очаг и живут уже своей личной жизнью, постигая женские мудрости и готовясь к первой встрече с мужчинами. Если оставить их в городе — какое тут может быть воспитание? Какая подготовка? При любой сложности завсегда к маме с папой за помощью дети кидаться станут. И хотя понятно, что девочки и домой часто бегали, и знакомых среди мальчишек имели, однако большую часть времени все едино жили наособицу, а не в общей кутерьме.

Сейчас Дом стоял тихим и пустым. Воспитательницы, конечно же, попытались увести доверенных им детей от опасности. Смогли, нет — неведомо. Но — ушли.

Следуя своему замыслу, Митаюки собрала все амулеты, все руны и вообще все связанные с колдовством предметы, вынесла, бросила за порогом, а когда стала обшаривать Дом дальше — неожиданно наткнулась на спрятанную за одной из постелей новенькую кухлянку. Сшитая из толстой, в палец, кожи, она была выделана столь искусно, что все равно оставалась мягкой. По вороту шла опушка из брюшных перьев волчатника, на рукавах и подоле был подшит лисий мех, на плечах и поясе нанесены знаки, отводящие сглазы, наветы, несчастья и болезни. Нанесены — но не заговорены, Митаюки это бы ощутила.

— Ну, заговорить я и сама успею! — решила ведьма, осматривая нежданную добычу. — А ведь моя, старая, уже и износилась вся...

Решительно содрав прежнюю одежду и метнув ее в кучу к амулетам, юная чародейка добежала до реки, нырнула в ее холодные воды, немного поплавала, вернулась на берег и переоделась в новое, чистое.

— Новую жизнь начинаю во всем новом! — вслух объявила она, опоясываясь трофейным колдовским поясом. — Ничего-ничего! Когда я начну править миром, у меня будет столько одежды, сколько захочу. Особая кухлянка для лета, особая для зимы и еще одна красивая на праздники. А еще теплая малица... Нет, две малицы. Нет даже, у меня будет четыре кухляки! А может быть, и пять! И три малицы из разных шкур!

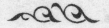 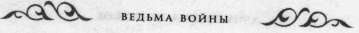

С такими мечтами о будущих богатствах чародейка сгребла в охапку собранные амулеты и понесла их на площадь, к очагам. Мысль о том, что можно разжигать огонь где-то еще, ей даже в голову не пришла!

— Тоже развлекаешься, чернокнижница? — перехватил ее на полпути Ганс Штраубе, пошел рядом, поминутно оглядываясь. Судя по девичьим стонам, Митаюки отвлекла немца от чего-то очень важного.

— Это мусор, — ответила девушка. — Сожгу, дабы не мешал. Прибираюсь в доме, где остановится на отдых атаман.

— Отдых хорошо, — понизил голос немец, — но у нас в ватаге осталось восемь бойцов. Четверо из них ранены, но, слава святой Бригитте, могут драться. Остальные уже не могут.

— Зато мы добыли еще одного идола.

— Золото мало добыть, его нужно еще и увезти!

— В городе есть челны и большие лодки. И лопоухий Сехэрвен-ми, который с радостью укажет нам водный путь обратно к своему дому. И много пленных, каковых можно посадить на весла вместо раненых.

— Много пленных, невольниц, раненых, золота и всего восемь здоровых казаков, чернокнижница! — повысил голос Штраубе. — Нам не выбраться из этого мира при таких раскладах. Сгинем в дороге. Надорвемся от натуги, но до острога не дойдем! Похоже, мы просто обожрались от жадности. Слишком много добычи для такого маленького отряда. И оставаться нельзя. Если на нас нападет хоть полсотни дикарей, ныне нам уже не отбиться. Мы на пределе...

— Зачем нам уходить в острог? — пожала плечами Митаюки. — Окрест еще так много городов и племен! И у каждого есть святилище с золотым божком...

— Ты меня слышишь, чернокнижница? У нас больше нет воинов!

— Ты их получишь, немец. — Митаюки наконец-то дошла до костра и бросила охапку знахарского добра на еще красные угли.

— Откуда? Ты их родишь?!

Ведьма отерла ладони и повернулась к немцу. Прямо и спокойно, как муж на двунога, посмотрела немцу в глаза. Выдержала многозначительную паузу, а затем сказала:

— Ты обещал меня слушаться, сотник.

— Не слушаться, а помогать, — поправил ее Штраубе.

— Ну так помогай! — Митаюки укоризненно вздохнула, покачала головой. — Ступай, немец, отдыхай. Тебя ждут красивые молодые пленницы, жареное мясо, сытные отвары. Люби, ешь, пей! Не забивай свои мысли тем, что тебе не по силам изменить. Я же пойду приготовлю дом для моего мужа и твоего господина. Когда казаки устанут веселиться, снаряди лодки для перевозки добычи. Остальное моя забота.

— Доннер веттер, я хочу знать, что ты задумала!

— Просто слушайся, — ласково посоветовала ему ведьма, похлопав ладонью по груди. — Я уже нашла вам золото, нашла добычу и женщин. Найду и воинов. Много. Сотни молодых и сильных храбрецов. Ты просто слушайся, немец. И твоя награда превзойдет все твои ожидания.

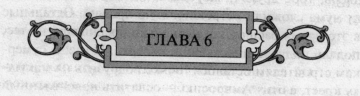

ГЛАВА 6

Зима 1584 г. П-ов Ямал

Обращенные

Вернувшись на остров, в свой первый покоренный город, казаки отдыхали девять дней.

Хотя — что значит «отдыхали»? Сидеть без дела ватажники не привыкли.

Митаюки в первый же вечер, за ужином, вслух подумала, что православным жить без церкви невместно, — и отец Амвросий, встрепенувшись, ее тут же поддержал. Уже на следующий день казаки возвели часовню.

Юная чародейка даже не представляла, что это можно сделать так быстро!

Однако пятеро мужчин с топорами еще до полудня свалили полста полуохватных сосенок, пленные сир-тя притащили разделанные хлысты на остров, где другие казаки ловко стесали их края на клин. В четырех самых толстых бревнах так же топорами, в четыре руки, прорубили глубокие пазы, поставили стволы вертикально, прикопав снизу и закрепив сверху привязанными крест-накрест жердями. А дальше — просто накидали стесанные бревна в пазы.

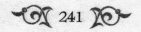

Пока двое ватажников прорубали в западной стене дверь, трое других, забравшись наверх, по принципу чума сложили остроконечную кровлю. Остальные в это время расщепили несколько бревнышек на тес, подали получившиеся доски наверх... И все! К сумеркам строителям осталось только водрузить на макушку крест, а отцу Амвросию — освятить новоявленный храм.

Закончив часовню, казаки, настойчивые и трудолюбивые, как муравьи, стали строить бревенчатый острог. Тут намеков юной чародейки не потребовалось — так уж русские жить привыкли, что на каждом новом месте прочное укрепление во первую голову возводили. Сперва сруб из толстых бревен с бойницами, опосля стены из частокола округ места облюбованного. Потом башни на углах. Потом клети, стены подпирающие. Потом клети землей, камнями или еще чем наполняли. Потом крыши, подклети, амбары...

Глядишь, месяца не прошло — ан уже твердыня стоит, каковую ни яйцеголовы проломить не способны, ни длинношеи снести, ни двуноги раскидать. А если еще обитатели огнем и копьями огрызаются — так лучше и вовсе ближе дневного перехода не подходить.

Окончания строительства Митаюки-нэ дожидаться не стала. Когда первый, одиночный прочный сруб казаки подвели под крышу и повесили на входе тесовую дверь — на следующее утро она разбудила мужа нежными поцелуями и, водя пальцем по широкой, покрытой шрамами груди, прошептала:

 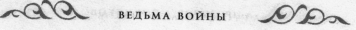

— Я вот о чем помыслила ныне, любый мой... За отдыхом и битвами мы о долге христианском совсем позабыли. А ведь клялись мы все, люди православные, язычников в веру истинную обращать! Нехорошо сие, неправильно. Грех...

— Как не обращаем? — удивился Серьга, отдаваясь умелым ласкам. — Вона, уже три города разорили, святилища сожгли, идолов для сохранности у часовни прикопали.

— Так после походов сих язычников меньше стало, милый. Однако же христиан не прибавилось.

— Как же я их прибавлю, милая?

— Отца Амвросия с проповедью в целый, неразоренный град отправлять надобно.

— Его же убьют!

— Стало быть, с охраной отправить.

— Супротив целого города его всей ватагой охранять надобно!

— Значит, всей ватагой и пойдем... — смиренно вздохнула юная чародейка. — Раненые окрепли, полон в повиновении удержат. Припасы есть, захватили изрядно. Так отчего и не сходить?

— Мыслишь, попик наш проповедью одной сможет целый город в веру свою оборотить и идола без единого выстрела забрать? — откровенно ухмыльнулся казачий сотник.

— Пусть попробует, милый, — попросила Митаюки и стала целовать грудь мужа, от шеи к солнечному сплетению, от солнечного сплетения к животу, опускаясь все ниже и ниже. — Ты же рядом... Будешь... Коли проповедь... не поможет... так ты... завершишь...

Через четверть часа атаман небольшой ватаги был согласен на все.

Молодого Сехэрвен-ми юная чародейка нашла возле моста. Лопоухий тотемник, опоясанный наборным поясом из желтых клыков волчатника, аж с двумя бронзовыми ножами на боках, да еще и с нефритовой палицей у колена, длинной упругой лозой подгонял пленников, таскающих бревна для частокола. Туника на нем была новая, из шершавой кожи яйцеголова, с тиснением, сапоги змеиные, браслеты из белых шариков, точенных из бивней трехрога. Похоже, в побежденном городе паренек неплохо разжился. Освоился в роли победителя.

— А ну, шевелись, дармоеды! — Прут опустился на спину замешкавшегося на спуске сир-тя. — Жрать вы все горазды, а как работать, так еле ползаете. Пошел быстро! Не то кишки выпущу и нуерам скормлю! Кому вы нужны такие, задохлики?!

— Вижу, даже среди иноземцев ты уже в десятники выбился, — похвалила старательного тотемника ведьма. — Я сразу поняла, что ты храбрый воин и достойный вождь. Однако хватит прозябать в правителях малых, пора подниматься в вожди великие, подминать под себя племена и советы.

— Да я легко! — обрадовался Сехэрвен-ми и хлестнул прутом ближайшего пленника. — Только скажи как!

— Да, госпожа, — хмуро поправила Митаюки, и паренек моментально посерел лицом, низко поклонился:

— Слушаю, госпожа.

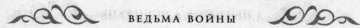 

— Как я и обещала, Сехэрвен-ми, — милостиво улыбнулась ведьма, — тебе надлежит стать великим вождем, который создаст союз тотемников и могучих иноземцев. Для того тебе надлежит собрать доказательства нашей победы над племенем, поклонявшимся двуногам. Среди полона есть воины и женщины известные в-в... В-в... Куда ты намерен вести нас, Сехэрвен-ми? Где столица вашего рода?

— Пы-Ямтанг, госпожа. Это большой город, стоящий в слиянии рек Ямтангу и Пын-тэс. Он даже больше города двуногов! Там великое святилище, там собираются советы вождей колдунов всех племен нуеров.

— Хорошо. Там в доказательство нашей победы нужно показать пленников из города двуногов, амулеты их вождей и колдунов. Ты же подробно расскажешь, сколь велики, могучи, непобедимы, неуязвимы белокожие иноземцы. И что дружба с ними есть залог величия всего народа потомков нуера-прародителя. А вражда с нами есть вернейший путь к погибели.

— Да, госпожа.

— Сколько дней пути до Пы-Ямтанг, если идти по воде?

— Шесть, госпожа. Придется плыть против течения.

— Прекрасно. Тогда готовься.

Убедившись, что с поисками здешней столицы трудностей не возникнет, чародейка отправилась в часовню, порадовать отца Амвросия. Однако застала у священника немца.

— У меня для тебя есть весть радостная, дщерь моя! — воодушевленно выдохнул батюшка. — Завтра

мы отправляемся нести слово истинное язычникам диким! Очищать светом веры христовой заблудшие умы, спасать души человеческие!

— Как я рада, отче, как рада! — вскинула руки к небесам чародейка. — Да пребудет с тобой сила бога Христа, да поможет она тебе в деле столь важном!

— Воистину, клянусь святой Бригиттой! — широко перекрестился Ганс Штраубе, поклонился новенькому, пахнущему сосновой смолой снежно-белому распятию на стене. Шепотом пробормотав короткую молитву, он направился к дверям и, проходя мимо девушки, тихо сказал: — Вот только господин атаман, отдавая приказ свой о походе, не смог поведать, куда именно нам выдвигаться надобно?

— Вверх по реке, шесть дней пути на веслах.

— Ну, слава богу! Пойду снаряжать лодки.

Казаки — люди водные, и передвигаться на стругах, лодках, чайках и челнах им куда как привычнее, нежели ногами землю отмерять. Опять же, в лодке груз не на загривке лежит, а рядом на днище, плечи не тянет. Не ты его тащишь — лодка везет. А потому и взять его можно супротив пешего втрое, если не вчетверо. Как ни крути — даже против течения, и то в лодке сподручнее выходит, нежели пешком через леса продираться.

Если же еще и на весла можно пленников посадить, а не самим надрываться — так и вовсе поход в удовольствие превращается.

Тем не менее после пяти переходов лодки приткнулись к берегу на дневку — людям после долгого сидения хотелось отдохнуть и размяться, подгото-

виться к возможной схватке. Ведьма же, спев песню окружающего мира, уже привычно ушла вперед, на разведку.

Город Пы-Ямтанг стоял на длинном и относительно узком, шириной в три сотни шагов, мысу, образованном слиянием двух полноводных рек, так что мог считаться хорошо защищенным. Со стороны воды к тотемникам водных змей подобраться было невозможно, да узкую полоску суши между реками нуеры защитить могли. Тем более с помощью воинов самого селения. Однако в таком положении имелся и недостаток: с обоих берегов все селение прекрасно просматривалось насквозь.

Ближе всех к воде, на самом острие мыса, стояло, понятно, святилище, крытое шкурами нуеров и с огромным черепом змея на коньке. Окруженное водой почти со всех сторон, с селением оно соединялось нешироко полоской, на которой начиналась городская площадь. Дальше рядком шли общинные очаги, а за ними начинались семейные дома... В общем — все как всегда.

Никаких особых приготовлений к войне юная чародейка в Пы-Ямтанге не заметила, хотя местные шаманы появление чужаков наверняка предсказали. Ни заметного числа воинов, ни собрания вождей и колдунов, ни исчезновения детей, каковых в ожидании битвы воспитательницы обязательно попытались бы спасти. Митаюки-нэ сочла это хорошим знаком и ушла, никак не отметившись, — дабы случайно не навредить. А вернувшись в лагерь, уселась на обросший мхом камень рядом с вытянувшимся на подстилке Гансом Штраубе.

— Ты хорошо стреляешь, немец?

— У твоего мужа сие получается лучше, — честно признал сотник.

— Матвей атаман, он должен быть со мной... То есть я должна быть при нем на встрече с вождями тотемников.

— Ну, коли Серьгу не считать... — пожал плечами Штраубе.

— Тогда тебе надобно будет с пищалями высадиться перед излучиной и пройти вверх берегом, токмо потаенно. Запалишь фитили и жди сигнала...

* * *

Три лодки, с шестью гребцами и тремя казаками каждая, подошли к городу тотемников со стороны более широкой Ямтангу, миновали святилище, заливаемую косу за ним и приткнулись к утоптанной площади. Воины на носах тут же выпрыгнули наружу, выдвинулись вперед, прикрывая товарищей. Пленные сир-тя под приглядом ватажников наполовину вытащили лодки на берег и остались возле бортов.

Кудеяр Ручеек, отступив чуть выше по течению, быстро и ловко обмотал одну из сосенок ремнем, Силантий перекинул через плечо кулеврину, поднес, опустил гаком в петлю и замер, удерживая за казенник. Евлампий и Никодим принесли и положили рядом вторую гаковницу, запалили от трутницы фитиль. Остальные казаки выстроились в ряд, опираясь на рогатины с длинными широкими наконечниками, сверкающими на солнце, словно пластины весеннего рыхлого льда.

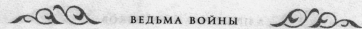 

Тотемники, понятно, тоже высыпали из домов, ринулись к площади — но в большинстве остановились в отдалении, за линией очагов. К гостям вышло лишь семеро ратных вождей с амулетами в виде многолучевых звезд. Одеты воины были в туники из толстой кожи, на поясах висели ножи и палицы: две метательные и боевая. Возрастом все семеро заметно перевалили зрелые годы.

Колдуны тоже высыпали из святилища — но они приближаться не торопились. По какой-то причине здешние шаманы оказались без масок и не раскрашены для ритуалов. Кабы не круглые амулеты — от обычных мужчин и не отличить.

Как ни странно, но взгляды большинства горожан были прикованы не к иноземцам, а к сир-тя с веслами. Слишком уж невероятным казалось тотемникам, что народ второго солнца, превосходящий все племена далеко окрест силой и мудростью, может оказаться слугами для грязных дикарей. Тем более что некоторых из гребцов местные жители узнали и показывали на них пальцами.

— Ну так чего, православные? — не выдержал затянувшегося молчания Матвей и положил ладонь на рукоять сабли. — Мы драться с язычниками станем али в гляделки играть?

— Мой муж, глава армии белокожих служителей молодого бога, приветствует тебя, верховный вождь Пы-Ямтанга! — с облегчением перевела Митаюки.

— Армии? — криво усмехнулся воин с мелко-морщинистым лицом. — Я вижу всего лишь несколько грязных дикарей в истрепанных малицах!

— Тотемники города двуногов думали так же, — широко улыбнулась юная чародейка. — И теперь их города больше не существует, тотем погиб, а уцелевшие воины стали рабами. Посмотри на наших гребцов. Неужели не узнаешь никого из них?

Митаюки оглянулась на Матвея и громко перевела на русский:

— Здешний вождь приветствует вас на своих землях, храбрые казаки, и желает вам мира!

— А о чем ты говорила так долго? — недоверчиво спросил Силантий, стоявший у кулеврины.

— Хвалила ваше мужество, друже, — стрельнула ведьма в его сторону прищуренным глазом. — Так положено. Вы хвалитесь своими победами, они будут хвастаться своими. Попытаются напугать. Но лучше говорить, чем убивать, разве нет?

— Что ты им говоришь? — насторожился вождь Пы-Ямтанга.

— Попросила не убивать вас сразу. Ведь вы из великого племени нуеров, известного своей мудростью и честностью, а потому я надеюсь заключить дружеский союз, как заключила его с Нуер-Картасом. Ваши сородичи очень сильно помогли нам в войне против двуногих. Вот, ты узнаешь храброго Сехэрвен-ми? Он дрался на нашей стороне и стал одним из победителей. Расскажи им о битве, воин! — Митаюки хлопнула по плечу лопоухого паренька, выталкивая его вперед.

— Мы дрались как истинные нуеры! — торопливо воскликнул тот. — Их было двадцать на каждого из нас, но белокожие дикари бессмертны и непобедимы! Каждый из них убил по десять врагов, а их вождь, — Сехэрвен-ми указал пальцем на Матвея, — на моих

 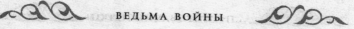

глазах он сразился с тотемом города, с двуногом, что ростом вдвое выше деревьев и зубами с меня размером. Сразился и победил! Я бы не поверил, если бы не видел сам! Могу поклясться вам в истинности сего известия: белокожий вождь убил кровожадное чудовище ростом со священную березу! Вы же видите пленников из племени двуногов? Откуда бы они взялись, кабы белый вождь не одолел двунога? Да что я, спросите у них самих, у пленных, сдавшихся нам после кровавой битвы! Они же здесь, они не станут лгать!

Тотемники и верили, и не верили пареньку. Победа маленького воина над огромным зверем казалась невозможной... Но пленники соседнего города и вправду были здесь! И уж им точно не было смысла обманывать.

— Господь не отвернулся от тебя, отче? — повернулась к священнику Митаюки. — Ныне или ты обратишь в веру свою несколько сотен язычников, либо язычники сожгут нас на костре вместе с тобой. Коли в вере колеблешься, лучше прыгай в лодку, и бежим!

— Я колеблюсь?! — задохнулся отец Амвросий и, решительно раздвинув казаков, вышел вперед, на площадь, оглушительно провозгласив: — Слово истинное принес я вам, заблудшие души, о спасении в вере истинной! О боге ныне услышьте и покайтесь в невежестве своем, каковое губит вас, в геенну огненную толкая!

— Сила пришельцев белокожих не в копьях их и руках крепких, а в боге молодом и сильном, что сражается на их стороне, оставаясь при том невидимым! — семеня следом, как можно громче переводила юная чародейка. — Боги сир-тя стары и слабы, они больше не способны защитить ваших домов. Пред вами посланники нового бога! Они не сделают вас рабами, они не ограбят вас, они не унизят вас! Если вы станете молиться их богу вместе с ними, они признают вас равными себе, равными среди равных! Рабами станут те, кто молится дряхлым духам лесов!

— Иисус любит вас! Он отдал жизнь свою на кресте за ваше спасение! Он принял на себя ваши грехи и тем открыл путь к раю! — добежал до самых очагов священник, пошел вдоль туземцев, вглядываясь в лица сир-тя, и горожане даже попятились от подобного напора. — Покайтесь! Примите веру истинную!

— Примите силу молодого бога, протяните руку белокожим дикарям! — спешила следом ведьма. — Вспомните обиды, что чинили вам жалкие и лживые соседние племена! Вспомните оскорбления, что приходилось терпеть вам на Великом Седее от прочих колдунов! Вспомните унижения от колдунов из южных озер. Сколько можно прощать позор?! Примите силу молодого бога и отомстите обидчикам! Народ нуеров должен править всеми землями в мире второго солнца! Никто не достоин этой чести больше, чем вы! Войдите хозяевами в Совет колдунов, пусть Великий Седей трепещет, а не понукает! Примите молодого бога, и те, кто унижал вас, будут сами мездрить шкуры для ваших одежд и потрошить рыбу к вашему ужину!

Толпа загудела, воодушевляясь подобными призывами.

— Опомнитесь!!! — не выдержали шаманы, сразу трое выступило вперед. — Это же просто мерзкие

 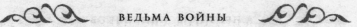

вонючие дикари! Отрыжка мерзлого севера! Сиц невай хай!

Вскинутые руки колдунов ударили по юной чародейке и священнику волной ледяного, нестерпимого холода, сковавшего тела Митаюки-нэ и священника, обездвижившего их руки и ноги, заморозившего язык и губы.

— Верую в единого бога отца, вседержителя, творца неба и земли, всего видимого и невидимого... — простонал отец Амвросий и распрямился. — И в единого господа Иисуса Христа, сына божия, рожденного от отца прежде всех веков! — Голос священника окреп, стал звучать все громче и громче: — Свет от света, бог от бога рожденного! Ради нас, людей, и нашего спасения сшедшего с небес, и принявшего плоть от духа святого и Марии девы, и ставшего человеком!

Шаманы, не в силах совладать с духовно крепким врагом, направили все силы на него, и Митаюки с облегчением передохнула, повела плечами, качнула головой, пробежалась по площади, обгоняя отца Амвросия, и вскинула руку, указывая на старшего из колдунов, крикнула:

— Дово-ольно!!!

Над рекой оглушительно прокатился удар грома — и шаман, дернувшись вбок, рухнул на песок. Вокруг него стало быстро расползаться кровавое пятно.

Митаюки согнула руку, а потом снова резко вытянула, указывая на другого. Синее небо сотряслось от нового грома — и второй шаман тоже упал. Остальные взвыли и бросились в стороны, спасаясь от смертоносного перста.

— Разве я не говорила, что белокожие дикари страшнее двунога? — негромко спросила ведьма в повисшей над площадью тишине. — Так вот... Я страшнее самих дикарей...

Юная чародейка прошла по влажному молу до святилища, откинула полог. Быстро нашла горшки с горючим маслом, пару просто разбила, содержимое третьего расплескала по сторонам. Привычно высекла искру, вышла наружу, уверенно сообщила толпе тотемников:

— Отныне у вас будет новый бог, потомки мудрого нуера! Его силой вы сможете повелевать всем миром двух солнц, и прочие народы станут покорно внимать вашей воле. Белые иноземцы признают вас равными себе и помогут победить в битвах.

За спиной ведьмы стремительно разгоралось пламя, вздымаясь к небесам, дыша жаром и словно обнимая стройную фигурку, вещающую о новом будущем народов.

— Поклонись моему мужу, великий вождь. Отныне вы станете верными союзниками. — Митаюки легко перескочила на русский язык: — Матвей! Вождь предлагает ватаге вечную дружбу и взаимовыручку! Отныне его воины будут сражаться вместе с казаками. — И снова на язык сир-тя: — Зовите новых союзников к очагам, на общий пир, жители Пы-Ямтанга! Ничто так не укрепит вашего будущего, как общий пир с самыми сильными воинами земли! — И опять по-русски: — Ты победил, отец Амвросий! Язычники принимают веру в Христа и на месте капища построят часовню.

 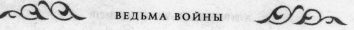
Верховный вождь повернулся к горожанам, вскинул руку:

— Готовьте пир, братья мои! Лучше пировать, чем сражаться! Пусть будет праздник!

— Сечи не будет! — кивнула казакам Митаюки. — Вас будут поить и кормить, а золотого идола заберем вечером, когда святилище прогорит до угольков.

— Славно, — не без облегчения зашевелились ватажники. — Золото без драки, оно же и лучше.

— Матвей, тебе придется обняться с вождем в знак дружбы, — попросила Митаюки. — Пусть все видят, что никакой вражды больше нет.

— Ну, коли нужно. — Серьга отпустил рукоять сабли, подступил к вождю, крепко его обнял. Тот в ответ похлопал гостя по плечу и жестом пригласил к очагам, в которые горожане уже подбрасывали свежие дрова.

Митаюки повернулась лицом к узкому речному рукаву и поманила пальцем таящегося среди кустарника одинокого стрелка.

Тотемники притащили откуда-то уже освежеванные туши, кувшины с самым настоящим хмельным медом, уложили на бронзовые треноги длинные вертела. Кувшины пошли по кругу, от сир-тя к казакам и дальше снова к сир-тя. Хозяева удивленно ощупывали странные одежды иноземцев, ватажники косились на золотые амулеты.

Верховный вождь, приведя с собой Матвея, усадил его возле среднего очага, сам опустился рядом, отпил из кувшина, протянул угощение гостю.

— По обычаю кувшин ходит по кругу, пока не опустеет. И все это время есть нельзя, — предупредила Митаюки.

— Так ведь и нечего, — усмехнулся Серьга, прикладываясь к хмельному меду.

Вождь опять одобрительно похлопал гостя по плечу, сказал:

— Я вижу, ты из знатного рода, девочка. Воспитана, образована и хитра, как болотный евражка. В твоем Доме Девичества были хорошие учителя.

— Он тебя хвалит, обещает долгую верную дружбу, — сказала Матвею юная чародейка.

— Ты хоть одно слово перевела верно, девочка? Нам из того, что говорили дикари, а им о том, что говорили мы?

— Вы бы все перепутали, — поморщилась Митаюки, поправляя палочкой угли. — А я сказала и тем и другим то, что они должны были услышать.

— И что должен был услышать я?

— Белокожие иноземцы сражаются за веру. Они хотят, чтобы все молились их богу Иисусу Христу, и больше им не нужно ничего. Они помогут вам завоевать все племена и селенья, но взамен не возьмут себе ничего. Они только разорят святилища, заберут идолов, оставят кресты и уйдут. А вы, твой народ, великий вождь, останетесь править миром второго солнца.

Митаюки поймала хмурый взгляд Матвея и поспешила оправдаться:

— Вождь спрашивает меня о боге, хочет больше узнать о вере. — Она положила ладонь мужу на колено. — Я ему рассказываю, что знаю.

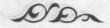

Серьга кивнул и взялся за кувшин.

— Трудно поверить в такую щедрость, — цикнул зубом великий вождь.

— Скоро ты убедишься, что это именно так, — пообещала чародейка. — Кроме славы их бога Иисуса Христа, иноземцев ничего не интересует. Кланяйтесь их крестам, не мешайте им разорять святилища, и они станут вашими вернейшими союзниками.

— Пусть так... — улыбнулся Матвею вождь. — Но почему ты столь рьяно стараешься им помогать? Ты тоже посвятила себя богу белокожих?

— Мой муж отдал всего себя служению Иисусу, он желает донести эту веру до края земли, и более ему ничего не нужно. Матвей бескорыстен. Но вот я... Я бы предпочла жить богатой, сытой, хорошо одетой и в большом хорошем доме. Мужу сие безразлично, но вот если твой народ после общих побед будет дарить мне, скажем, трех-четырех пленниц из ста, меха и шкуры, украшения, слуг, одежду, лодки, помогать со строительством... Тогда бы и я настраивала мужа более дружелюбно... К твоим интересам. Я ведь, как ты заметил, умею это делать. Могу добиться благоволения к тебе, могу расположить его к другому племени.

— Это уже больше похоже на правду, — рассмеялся вождь, берясь за кувшин. — Если муж не балует жену, она начинает баловаться сама. Вот только зачем тебе рабыни? Вроде как не женский они интерес...

— У мужа много воинов. Чтобы они прислушивались к моим желаниям, нужно как-то их награждать. Воинам всегда мало женщин, они будут благодарны мне за лишние ласки.

— В тебе воистину кипит кровь знатного рода, — признал тотемник. — Ты знаешь, чего хочешь и как этого добиться. Мне это нравится. Если твои обещания окажутся правдивы, я исполню любые твои пожелания. Для властителя мира второго солнца это сущая малость.

— Ты не пожалеешь об этом, вождь, — кивнула Митаюки. — Однако открой и ты мне одну тайну. Отчего шаманы столь слабо защищали святилище? Я готовилась к великой битве!

— Пророчество верховного колдуна гласило, что смерть шаманов спасет народ Пы-Ямтанга от гибели, — усмехнулся вождь. — Горожане как-то сразу согласились на сию жертву, а вот шаманы стали тихи и пугливы... Полагаю, если воины твоего мужа действительно сражаются со святилищами, а не племенами, то подобное вы видели уже много раз.

— Столь верных пророчеств... — Увидев лодку, Митаюки оборвала фразу на полуслове, приподнялась: — Наконец-то! Это верный помощник моего мужа, Ганс Штраубе. Нужно позвать его к нашему очагу.

— Передай, что верховный вождь Пы-Ямтанга, почтенный Тарахад, и его гости желают разделить с вождем свою трапезу.

— Сотником, — уточнила чародейка. — Сотник Ганс Штраубе, атаман Матвей Серьга и его жена Митаюки-нэ стали сегодня твоими гостями.

— Я почтен, уважаемые. Сильно почтен...

Пир длился до глубокой ночи. После второго кувшина казаки и тотемники нашли некий общий язык, после третьего начали друг друга понимать, после пя-

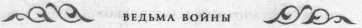

того — позволили присоединиться к веселью пленным сир-тя.

Гребцы общего веселья не разделяли — однако хотели есть и потому от угощения не отказывались.

Больше всего Митаюки опасалась, что сир-тя из рода двуногов попытаются перерезать пьяных врагов, когда те, хмельные и объевшиеся, вперемешку попадают спать. Однако и среди мужчин нашлись соображающие люди — перед сумерками Силантий, Ганс Штраубе и несколько воинов из горожан пленников все-таки связали.

С рассветом, подкрепившись остатками от пирушки, казаки взялись строить часовню. Горожане им активно помогали. Не столько из любви к неведомому пока христианству, сколько из интереса к инструменту белокожих дикарей и странному способу строить. Привычные сир-тя каменные топоры рубили деревья куда как хуже стальных, и потому тотемники старались по возможности обходиться без этой трудной работы. Стволы сухостоя перетаскивали в город целиком, а потом пережигали в очагах: пополам, еще раз пополам, и еще. Для чумов шли слеги толщиной в руку, самое большее в две. С такими деревьями справлялись и каменные топорики.

Бронзовыми топорами сир-тя не пользовались вообще: они были еще хуже каменных, быстро тупели и сминались.

Железные топоры белых, с наваренной на лезвие полоской каленого булата, резали древесное волокно легко, как мясо, каждым ударом погружаясь на пол-ладони, и даже сосны в обхват размером падали под их ударами уже через четверть часа. С таким инструментом, понятно, дерево можно уже не только на опоры для шкур использовать, но и стены полностью из него класть.

Тотемники, работая вперемешку с пленниками, носили на мыс длинные, в пятнадцать шагов, бревна, где полуголые казаки рубили на их краях чашки[1]. Венец за венцом стремительно поднимались прямо на глазах, и на черных угольях святилища еще задолго до сумерек выросла белостенная, пахнущая смолой и влажной травой церковь.

Горожане бродили вокруг в восхищении. Мужчины — поражаясь прочности дома и могуществу дикарского инструмента. Женщины — заглядываясь на самих дикарей, чьи блеклые тела были куда как уродливее холеных воинов сир-тя. Но покрывающие тела и руки глубокие безобразные шрамы, играющие под кожей мышцы, ловкость владения оружием придавали этому уродству привкус такой силы и мужественности, что девушками овладевало странное томление и желание прикоснуться к этим шрамам и телам. И лучше всего — вдали от любопытных глаз.

---

[1] «Рубка в чашку» — самый быстрый и простой способ соединения бревен в сруб. Прямо на стене на положенном бревне недалеко от конца вырубается паз, в него кладется поперечное бревно, в нем рубится паз, поднимается новое бревно — и т.д. При всей своей быстроте считается самым плохим из вариантов строительства: в чашки сверху затекает вода, и они быстро гниют, в стенах получаются большие щели, которые нужно конопатить, при высыхании сруб не «садится» — бревна выпираются из чашек. Однако, если сруб идет под засыпку, под обкладку, используется как нежилой либо ставится на заведомо ограниченное время — подобные недостатки становятся второстепенны.

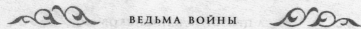 

Покрытого сажей истукана Ганс Штраубе, стараясь не привлекать внимания, загрузил на самую большую из лодок — тут же просевшую по самые борта — и прикрыл рогожкой из лыка.

— Ты убедился, немец? — не удержалась от хвастовства Митаюки, следившая за работой и простенькими заговорами отводившая от идола взгляды. Благодаря заклинанию тотемники, даже замечая, что происходит, не обращали на это внимание, не смотрели, не запоминали. — Я обещала воинов, немец, и ватага их получила. Больше ста крепких мужчин.

— Дикари, — презрительно скривился сотник. — Меча отродясь в руках не держали. Один казак двадцати таких вояк стоит!

— Ты их обучишь, станут не хуже.

— Обучить недолго. Но можно ли им доверять?

— Можно. Я обещала тотемникам шанс отомстить соседям за вековые обиды и унижения, добиться власти в Верховном Седее. Величие оскорбляемого десятками поколений рода. Ради этого они готовы проливать кровь!

— Так вот на что ты их поймала, чернокнижница! — сообразил Штраубе. — Да, жажда мести — это страшная сила. Но откуда ты узнала про обиды местных на соседей? От лопоухого трусишки?

— Ни от кого, — пожала плечами чародейка. — Зачем спрашивать? И так понятно, что между племенами, живущими рядом, всегда случаются обиды и разногласия, и как бы они ни разрешались, в памяти неизменно остается осадок недовольства... Вот скажи, немец, разве в вашей ватаге, где все считают друг друга братьями, не бывает ссор и драк?

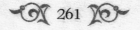

— Да, бывает и цапаются, — пожал плечами Штраубе. — Особливо по пьяни. Берешь таких буянов за загривок, стучишь лбом в лоб посильнее, чтобы дошло, и приговариваешь: «Мирись, мирись, мирись и больше не дерись». На том обычно все и заканчивается. Побурчат, лбы потрут и разойдутся. Наутро, глядишь, уже опять неразлейвода, обнимаются.

— Вот-вот, — кивнула ведьма. — Коли хочешь прочного мира, нужно уметь прощать. Но сие есть редкий дар. И потому, когда появляется возможность отомстить, забытые обиды всплывают моментально. Я не знаю, в чем обида Пы-Ямтанга на соседей и есть ли она вообще. Может статься, тотемников просто гложет зависть к более сильному и удачливому племени. Для нас главное, что они хотят мстить. Местные готовы показывать нам удобные дороги, погибать, помогать, удерживать в повиновении... Народ нуеров утешит свое самолюбие, одолев недавних собратьев, а ватага получит золото и тех и других. И поверь мне, немец, число желающих отдать нам все свои сокровища, свои силы, свою жизнь просто ради мести скоро будет насчитывать тысячи воинов!

— Человек слаб... — пробормотал Штраубе и перекрестился. — Клянусь святой Бригиттой, ты умеешь находить слабости. Интересно, какую ты заметила у меня?

— Ты слишком умен... — Митаюки с нежной улыбкой провела пальцем ему по щеке и отправилась к мужу сообщить, что идол теперь у казаков. Ведь Матвей, как ни крути, атаман.

На следующий день отец Амвросий освятил новый храм и начал крестить язычников. За неимением иной

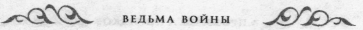

купели, он заводил сир-тя в реку, опрокидывал там на спину, дабы поток омыл лицо, читал положенные молитвы. Вода была холодная, и священник, хотя и выполнял обряд в рясе и штанах, к вечеру посинел. Однако, весь дрожа и стуча зубами, выглядел он при том совершенно счастливым.

Горожане отнеслись к своему обращению куда спокойнее. Для людей, поклоняющихся одновременно и зверю-покровителю, и богу подземному, и богу небесному, а еще отцу семи смертей, богу воинов, хозяину священной березы, народу небес, духам лесов, рек и деревьев, — еще один, пусть даже сильный и молодой бог, особо великим добавлением к прочим властителям мира не показался. Будет помогать — можно, знамо, почитать особо. Нет — так забыть, и вся недолга. Святилище куда крепче и весомее прежнего стало — уже хорошо. Там — посмотрим.

Пока же сир-тя резали из серой замши нательные крестики и прикидывали, как бы лучше украсить новый защитный амулет. Митаюки, помня вырезанные на тяжелом кресте священника руны, ходила меж влажными новоявленными христианами и рисовала на них «ІСХС».

— Смотрите, дым!!! — внезапно прервал всеобщее веселье женский крик.

Люди подняли глаза к небу, и вскоре меж ними побежал тревожный шепоток:

— Дым, дым... Война...

Митаюки через кроны ничего не разглядела. Но, может статься — она просто не знала, куда смотреть. К юной чародейке через всю площадь подошел суровый Тарахад:

— Пророки Верхнего Ямтанга определили нашу судьбу, Митаюки-нэ, жена белокожего вождя. Мы полагали совершить первый поход супротив этого подлого племени, постоянно портящего реку отбросами. Но, похоже, их шаманы смогли верно заглянуть в будущее и убедили вождей и воинов напасть первыми.

— Как далеко враг? — невозмутимо поинтересовалась ведьма. — Дорога пешая или водная?

— Обычно армия племени двуногов идет три дня и замечается нашим дозором на Лысой излучине, — тревожно облизнулся верховный вождь. — Там загорается первый сигнал, потом его повторяет стража на Зеленом перекате. Мы поднимаемся на рассвете и до вечера выходим к перекату. Утром туда же подступают воины двуногов. Мы говорим о случившихся обидах и чем их можно искупить. Если сговориться не удается, случается битва...

Вот она, жизнь диких северных тотемников! Век за веком, поколение за поколением все и всегда происходит одинаково. Осени и весны, праздники и дни памяти, рождения и смерти. И даже войны раз за разом случаются по одному и тому же ритуалу. Одни и те же переходы, одни и те же места для битв и наверняка — один и тот же порядок сражения.

— Я передам мужу, что утром мы выступаем в поход, храбрый Тарахад, — кивнула чародейка. — Выдели нам десять сильных, но неопытных воинов. Оружие белокожих иноземцев тяжелое. Если мои воины придут на поле брани свежими, это будет полезнее десятка лишних копий.

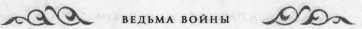

— Значит, вы будете сражаться? Ты уверена? — все еще сомневался Тарахад.

— Если мы разорим святилище Верхнего Ямтанга и водрузим над ним крест, то обязательно! — уверенно кивнула девушка. — Мой муж, вождь белокожих воинов, всегда исполняет свои обещания.

Заверив вождя в своей честности, ведьма отправилась к Матвею, играющему с немцем в кости на щелбаны, села рядом:

— К нам в руки идет еще один золотой идол. Выступать надобно на рассвете, тотемники нам помогут. Дадут носильщиков и будут сражаться на нашей стороне.

— На рассвете так на рассвете, — потряс кубики между ладоней Матвей.

И это было все, что он хотел знать.

— Я люблю тебя, мой атаман, — совершенно искренне произнесла юная чародейка. — Лучше тебя нет никого на свете.

Серьга поднял на нее глаза, улыбнулся и продолжил игру.

* * *

Причина, по какой речной перекат носил название Зеленый, стала ясна, едва только казаки его увидели. Здесь, посреди густого непролазного леса, река внезапно мелела и растекалась в стороны на ширину чуть ли не в полверсты. Вестимо, какая-то скала подпирала русло и не размывалась. В итоге огромное пространство было залито водой на глубину немногим ниже, чем по колено, и густо-густо заросло рогозом. Тут и там через камышовое море тянулись полосы выеденной под корень растительности. Наверняка здесь пасся кто-то из гигантов — да ныне вот отлучился.

Среди зелени во многих местах выступали лесистые островки, и Ганс Штраубе, окинув взглядом перекат, тут же вытянул руку в сторону одного из них:

— Вон тот удобно стоит. Перед ним на три сотни саженей место открыто, не подкрадется никто и от картечи не спрячется. Позади островки тоже удачно стоят. Если что, отход прикроют. Что скажешь, атаман?

— Сучья у осин низкие, есть за что гаком зацепиться. Верно, место хорошее, там и встанем, — одобрил Матвей.

Казаки повернули к острову, громко хлюпая сапогами по воде. Следом за ними, неся на плечах кулеврины, пищали и мешки с припасами, послушно пробрели десять плечистых молодых тотемников.

Остальные сир-тя тоже разошлись по островам, дабы заночевать в ожидании битвы на сухом месте. Оставив ватажников устраиваться на отдых, Митаюки сходила к великому вождю и вежливо поинтересовалась:

— Как дошли твои воины, храбрый Тарахад? Все ли в порядке?

— Дорога привычная, женщина, что тут может случиться? — пожал плечами тотемник.

— Скажи, когда обычно начинается битва?

— Двуноги всегда приходят незадолго до полудня, позавтракать успеваем спокойно. Мы встаем поперек реки, возле острова, на котором разбил лагерь

 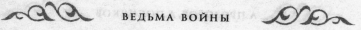

твой муж, а чужаки в перестреле напротив. Великие вожди и великие колдуны говорят об обидах. Коли помириться не удается, они возвращаются к своим армиям, воины сходятся ближе, и лучники начинают метать стрелы. Если никто не бежит, то опосля мы сходимся вплотную, бросаем палицы, бьем в копья, сражаемся насмерть... Скажи, белокожий шаман нового бога выйдет вместе со мной говорить об обидах? Кто-то должен... Но только ведь он не знает нашей речи! Он не поймет, о чем станут говорить двуноги.

— О чем они станут говорить? — Митаюки пожала плечами. — Какая разница? Нам нужно их святилище, а не их обиды. Позволь начать битву моему мужу и помоги ему, чем только сможешь.

— У меня полторы сотни воинов, а у твоего мужа всего десять!

— Поэтому белокожие иноземцы и согласились на союз с тобой с такой легкостью, — кивнула чародейка и отправилась назад. Она очень надеялась, что неведомые пока тотемники двунога мыслят точно так же, как Тарахад. Для них завтра случится очередная битва в череде многих и многих, проходящих по одному и тому же ритуалу.

Предупрежденные ведьмой казаки выспались всласть, не спеша перекусили и только после этого, уже поглядывая вверх по реке, начали облачаться в броню.

— Что делать нашим сир-тя, Матвей? — глядя на мнущихся носильщиков, спросила Митаюки. — Которые носить пищали назначены?

— Язычникам? — Ватажник мельком глянул на полуголых воинов, имеющих из оружия только пали-

цы с набалдашником из речной гальки, и безразлично отмахнулся: — Пусть спины прикрывают.

— Вы должны идти за спиной белых иноземцев! — перевела молодым воинам чародейка. — И следить, чтобы никто не напал на них сзади.

— Да, белая хозяйка, — поклонились сир-тя.

Прозвучавшего звания Митаюки в первый миг не поняла, но потом сообразила: ее считали хозяйкой белокожих воинов. Враз повеселев, ведьма ткнула пальцем в двух парней видом покрепче:

— А ты и ты будете охранять меня. Как вас зовут?

— Ибедор-ци, белая госпожа, — ответил парень с приплюснутым носом.

— Вэсако-няр, белая госпожа, — поклонился остроносый.

В остальном они были похожи как братья: черноволосые, с заплетенным на затылке хвостом, синеглазые, круглолицые, с выпуклым подбородком, на голову выше Митаюки и вдвое шире ее в плечах, в замшевых туниках без рукавов. Дети одного племени...

В верховьях реки послышался треск и шелест. Могучая армия Верхнего Ямтанга наконец добралась до Зеленого переката и теперь выходила на него, затаптывая сочный ломкий камыш.

Племя, поклоняющееся двуногам, смогло набрать не меньше трех сотен воинов, одетых сплошь в красные туники, — словно в черничнике среди ягод всю ночь валялись. Примерно половина несла копья, половина шла с большими, в рост человека, тугими можжевеловыми луками. Тут и там поблескивали золотые амулеты вождей. Колдуны в масках, знамо, двигались самыми последними.

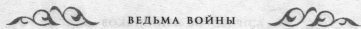 

Зашевелились горожане Пы-Ямтанга, выходя на мелководье и вытягиваясь меж берегами редкой толпой — копейщики впереди, лучники сзади. Точно так же стали разворачиваться и их враги.

И тут, подавляя всех вокруг своей шаманской силой, появился великий колдун тотемников! Он не шел, он ехал на загривке сильного молодого двунога ростом втрое выше человека. Любому смертному, даже далекому от чародейской мудрости, было понятно, каких высот знания достиг сей сир-тя, с легкостью повелевающий злобным могучим зверем. Тот даже не пытался содрать с себя упряжь, на которой восседал его повелитель, и медленно ступал среди остальных, пеших шаманов, не обгоняя их, но и не отставая.

— Матвей? Силантий? — негромко спросил Штраубе.

— На пределе, немец, — пригладил бороду Силантий.

— Дык подъезжает нехристь, — ответил Матвей. — Знамо, на пределе. Но достать можно.

— Попытка не пытка, — перекрестился Силантий. — Ну-ка, племяш, фитили нам запали.

Двуног, водя головой из стороны в сторону, открывал и закрывал пасть, громко клацая зубами.

Кудеяр суетливо высек на трут искру, запалил от нее бересту, от бересты — кончики нескольких фитилей и поспешно начал заправлять их в замки.

Армия Верхнего Ямтанга почти развернулась в несколько рядов — копейщики впереди, лучники сзади. Шаманы приближались к задним рядам.

Казаки, стоя бок о бок, положили пищали на низкий толстый сук осины.

— Три, — сказал Ганс Штраубе. — Два... Пали!

Три выстрела слились в один упругий грохот — и тотчас великий колдун, вдруг всплеснув руками и привстав, повалился назад и скатился со спины зверя. Двуног радостно зарычал, заставив прыснуть в стороны прочих шаманов и простых воинов, запрыгал, крутясь, наклонился, сцапал тело своего недавнего седока, подбросил, перехватил в воздухе, перемалывая челюстями, и побежал к лесу, заглатывая на ходу недавнего хозяина.

Радостный крик ватажников привлек внимание вождей в строю. Они указали на остров, и правый край армии сир-тя пошел вперед, а лучники наложили стрелы на тетивы.

Трое стрелков схватились за уже заряженные пищали, в то время как остальные казаки стали забивать новые заряды в уже отстрелянные стволы. Первые стрелы взвились вверх, в небо, чтобы упасть на врага сверху, — а Матвей, Штраубе и Силантий в это время наводили свои стволы по прямой. Фитили опустились на полки, дробно загрохотали выстрелы. Тяжелые пули размером с большой палец ноги, способные при попадании со ста шагов выгнуть вражескую кирасу чуть не до позвоночника, ударили в строй обнаженных людей, пробивая одно за другим сразу по два-три тела, чтобы потом улететь дальше в лес.

Шаманы забили в бубны — но пищали продолжали грохотать и грохотать, сир-тя падали тут и там, счет павшим перевалил два десятка, стрелы же долетали до острова только на излете.

Митаюки невольно взялась за нож, крепко стиснув его рукоять. Бессильно стоять и гибнуть в ее по-

нимании было верхом глупости. Тотемники должны или бежать, спасаться... Или... Или кинуться вперед и как можно быстрее схватиться с врагом, убивающим на расстоянии, врукопашную.

— А-а-а!!! Смерть, смерть!!! — Отважные сир-тя выбрали второе и со всех сил бросились в атаку. — А-а-а!

Казаки, сделав последние выстрелы, отставили пищали и вышли навстречу:

— Сарынь на кичку!!!

Юная чародейка торопливо метнулась в самое безопасное место, кусая губу и тиская рукоять ножа. Теперь от ее магии, ее знаний, хитроумия, мудрости не зависело больше ничего. Судьбу Митаюки решала храбрость мужчин и их умение сражаться.

— Сарынь! — Матвей скрестил перед собой саблю и топорик, и когда налетевший враг попытался продырявить его копьем, быстро их поднял, отправляя наконечник вверх, сделал шаг вперед, рубанув топориком в открытую грудь, саблей чуть отодвинул задние копья и тут же резанул вдоль древка в обратную сторону.

Сир-тя, привыкшие колоть толстокожих зверей, держали копья двумя руками — так крепче, и острый клинок срубил пальцы сразу обеих рук. Несчастный завыл от боли и ужаса, но уже через миг его страдания оборвал боевой палицей один из охранников юной чародейки.

Откуда-то сзади прилетел камень на деревянной рукояти, врезался Серьге в грудь. От удара воин чуть попятился, встряхнулся — видно, попадание было ощутимым даже через толстый поддоспешник, — но тут же выправился, широким взмахом отвел сразу два копья, придержал топориком, а саблей сделал длинный выпад, пронзив грудь пожилому сир-тя. Чуть попятился, пропуская по груди укол слева, рубанул в ответ голову, снова шагнул, присел, поднырнул под копья, рубанул топориком колено слева, а саблей пронзил живот справа, выпрямился, отклонился еще от одной метательной палицы, встретил на саблю палицу боевую, топориком ударил по ребрам ее владельца, сделал шаг вперед.

— Сарынь на кичку!!!

Шаманы отчаянно били в бубны и кружились, отец Амвросий молился, а плотный казачий отряд медленно прорезал строй тотемников, оставляя за собой широкую кровавую полосу. Однако врагов было неизмеримо больше, справа и слева края рати стремились замкнуться за спинами казаков — но этот охват пока сдерживали молодые воины из носильщиков. Весь левый край войска Верхнего Ямтанга тоже начал медленно заворачиваться, собираясь взять белокожих иноземцев в кольцо.

— Да пребудет с нами сила великого Нум-Торума. — Верховный вождь Тарахад, наблюдая за происходящим, вскинул руку к груди, нащупывая заветный амулет, но ощутил на привычном месте только теплый кожаный крестик. — А-а, проклятье! Или мы сейчас их спасем, или двуноги убьют сперва их, а потом нас...

Вождь вскинул руку, привлекая к себе общее внимание, повернулся:

— Лучники!!! Стрелять, пока колчаны не опустеют! Остальные за мной! Слава нуерам! Смерть двуно-

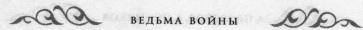 

гам! Смерть, смерть! А-а-а!!! — и, вскинув над головой полированный нефритовый топорик на длинной, украшенной перьями синиц рукояти, он побежал на врага, увлекая вооруженных пиками воинов племени.

Армии столкнулись, смешались. Сир-тя кололи друг друга копьями, били по головам палицами, пинали ногами, кусали, грызли. Оставшиеся чуть позади лучники осыпали задние ряды воинов Верхнего Ямтанга стрелами — те пятились и пытались отвечать.

Над всем этим кровавым месивом внезапно прокатился радостный вой шаманов. По воде побежала мелкая рябь, дрогнула земля — и в верховье показался огромный двуног. Пусть не такой невероятный, как в городе, указанном лопоухим проводником, но все равно превышающий ростом самые старые сосны и ели.

— Матвей! — бросилась вперед Митаюки, дернула мужа за бок. — Матвей, на остров!

Она перехватила какое-то копье чуть ниже наконечника, рванула на себя, поддергивая сир-тя ближе к мужу, и, когда тот напоролся на клинок, опять заорала в ухо:

— Матвей! Зверь!!! Колдуны вызвали тотем!

Казак наконец-то услышал ведьму, попятился, отбил еще один выпад, давая товарищам время сомкнуть строй, попятился дальше.

Огромная зверюга двигалась быстро, каждый шаг — сотня человеческих. Пока Митаюки дозывалась мужа, он оказался совсем рядом, нависая над людьми.

«Его тотемники все красные! — внезапно обожгло чародейку. — Своих он легко узнает!»

Она вскинула руки, сосредотачиваясь и ловя разум гиганта. Управлять двуногом подобно великому колдуну она, конечно, была не в силах, но вот лишить зрения... Чародейка, сосредотачиваясь, представила, как глаза слепнут от бьющего в зрачки солнца, — и метнула это ощущение вверх, в голову огромного зверя.

Чудовище, уже готовое топтать и хватать, взвыло и попятилось, недовольно мотая головой. Ведьме удалось отодвинуть его на шаг, другой... Третий...

Тело стремительно окоченело, словно наполняясь ледяной крошкой, маленькими снежинками с острыми краями, которые изнутри взрезали кожу, кололи сердце, живот, вспарывали глаза, разрывали руки и ноги. Это шаманы Верхнего Ямтанга, заметив неладное, обрушили на девчонку всю мощь своих заклинаний. А она не могла ответить ничем, полностью отдаваясь схватке за разум двунога.

— Изми рабов сих, боже, и от восстающих на них избави! — вступился за душу девушки священник. — Избави от беззаконие и от муж кровей спаси ея! Яко се уловиша душу ее, нападоша крепцыи...

Над головами воинов мелькнули две метательные палицы. Одна чиркнула Митаюки по плечу, другая же ударила в лоб — и девушка, чуть дернув головой, кулем рухнула в воду.

В тот же миг двуног встрепенулся, зарычал, бросился к месту битвы.

Однако Матвей уже был на острове. Он выдернул один из пищальных фитилей, зажал в зубах, подхватил кулеврину и накинул на сук, надежно зацепив гаком.

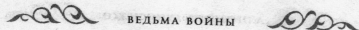

Двуногое чудовище, поджав передние лапки, мчалось на людей, зловеще распахнув пасть, способную вместить сразу половину дерущихся сир-тя. Но это был уже второй зверь казака, и Матвей знал, что нужно делать.

Шаг, еще...

— Н-на!!! — Серьга ткнул фитилем в запальник, и кулеврина жахнула дымом, выплевывая ядро в тот самый миг, когда гигантская зверюга подняла ногу. Ядро врезалось в ступню между пальцев, прошло через кости и засело где-то возле пятки. Двуног, только что собиравшийся ступить на эту ногу, вякнул от боли, поддернул ее выше — и потерял равновесие, рухнув прямо в толпу своих, тотемных, лучников! И не просто рухнул, а заметался, дергая раненой ногой, словно пытаясь стряхнуть с нее боль, и, взмахивая здоровой, наивно надеясь на нее встать.

Тела в красных туниках полетели в разные стороны, а иногда — и ошметки тел. Воины Верхнего Ямтанга бросились врассыпную. Лучники Пы-Ямтанга, наоборот, отшвырнули луки и с воплями ярости кинулись на врага, размахивая палицами над головами.

Сир-тя из поклоняющегося двуногам племени, на глазах которых пал их тотем, погибли десятки товарищей, которые отчаянно бились с могучими дикарями и порядком устали, уже начав сомневаться в успехе, — внезапно увидели бегущую на помощь врагу полусотенную толпу, многие десятки свежих, злых до отчаяния, жаждущих их смерти воинов. Трудно попрекать их за то, что они дрогнули и попятились, больше не веря в свою победу. И пятились все быстрее, спотыкаясь и падая, пока не повернули и не бросились бежать, спасая свои жизни.

Тем временем крепкий молодой воин, подняв из воды бесчувственное тело девушки, вынес его на остров, положил меж деревьями и опустился рядом на колени, в отчаянии схватившись за голову.

— Митаюки! — отпихнув его, кинулся к девушке Серьга. — Митаюки моя милая, только не это, господи, не-ет!!!

ГЛАВА 7

Зима 1584 г. П-ов Ямал

Бремя власти

Она пришла в себя от укачивания. Голова болталась вправо-влево, вправо-влево. Митаюки застонала, открыла глаза и увидела над собой медленно проплывающие на фоне неба сосновые кроны. А над ногами — лицо какого-то сир-тя с угрюмо сжатыми губами.

— Ты кто? — спросила она.

И тут же сбоку появилось лицо Матвея.

— Митаюки! Ты очнулась, моя ненаглядная? — Руку чародейки сжала крепкая мужская ладонь, которую девушка узнавала даже просто по прикосновению.

— Вестимо, очнулась, любый мой, — улыбнулась девушка. — Где мы? Что происходит?

— Побили мы одних дикарей, Митаюки, и тут же другие радостно вперед нас помчались, — узнала ведьма голос немца. — Вестимо, вождь наш торопится вражий город захватить, покуда туда весть не дошла, что защищать их больше некому. Мысль разумная. Ни сами не разбегутся, ни ценного ниче-

го не спрячут. Не успеют. Будут дикари и с полоном, и с добычей.

— Святилище там сожгите обязательно! — попыталась приподняться чародейка. — И идола заберите.

— Да уж заберем, болезная, не беспокойся, — ответил Штраубе. — Атаман наш дело свое знает. Ты лежи, отдыхай.

Митаюки послушалась, закрыла глаза, но уже через несколько мгновений ее окликнули снова:

— Ты очнулась, мудрая Митаюки?! Ты цела? Голова не болит?

— Мне кажется, я цела, храбрый Тарахад, — вздохнула девушка.

— Я прикажу казнить этого трусливого бездельника!

— Какого? — не поняла ведьма.

— Вэсако-няра, который обязан был охранять тебя и не сделал этого! За трусость мы скормим его нуерам! Пусть сгинет там, откуда явились его предки! Как он мог подобное допустить?! Надеюсь, твое лицо пострадало не сильно.

— Мое лицо?! — Растолкав мужчин, юная чародейка вскочила, заметалась. Выхватила саблю из ножен мужа, подняла клинок перед собой. В полированной стали отразилось смуглое, круглое, юное и даже смазливое личико. Но наполовину лба над ним расплывался огромный фиолетовый желвак.

Митаюки облегченно перевела дух и прижала клинок ко лбу, громко ойкнув от ощущения холода. После слов великого вождя она ожидала чего-то совсем ужасного... Синяк же всегда можно спрятать

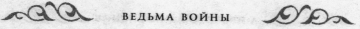

просто под волосами или красивой налобной повязкой.

— Надеюсь, шрама не останется... — Она вернула согревшуюся саблю мужу, забрала у него топорик, прижала к синяку. Массивный обух держал холод намного лучше тонкой стальной полоски. — Уберите носилки, дальше пойду сама. Все, исцелилась!

Дорога шириной в три шага тянулась через на редкость сухой сосновый лес, пахла свежестью и пряностями. Видно, где-то неподалеку раскинулся невидимый из-за деревьев луг.

— До Верхнего Ямтанга далеко, храбрый Тарахад? — поинтересовалась чародейка.

— Завтра будем там, белая хозяйка. А самые молодые воины, мыслю, и раньше. Вона, как встрепенулись после победы! Несутся, что волчатник от трехрога. Твои воины не обидятся, если город начнут разорять без них?

— Я уже не раз говорила, вождь, они служат богу. Их интересует только святилище.

— Но ведь от баловства не откажутся? — ехидно ухмыльнулся Тарахад.

— Не откажутся, — чуть скривившись, подтвердила Митаюки.

— Чего ему нужно? — ревниво поинтересовался Матвей, оглянувшись на вождя сир-тя.

— Уже делит добро еще не взятого города. Я сказала, что могут брать все, кроме золота.

— А он?

— Смирился.

— Вот и правильно, — повеселел Серьга. — Нечего на чужой каравай рот разевать.

Победители очень спешили и на ночлег остановились совсем уж в поздних сумерках, почти в темноте. Перед сном, отчаянно зевая, воины подкрепились вяленым мясом из походных запасов. Казаки тоже уже начали дремать, когда сир-тя приволокли к их подстилкам связанного молодого воина, поставили на колени. Суровый Тарахад встал за его спиной:

— Этот трус, мудрая Митаюки, не смог защитить тебя, хотя и обязан был посвятить все силы твоему спасению! В знак уважения к тебе и во искупление вины опозоривший наш род трус будет предан смерти.

— Ты ли это, Вэсако-няр? — по острому носу узнала несчастного носильщика чародейка. — Но вас было двое!

— Ибедор-ци пал в битве, белая госпожа, — ответил паренек. — На нем нет позора. Но я не смог защитить тебя, не смог умереть вместо тебя.

— Что там такое? Что происходит? — начали беспокоиться казаки.

Со стороны, надо признать, картина выглядела странно. Воины из рода нуеров притащили одного из своих товарищей к ватажнице, поставили перед девушкой на колени и теперь сурово на Митаюки покрикивали, словно она была в чем-то виновата.

— Нашего носильщика хотят казнить за недостаточную храбрость, — объяснила по-русски чародейка. — Хотят выразить этим свое уважение. Придется бедолагу спасать.

— Они совсем обезумели? — возмутились ватажники. — Парень среди нас дрался! Он бестолковый, но не трус!

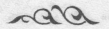 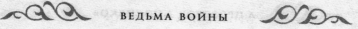

— Я все исправлю, — пообещала чародейка и перешла на язык сир-тя: — Разве он избавится от позора, если умрет, храбрый Тарахад?

— Своей смертью он хотя бы искупит позор, белая госпожа! — разъяснили воины, которые привели паренька.

— Он искупит позор, если спасет меня от гибели! — твердо ответила ведьма. — А смерть — это просто смерть. Она ничего не меняет.

— Но тебе ничего не грозит, мудрая Митаюки, — неуверенно сказал великий вождь, уже обнаживший кинжал с лезвием из обсидиановых пластин.

— Пусть охраняет меня до тех пор, пока такая опасность не случится, — пожав плечами, предложила чародейка. — Когда Вэсако-няр спасет меня от верной смерти, он обретет свободу и будет по достоинству зваться храбрым. И это будет справедливо. Разве не так?

— Твоя воля достойна уважения, мудрая Митаюки, — склонил голову Тарахад и вдруг сунул свой нож вместе с ножнами пареньку: — Вот, держи! Благодари белую госпожу, она дает тебе возможность смыть позор храбростью! Оставляю этого несчастного тебе, достойная женщина. Если ты будешь им недовольна, скажи мне.

На самом деле ни вождь, ни старшие воины не горели сильным желанием убивать своего соплеменника. Они лишь хотели показать себя достойными, честными и самоотверженными воинами, доказать твердость духа и преданность столь удачному союзнику. Сильному, почти непобедимому, бескорыстному.

Чего стоила жизнь никчемного мальчишки, если она могла укрепить столь важные отношения?

Но раз можно обойтись без крови — то оно и лучше.

— Благодарю тебя, белая госпожа, — поклонился паренек, сжимая нож. — Ты не пожалеешь! Я сделаю все...

— Не сейчас! — попросила его Митаюки. — Не говори больше ничего. Жутко хочется спать. Как-нибудь потом.

Она вытянулась на подстилке рядом с мужем и закрыла глаза.

Рядом сидел паренек сир-тя и прямо светился эмоциями облегчения, радости, благодарности. Он остался жив, он мог искупить свой проступок. Он жаждал такой возможности!

«Похоже, я нашла еще одного мужчину, который исполнит любой мой каприз и без колебаний пойдет за меня на смерть, — сонно подумала она. — Это хорошо. Надо только его обучить...»

Дальше Митаюки своих планов додумать не смогла. Просто заснула.

* * *

В Верхний Ямтанг армия нуеров вошла около полудня. Вернее — вошли главные силы, ибо передовые отряды были здесь уже давно, и отставших воинов встретили обнаженные женщины, привязанные меж деревьями с растянутыми в стороны руками и ногами. Первые из ворвавшихся победителей уже утратили к этим пленницам интерес — но подошедшие муж-

 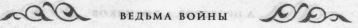

чины развлечением сразу заинтересовались и стали от чародейки отставать. Очень быстро Митаюки осталась одна — не считая, конечно же, горячо дышащего в затылок Вэсако-няра, готового вцепиться в любого, кто покажется ему подозрительным.

Так, в скромном одиночестве, юная чародейка доехала до городского святилища, откинула полог, криво усмехнулась:

— Привет! Ну вот и я...

Святилище, посвященное богам племени. Святилище, оберегающее город. Святилище, возле которого свершались празднества и поклонения богам. Святилище, в котором стоял, как символ власти, идол с огромным напрягшимся достоинством, как символом власти над миром.

Женских богов и женских истуканов в святилищах не было никогда. И обитали здесь испокон веков только мужчины. Мудрых шаманок иногда допускали к нему для обрядов либо позволяли присутствовать — и не более того. Женщины всегда творили свои обряды в стороне от селений; ворожили, творили заговоры и варили зелья по большей части в одиночку или разве что для нескольких подруг, и даже в Доме Девичества девочек всегда учили не высовываться, оставаться в тени, заботиться об избранном муже и помогать ему добиваться своих мечтаний.

Кажется, она смогла исполнить все заветы школы девичества? Она вытолкнула мужа в главные воеводы, она проявляет скромность, оставаясь за его спиной, она творит свои планы и заговоры в тихом одиночестве. Даже здесь, в храме мужского могущества, Митаюки сейчас стоит в одиночку, юная, маленькая и хрупкая, еще не разменявшая семнадцати лет, безоружная, не имеющая никаких званий. Она и главный мужской идол... Который теперь есть всего лишь кусок золота для белокожих дикарей.

Чародейка толкнула ногой один из кувшинов с горючим маслом, опрокидывая набок, высекла искру и вышла на воздух:

— Пойдем, Вэсако-няр. Посмотрим, как жили здесь ученицы шаманок.

Дом Девичества Верхнего Ямтанга мало чем отличался от других таких же мест. Митаюки уже привычно сгребла в кучу все имеющее отношение к знахарству и обучению, донесла до площади, бросила во все еще тлеющие очаги.

Многие из казаков были уже здесь, неспешно попивая — судя по запаху — бражку и закусывая ее копченой рыбой от большой сомовьей туши. Оба сотника, Силантий и еще пара воинов в возрасте нагулялись всего за пару часов и теперь предпочли предаваться лености.

Митаюки села за спиной мужа, крепко его обняла, поцеловала в ухо, прижалась щекой к щеке:

— Какая я счастливая, Матвей. Как здорово, что ты у меня есть... — Она чуть толкнула его в спину, перехватила передаваемый кувшин, сделала пару глотков и пустила его дальше. Оглянулась на молчаливого охранника: — Иди отдохни, Вэсако-няр. Рядом с мужем мне точно ничего не грозит.

— Еще один золотой идол, атаман, — глядя Серьге через плечо, сказал немец. — Надо их как-то вывезти к своим, в острог на море. Но на себе столько добычи уже не утащить. Даже в лодку, и то не вместятся.

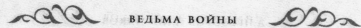 

— Большой струг надобен, — ответила Митаюки. — Разве я не сказывала? Пешими идти не обязательно. Округ земли, с севера, можно морем пройти. Да токмо ныне там не пробиться, замерзает север при низком настоящем солнце. Токмо летом, и то ненадолго путь откроется.

— На лодке морем нельзя, — резонно сказал Силантий. — Захлестнет. Верно сказывает жена атаманова, большой струг потребен. Навроде того хотя бы, что Кольша из теса сшил и шкурой обтянул. Тяжела добыча-то. Хорошо погуляли.

— Большой, и не один. Ибо идолов будет еще много, очень много, — вкрадчиво сказала ведьма, поставив подбородок мужу на плечо. — По два, по три на каждого ватажника.

— Верно ли сие? — оживились казаки.

Митаюки мысленно улыбнулась: мечты о богатстве начисто затмевали разум белокожих дикарей. Они даже не задумывались о том, хватит ли им жизни, чтобы потратить уже добытые сокровища, и смогут ли они потратить свое золото вообще? Им просто хотелось еще и еще, сколько бы в руках ни было. Больше и больше. Право слово — чистые ежи, сытости не знающие! Токмо в броне и с пищалями. Вслух же чародейка ответила:

— Тотемы двуногов куда сильнее тотема нуеров. Вряд ли змеям удавалось часто одолевать зубастых двуногих чудовищ. Вряд ли племена нуеров вообще когда-либо одерживали верх над своими соседями. Весть о минувшей великой победе перевернет их мир, и они все захотят примкнуть к победителям. Это с одной стороны. А с другой, все сир-тя уже знают, что непобедимые белокожие воины уничтожают святилища старых богов и требуют принять новую веру. Полагаешь, много племен предпочтут пасть под ударами могучего врага ради слабых покровителей, если можно принять нового бога и побеждать, мстя за старые обиды и долгие унижения? Очень скоро нуеры сами станут приносить своих идолов и складывать к вашим ногам. Лишь бы только вы дозволили им сражаться ради вашей славы.

— Придется их прикапывать, — решил Серьга. — Поступим как в остроге: закопаем добытое золото, дабы не смущало и не тяготило в походах. А как сберемся вертаться, тогда и выньмем.

Это было правильно... Митаюки несколько раз благодарно поцеловала мужа в шею. Куда спешить? Зачем уплывать? Вокруг еще столько сокровищ! Тем паче, что и море замерзло...

Пожалуй, побасенку о растущем в животике мальчишке, сыне атамана, которому будет вредно дальнее путешествие, можно отложить на следующий раз.

— А хорошо здесь, воины, — втянула носом воздух юная чародейка. — Лес густой, река, воздух... Коли о вороге весть придет, вниз по течению скатиться куда быстрее выйдет, нежели вверх по реке идти. Получается, все земли отсель до самого моря под приглядом будут. Верно я мыслю, казаки?

— Без острога прочно не сесть, — покачал головой Силантий. — Вона как города один за другим простым набегом сметаются!

— Когда дикари помогают, строить быстро получается, — прихлебнул бражки Серьга. — Токмо деревья секи да опосля чашки на стволах руби. За день

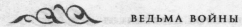 

прочный сруб поднять можно. А за неделю большую крепость поставить. Не хуже той, что на острове осталась! Опять же, землю копать большого ума не надобно, срубы засыпать и язычники способны. Тогда уже китайская стена получится. Такая прочная, что пушкой не возьмешь! Еще и ров округ, из которого ту самую землю копать будут...

Митаюки ткнулась носом Серьге в затылок и довольно ухмыльнулась.

Таковы они, мужчины. Их надобно лишь немного в нужную сторону подтолкнуть. Все сделают, как тебе надобно, и полагать будут, будто сами так решили. Крепость так крепость. Здесь так здесь. А она, скромная покорная жена, тому решению лишь смиренно согласится...

* * *

Победители веселились во вражеском городе два дня кряду, после чего наконец-то начали уставать. И конечно, вспомнили о той, без кого о новых победах невозможно и мечтать.

Великий вождь нуеров Тарахад явился в Дом Девичества, сопровождаемый тремя довольными собой вождями, и его воины бросили к ногам Митаюки несколько юных миловидных девиц со связанными за спиной руками.

— Приветствую тебя, белая госпожа, — с достоинством, одной головой поклонился воин и на миг вскинул сжатый кулак к груди. — Еще раз хочу выразить свое сожаление из-за раны, что ты получила по вине воина из нашего рода. Помня наш уговор, народ

нуеров желает преподнести в дар тебе пять красивых пленниц, дабы ублажали тебя и служили, исполняя твои прихоти.

— Благодарю тебя, храбрый Тарахад, — вышла навстречу гостю ведьма. — Однако у меня есть к тебе одна просьба, великий вождь...

— Буду рад сделать все возможное от имени своего народа, — вскинул подбородок сир-тя.

— Моя беда в том, Тарахад, что мой муж и его воины бескорыстны и помышляют лишь о служении богу своему, Иисусу Христу, — тяжко вздохнула чародейка. — Они совершенно не умеют общаться с рабами. Ты не мог бы оставить часть своих воинов, дабы они присматривали за пленниками? На работах, и вообще...

Великий вождь заколебался. Подобная просьба выходила сильно за пределы прежних обещаний Митаюки о том, что вся добыча достается народу нуеров. Скрытое требование на часть пленных, а плюс к тому — еще и на людей. Не просто людей — на его воинов! Однако дружба белокожих дикарей, как уже убедился многоопытный Тарахад, была слишком важна для Пы-Ямтанга, чтобы рубить сплеча. И потому сначала великий вождь осторожно уточнил:

— Твой муж желает остаться здесь, белая госпожа?

— Ты мудрый и честный правитель, храбрый Тарахад, — с предельной вежливостью поклонилась Митаюки, приложив руку к груди. — Пы-Ямтанг под твоею рукой будет крепнуть и хорошеть, ты достоин править в нем единолично. Если в нем поселятся белокожие воины и белый шаман, у народа нуеров могут

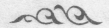 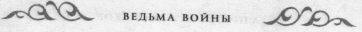
возникнуть некоторые сомнения... Мой муж полагает, что дружба и союз меж нами будут только крепче, если он останется здесь, а весть о победе в родной город ты принесешь самолично, вернувшись во главе армии. На некотором отдалении друг от друга у нас будет меньше поводов для ссор. Тем более что твои воины, оставшись здесь, проследят, чтобы воду в реке больше никто и никогда не портил.

Великий вождь, прикусив губу, быстро сложил между собой услышанное.

Жить в одном селении с непобедимыми иноземцами? Люди и вправду станут полагаться на их силу охотнее, нежели на мудрость вождя. Зачем правителю двоевластие в собственном доме? Если Тарахад оставит здесь своих воинов — иноземцы всяко останутся под приглядом. Поделиться пленными? Пленников ныне много, их нужно кормить, а работ в городе не так уж и много. Мездрить шкуры, чистить рыбу, таскать дрова. Следить за огнем, наполнять котлы... Зачем Пы-Ямтангу столько рук? Только славы ради, да и все. Даже не половина, а большинство станут лишними ртами. Просить за них выкуп не у кого, Верхний Ямтанг разгромлен полностью. И пленными меняться тоже не с кем... Тогда зачем они нужны? Можно забрать для развлечения молодых женщин и десяток мужчин, а остальных бросить здесь, городу от того никакого урона не случится. Скорее наоборот. Пусть о еде для толпы рабов болит голова белой госпожи...

— Народ нуеров готов на любые тяготы ради нашей дружбы, уважаемая Митаюки-нэ, — согласно кивнул Тарахад. — Мы выполним твою просьбу. На-

деюсь, и впредь мы всегда будем приходить друг другу на помощь.

— Можешь быть уверен в этом, храбрый Тарахад, — заверила его чародейка.

— Я рад нашей встрече, девочка из знатного рода, — с неожиданной искренностью улыбнулся Тарахад.

— Я тоже, друг мой, — кивнула Митаюки. Вождь внушал ей доверие. На него можно будет опираться. А коли так: зачем тратить силы на присмотр? Пусть правит у себя, как хочет, получая свою заслуженную долю славы и добычи во всех будущих походах.

Они расстались, довольные друг другом, и чародейка, крутанувшись вокруг пятки, обошла тихих девочек, замерших на вытертой шкуре длинношея.

— Ну-ка, встаньте!

Ведьма деловито осмотрела юных пленниц, оценивая упругость груди, широту бедер, покатость животов и боков, чистоту плеч и шеи, изящность черт лица. Тарахад, похоже, не пытался схитрить и действительно выбрал лучших красавиц. Даже трудно отделить одних от других для дорогого подарка.

— Ты и ты, — наконец указала Митаюки на двух дев с недостаточно густыми волосами. — Вэсако-няр! Отведи их в дом и привяжи там к стенам. А вас... — она обратилась к оставшимся, — вас нужно красиво одеть. Посмотрим, чего тут завалялось от беглых воспитанниц?

Из одежд в Доме Девичества нашлось лишь несколько туник. Не особо нарядных, но чистых и опрятных. Облачив невольниц, Митаюки нашла один из старых кремниевых ножей, обколола лезвие

 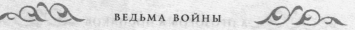

и свежим острием стала аккуратно сбривать пленницам волосы. Оголив головы, взялась за острую и прочную иглу акации. Этого добра искать не пришлось — иголок для татуировки в Доме Девичества всегда валялось изрядно, и красок тоже. Сажа — черная, охра — коричневая, жженая болотная ржа — красная, имбирный сок — желтый, тертый малахит — зеленый.

Почти все взрослые шаманки наносили доказавшие надежность знаки и защитные руны прямо на кожу — так уж точно не потеряются. Иные скрывали татуировками пятна и оспины, иные указывали имена духов-покровителей, иные просто пытались как-то себя украсить. Да и сами девочки порою баловались...

— Не дергайся, криво получится, — строго потребовала Митаюки от болезненно вскрикнувшей пленницы, оглянулась на верного охранника: — Вэсако-няр! Ступай, найди Ганса Штраубе, я тебе его показывала. Позови ко мне.

И она снова взялась за иглу, тщательно выводя линии. Паутина — красным, паук — черным, брюшко и глаза — желтые...

Немец пришел примерно через час, когда чародейка уже закончила свои художества.

— Звала, чернокнижница? — поинтересовался он от порога. — Там ватажники место для острога выбирают. Обидно будет, коли без меня...

— Иди сюда, Ганс Штраубе! Ближе... Положи ладонь ей на лоб, — указала Митаюки на крайнюю пленницу. — Положи и держи...

Со своей стороны она взяла жертву двумя ладонями за затылок, опустила веки, сосредотачиваясь.

Поймала нить сознания девушки, уцепилась, подтянула к себе и заговорила:

— Тэн, тимбертя, ягось яндархат немерзи тянгода! Пуна ерги танкац! Тенсь хатама ненналас хазь! — Чародейка резко развела руки и подула жертве в затылок. Жестом предложила сотнику убрать ладонь. Пленница подняла голову, уставясь взглядом на немца.

— Теперь ей... — переступила в сторону ведьма, повторила ритуал и заклинание на соседней девице, затем на третьей. И каждый раз, едва Штраубе убирал руку, полонянка впивалась в него взглядом.

— Что это было?! — наконец не выдержал немец, и девушки тут же потупили взгляд.

— Ты же просил свою долю в том, чего я добиваюсь? — вскинула брови Митаюки. — Вот, ныне я исполняю свое обещание. Это и есть твоя доля, сотник. Первая ее часть.

— Так что это было? — повторил вопрос Штраубе.

— Паучье заклинание, путающее память. До тех пор, пока татуировка цела, эти девы не будут знать, кто они такие, откуда, из какого рода-племени. Смыслом их жизни будет угождать тебе, заботиться, ухаживать, услаждать... Они будут делать все, чего ты пожелаешь. Захочешь, чтобы умерли, умрут. Волосы скоро отрастут, татуировка будет скрыта. Но они навсегда останутся твоими преданными живыми игрушками и пойдут за тобой куда угодно. Даже в твою далекую неметчину. И останутся верными рабынями.

— Я не знаю их языка, — сглотнул Штраубе.

— Неважно. Они из рода сир-тя, они умеют угадывать желание. Хочешь, чтобы они встали?

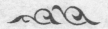 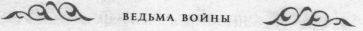

Немец не ответил — но невольницы тут же поднялись с колен, пристально глядя в лицо. Видимо — захотел. Штраубе прикусил губу — они опустили глаза. Ведь хозяину прямой взгляд оказался неприятен.

— Я не могу принять такой подарок, чернокнижница, — неуверенно сказал он. — В ватаге мы все равны, и такие служанки...

— Не беспокойся, твои друзья не заметят особого урона, — уверила его ведьма. — Сир-тя, что остались присматривать за пленными, позаботятся о том, чтобы казаки не скучали. На их долю достанутся развлечения попроще, но ведь ты сотник, и по обычаю твоя доля должна быть больше. Эти рабыни отныне твои и всегда останутся твоими. И, можешь мне поверить, с ними ты получишь куда больше удовольствия, нежели со смирившимися насилию жертвами.

— Значит, ты заботишься обо всех...

— Каждый получит свое, Ганс Штраубе, — покачала головой юная чародейка. — Казаки — удовольствие, мой любый Матвей — славу, а ты — власть. Право судить, карать и миловать, направлять или прерывать жизни и судьбы, определять будущее. Ты ведь хотел долю? Это она. Отодвинь своих рабынь к выходу!

Немец глянул на бритых дев, приоткрыл было рот — но они и так все поняли, отошли.

— Тебе понравится развлекаться с ними, Ганс Штраубе, — пообещала Митаюки. — Колдуны сказывали, всем нравится.

— Ты стала называть меня по имени. У меня дурное предчувствие.

— У нас возникла трудность, немец, — развела руками ведьма.

— Так я и думал, — сразу посуровел Штраубе.

— Ты явно заметил, что все наши союзники принадлежат тотему нуеров. Между разными племенами этого народа тесные связи. Ты не знаешь языка сиртя и потому не слышишь, что я рассказываю о самом первом городе их народа, каковой мы встретили на своем пути. Я утверждаю, что они стали нашими союзниками и помогли победить первых тотемников. Что они есть верные наши друзья, погибшие в том жестоком сражении. Эта история сильно укрепляет доверие и дружбу между нами и нуерами. Но ведь ты помнишь, что там случилось на самом деле?

— Если нуеры узнают, что мы сделали с тем городом, получится нехорошо... — признал Штраубе. — Могут случиться разногласия... Если не сказать: «враждебность».

— Я знала, что ты меня поймешь, — кивнула Митаюки. — Они должны исчезнуть. Просто исчезнуть. Еще до того, как хоть кто-то из них попадется нуерам на глаза. До того, как успеет произнести хоть слово.

— Ты хочешь вырезать весь наш первый полон?

— Власть — это не только ласки невольниц, немец. Иногда приходится принимать решения неприятные и даже мерзкие. Такие, о которых никто не должен догадаться. Пусть они исчезнут, оставшись в памяти сородичей великими героями, первыми из победителей. Мы будем с восхищением вспоминать их отвагу и приводить в пример нашим союзникам. Это сплотит будущую армию. Тебе нужна армия, немец?

Ганс Штраубе колебался совсем недолго. Он был умен и понимал разумность услышанного приказа.

— Я скажу Матвею, что нужно отвезти добытых идолов на остров и проведать там раненых, — кивнул он.

— Возвращайся скорее.

— Постараюсь. — Штраубе повернулся к дверям, скользнул взглядом по рабыням. Девушки тут же шагнули к нему, начали гладить по плечам, щекам, бедрам, выдавая всплывшие мимолетные желания.

— Назад! — рыкнул немец, и невольницы тут же отскочили. Сотник оглянулся на смеющуюся ведьму: — С твоим подарком на люди, похоже, лучше не показываться.

— Ты скоро привыкнешь, — пообещала Митаюки. — Это легко.

Немец хмыкнул и вышел. Его игрушки устремились следом.

— Главное, чтобы успел... — пробормотала чародейка.

Она очень боялась, что кто-то из стариков или детей, убежавших из Нуер-Картаса перед нападением, попытается вернуться. Хотя, по уму, соваться в руки врага не должны. Однако всякое бывает. Вдруг прослышат про возникшую дружбу? Тогда... Тогда придется менять союзников. Начинать все с самого начала.

— Ну же, великий небесный Иисус Христос. — Закрыв глаза, впервые за все время Митаюки-нэ сама вознесла молитву новому богу. — Ты же видишь, я стараюсь для твоего блага! Я возвожу в твою честь храмы и кресты, я обращаю в твою веру все новые и новые племена. Так помоги и ты мне хоть немного. Сделай так, чтобы Нуер-Картас умер молча!

* * *

Острог казаки возвели быстро. Четверо рубили деревья, пятеро — чашки на стенах, сир-тя носили бревна, и крепость росла, как детская пирамидка из камушков. Ствол за стволом, венец за венцом — казалось, что их просто поднимают, а дальше все случается само собой. Казаки же только проверяли большим пальцем остроту лезвия да пересаживались с места на место, громко постукивая, словно бы играя.

Выглядела новая крепость, однако, сильно иначе, чем та, в которую когда-то привезли на поругание Митаюки. Направленная в сторону реки стена была широкой, почти в тридцать шагов, и в нескольких местах перекрыта поперечными стенами. И все это — с тремя перекрытиями. Три другие тоже были высокими, но узкими, и сразу по завершении невольники стали засыпать их внутри землей, копая ее недалеко от основания, снаружи.

Еще одним нежданным новшеством, каковое учудили ватажники, пользуясь избытком рабочей силы, стала церковь, сложенная над воротами. Высокая, просторная, с двумя дополнительными комнатами по бокам и чешуйчатым остроконечным шатром, похожим на узкий чум, наверху. И, конечно же — с крестом.

Хотя, возможно, новшеством это было только для чародейки сир-тя.

В поперечных стенах приречной стены казаки прорубили двери — и строение внезапно оказалось большим домом с множеством просторных комнат.

Как ни странно, строился огромный острог всего десять дней, а вот обживался невероятно долго. Ходить по бревенчатым полам было невозможно — их долго и нудно ровняли замешанной с песком глиной. На прорубленные двери так же долго и нудно вытесывали косяки, затем ставили тесовые створки. Причем на сколачивание каждой из створок требовалось больше времени, нежели на возведение башни. Пока тес нащипают, пока дырки прокрутят, пока сошьют, пока топорами все стороны выровняют.

И так — мелочь за мелочью.

Уж засыпка стен и вовсе превратилась в бесконечную тягомотину...

Однако казаки не унывали и невозмутимо работали топорами. Похоже, для них все это было чемто вроде лекарства от скуки, наравне с брагой, игрой в кости и войной...

Новости по северным чащобам расползались медленно. Весть о великой победе нуеров над двуногами добиралась от Пы-Ямтанга до соседних племен, верно, дней десять, если не дольше. Еще сколько-то времени воины и вожди постигали, что эта перемена означает для их городов, и решали, как поступить. И только после этого садились на челны и отправлялись в путь...

Первые гонцы явились только через три недели после ухода армии Тарахада обратно в Пы-Ямтанг. Митаюки повезло — она как раз решила прогуляться и с высоты угловой башни наблюдала, как в берег приткнулась лодка и трое сир-тя, медленно выбравшись из нее, ошалело смотрели перед собой, уронив от изумления челюсть.

Юная чародейка хорошо помнила, как сама год назад впервые увидела острог белокожих дикарей. Для человека, выросшего в чуме и считающего святилище из жердей огромным домом, острог казался непостижимой громадиной, творением богов.

— Ручеек!!! — крикнула она. — Отца Амвросия зови! К нему гости приплыли!

Громадное строение и без того подавляло своими размерами. Когда же в воротах сир-тя встретил белолицый, бородатый священник в темной рясе с большим крестом на груди, да еще в окружении нескольких столь же странных людей со странным оружием, гости и вовсе стушевались, смутились, начали кланяться:

— Хорошего вам дня, чужеземцы. Прибыли мы к вам с верховьев Пын-Теса, принесли подарки от нашего города... — Гости развернули замшевый сверток, и в нем сверкнул зеленым глянцем топор из драгоценного нефрита. Другой воин добавил к нему большой полог из перьев волчатника. — Дошли до нас известия о дружбе вашей с городом Пы-Ямтанг, о походах и победах общих над вековыми врагами.

— До вас дошли правильные вести, — ответила Митаюки из-за спины священника. — Вы видите пред собой служителей молодого бога, каковой награждает детей своих десятикратной силой супротив обычного... Вэсако-няр, забери подношение.

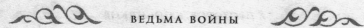 

— Народ Пын-Теса хотел бы знать... — проводили топор и полог тоскливым взором воины. — Хотел бы заверить вас в своей дружбе и узнать... Чем...

— Воины молодого бога, Иисуса Христа, считают своими братьями всех, кто поклоняется их богу, даруют братьям свою защиту и силу, коли те захотят вместе с ними нести имя Христово в языческие земли! — отчеканила ведьма давно заготовленные слова. — Если вы хотите стать победителями, захватить себе в диких городах женщин, дома и добро их, вы должны поклониться новому богу. Коли откажетесь, непобедимые воины Иисуса сами придут к вам. Но уже не как братья, а как враги.

— О чем ты сказываешь, дщерь моя? — узнал в речах ведьмы священное имя отец Амвросий.

— Они пришли поговорить о боге, — честно объяснила чародейка. — Я рассказала им о величии господа нашего Иисуса Христа.

— Так быстро? — усомнился священник.

— Наше племя готово принять молодого бога, — кивнули воины.

Свое решение они, понятно, приняли не сейчас, а уже давно, еще только садясь в лодку. Иначе зачем плыть в такую даль?

— Сделайте вот так. — Митаюки перекрестилась.

Сир-тя старательно коснулись собранными пальцами лба, живота, одного плеча, другого. Поклонились.

— Они уверовали, отче, — отчиталась ведьма. — И умоляют тебя окрестить все их племя.

— А-а-а... — даже растерялся от такой скорости отец Амвросий.

— Слово христово творит чудеса, — уверила его Митаюки.

— Ну, коли так... Да пребудет с вами милость господа нашего, братья во Христе, — перекрестившись, поклонился новообращенным священник. — Проходите... Я приготовлю все для таинства.

К вечеру к острогу причалила еще одна лодка. А новым днем — целых три. И все — с подарками, уважением и искренней верой в Иисуса.

Следующим вечером наконец-то вернулся Ганс Штраубе. Увы — один. Оставшиеся на острове казаки окрепли, однако оставлять свой самый дальний путевой лагерь вовсе без присмотра сотник не рискнул. Тем паче после того, как его земли между часовней и укрепленным срубом столь сильно обогатились золотом.

При виде нового острога немец довольно присвистнул, покачал головой, обошел кругом:

— Отлично, клянусь святой Бригиттой! Я бы на такое сразу не замахнулся, не рискнул. Ров до реки продлим, мост подъемный сделаем, и супротив целой армии отбиться можно! Да-а, атаман наш соображает. Голова!

— Ты еще не видел, чего тебя внутри ждет, схизматик! — похлопал его по плечу Серьга. — Пойдем покажу.

В остроге Ганс Штраубе с изумлением узнал, что наверху, «во втором жилье», ему отведено целых две комнаты, причем просторных, и одна с окном во двор. Внешние стены, понятно, были глухими, сплошными, из самых толстых бревен.

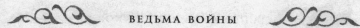 

— Сотник ты или не сотник? — дружески обнял его Серьга. — Вот, будешь жить как воевода знатный, а не как простолюдин обычный, коему даже постели своей не положено и он где придется спит. Может, и недолго мы тут поживем, да хоть по-боярски. Холодов в здешних краях не случается, так что половина хлопот долой. А леса много. Отчего не забаловать? К тому же, смотрю, тебя есть кому ночью темною согреть...

— С такими хоромами и уходить никуда не захочется, — кивнул Ганс Штраубе, и три его невольницы молчаливо пробежали в комнату. — Благодарствую, атаман.

— Не захочется, когда ты на постель покрывало лисье расстелешь, — добавила стоящая в сторонке Митаюки. — Я тебе его сейчас принесу.

Когда юная чародейка вернулась, казаки уже разошлись, а три невольницы раздевали немца, успев снять с него броню и поддоспешник, и теперь стаскивали сапоги. Увидев гостью, Ганс Штраубе позволил им стянуть обувку, а потом встал с обрубка бревна, заменяющего пока скамью. Иной обстановки в новеньком остроге пока еще не было.

Девы разошлись в стороны и замерли у стен.

— Вижу, ты научился с ними обращаться? — похвалила его Митаюки

— Привык, как к старым перчаткам, — усмехнулся Штраубе. — Теперь и не знаю, как без них обходился. Они исполняют приказы, когда требуешь, и мечты, когда о них еще и не догадываешься.

— Лови! — кинула ему покрывало ведьма.

— Благодарю за щедрость, чернокнижница! По какому поводу такая честь?

— Таких подарков у нас несколько. На каждого казака, знамо, не хватит. Но ты ведь сотник!

— Лиса... Мех мягкий и теплый. Ни разу не видел лис в вашем мире.

— Их у нас мало, — пожала плечами чародейка. — Все больше змеи да ящеры. А они голокожие. Тем подношение и ценно. За мехом нужно ходить далеко, в холодные земли, к менквам и дикарям. Мало кто умеет, еще меньше тех, кто решается. Здесь многое оказывается совсем не таким, как в вашем мире. Нефрит красив и, не в пример прочим камням, не колется. Потому и ценен для сир-тя невероятно. Лисий мех здесь редок. Целое сокровище. Никто из ватажников так и не понял, сколь ценные дары оторвали от себя племена нуеров, дабы порадовать вас, иноземцы.

— И вправду обидно, чернокнижница, — хмыкнул сотник. — Мы бы вполне обошлись и жалким, заурядным для вас золотом. Однако, полагаю, ты хочешь узнать, как справился я с твоим поручением? Оно исполнено. Нет больше ни союзников нашего первого похода, ни даже их тел... Если не считать одного лопоухого трусишки, который исчезает во время стычек, но всегда первый, когда можно грабить.

— Ничего, — отмахнулась Митаюки. — Сехэрвен-ми говорит лишь то, что велено, и всегда клятвенно подтверждает мою сказку. Жалок, но полезен. Но я хотела спросить тебя о другом. Ты хорошо стреляешь?

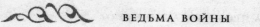 

— Что?! Опять? — рассмеялся немец.

— Да, опять, — кивнула ведьма. — Нам поклонились воины уже восьми племен, желая примкнуть к победителям. И, надеюсь, в ближайшие дни появятся еще посланцы. Однако они прибывают втайне от своих шаманов.

— Еще бы! Колдунов вряд ли обрадует желание соплеменников забыть про них и обратиться к другим богам.

— Отец Амвросий намерен совершить... Как, бишь, он это назвал? — Митаюки нахмурилась, вспоминая: — Пасторский паломник? Палокрест? Ходо...

— Неважно, — отмахнулся немец.

— Белый шаман силен... Но стрелок с пищалью неподалеку не помешает.

— Не хотел бы я быть твоим врагом, чернокнижница. Даже не знаю, ты меня больше пугаешь или восхищаешь?

— Но-но, немец! — вскинула палец Митаюки, ощутив его эмоции. — Я никогда не изменю своему мужу!

— А жаль, — вздохнул Ганс Штраубе, и невольницы, оторвавшись от стен, направились к нему.

Юная чародейка, неплохо понимающая своих сородичей, пусть и довольно дальних, опять оказалась права. Еще две лодки с воинами причалили на следующее утро, и еще две через день. А на третье утро половина казаков, священник и скромная Митаюки-нэ сели в лодки и отправились в путешествие по ближним рекам, ведомые воодушевленными воинами народа нуеров.

Уже к сумеркам они оказались возле города Яха-Яхако, причалили, священник вышел на берег, воздев над собой крест:

— Верую во единого бога отца вседержителя, творца неба и земли, всего видимого и невидимого! И во единого господа Иисуса Христа, сына божия, единородного, рожденного от отца прежде всех веков, света от света, бога истинного от бога истинного, рожденного, не сотворенного, одного существа со отцом, через которого все сотворено; для нас, людей, и для нашего спасения сошедшего с небес, принявшего плоть от духа святого и Марии девы и сделавшегося человеком!

— Мы пришли, чтобы сделать вас братьями своими! — перевела Митаюки. — Дать защиту слабым, дать силу воинам, ищущим славы! Нет бога, кроме Иисуса, всегда молодого и непобедимого! А кто против него, пусть покажется и примет битву, хоть колдовскую, хоть оружием смертных!

Ведьма немного выждала, осматривая собравшихся сир-тя.

Горожане молчали. Открыто приветствовать нового бога никто не рисковал, защищать старых желания не возникало. Ни у кого, даже у шаманов. Ибо молитва священника дышала духовной силой, а воинская слава белокожих иноземцев успела разбежаться далеко по окрестным рекам.

И тогда Митаюки-нэ торжественно прошла к святилищу, отдернула полог, опрокинула горшки и высекла на них искру.

С каждым разом это действо нравилось ей все больше и больше!

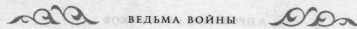 

— Слушайте меня, воины! — остановилась чародейка спиной к взметнувшемуся пламени. — Те, кто хочет напитаться силой молодого бога, стать могучим воином и покрыть себя славой, должны явиться в бывший Верхний Ямтанг, отвоеванный иноземцами у никчемных двуногов! Там начнется ваше служение! Ныне всех, принимающих нового бога, белый шаман приобщит к новой вере! Слава Иисусу! — Она размашисто перекрестилась и поклонилась священнику.

— Отче наш, сущий на небесах! Да святится имя твое; да придет царствие твое, — провозгласил отец Амвросий. — Да будет воля твоя и на земле, как на небе! Хлеб наш насущный дай нам на сей день, и прости нам долги наши, как и мы прощаем должникам нашим, и не введи нас в искушение, но избавь нас от лукавого. Идите ко мне, чада мои, и сейчас вы приобщитесь к свету истины, примете веру и души свои спасете от геенны огненной.

Купелью новообращенных опять стала река. Священник макал в нее сир-тя, читал молитву, крестил, отпускал, подзывал следующего. Митаюки тем временем показывала, как правильно креститься, чтобы отгонять злых духов, и каким должны быть амулеты нового бога.

Яха-Яхако был городом средним, втрое меньшим столицы народа нуеров, не больше сотни жителей, а воинов, верно, было и вовсе десятка три — так что управился отец Амвросий быстро, после чего великий вождь устроил пир.

Путники переночевали, и уже на рассвете казаки срубили большой крест, который водрузили на месте сгоревшего святилища. Покрытый сажей золотой идол за ночь бесследно исчез — но кого интересовала судьба низвергнутого истукана?

После краткого молебна путники сели в лодки и двинулись дальше, а воодушевленные приобщением к новой вере жители Яха-Яхако зарезали перед крестом детеныша яйцеголова, щедро окропив крест жертвенной кровью и хорошенько, дабы христианский бог увидел их старание, натерев распятие парным мясом.

Хорошо хоть, отец Амвросий отплыл в первой лодке и всего этого не увидел...

Во втором племени все прошло точно так же, в третьем шаман попытался остановить священника заклинаниями — но супротив ярого проповедника сила захудалого колдуна оказалась столь слаба, что Митаюки даже помогать отцу Амвросию не стала — с демонстративным безразличием войдя в святилище и спокойно его запалив.

Восстали крещению только колдуны Пын-Теса, оказавшегося большим, на три сотни жителей, городом. Их могучие чары даже вынудили священника замолчать — Митаюки подобного просто не помнила. Но три точных пищальных выстрела решили спор шаманов в пользу христианства и сильно добавили уважения белокожим иноземцам. Сир-тя убедились, что странные воины действительно так сильны, как об этом рассказывали слухи.

В многолюдном Пын-Тесе путники задержались на день, поставив там не крест, а целую часовню, чем еще больше поразили горожан. А кроме того, уже втайне, снарядили и отправили к далекому потайно-

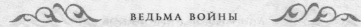 

му острову целый караван из четырех лодок с золотыми идолами.

Остальные племена народа нуеров приняли христианство спокойно. Даже тамошние шаманы приходили принять крещение, ныряли в воду, пытались повторять непонятные слова молитв, старательно крестились.

Митаюки понимала, что едва лодки скроются за излучиной — именно они станут приносить жертвы новому богу, молиться ему и творить заговоры его именем. Понимала — но поделать ничего не могла. Не убивать же шаманов после того, как сама называла всех новообращенных равными братьями! Ведьма надеялась только на то, что в сожженных святилищах оставались главные их амулеты, бубны, ритуальные вещи, и без всех этих сокровищ сила колдунов заметно ослабеет.

По возвращении к острогу жизнь ватаги стала куда напряженнее. Со всей реки и проток сюда стекались многие сотни воинов, дабы приобщиться к силе, даруемой молодым богом. Берег был завален лодками в несколько рядов, земли вокруг острога заставлены походными чумами, на каждом свободном клочке травы, под каждым деревцем спали юные воины сиртя, желающие встать на путь славы. Воодушевленный отец Амвросий каждое утро читал им проповеди и творил для них молитвы. Ватажники, как могли, натаскивали, пытаясь превратить лесных дикарей в крепких ратников, а Митаюки, бегая от одного поля к другому, от сотни к сотне, пыталась переводить ратные наставления сразу всем, впервые за зиму пожалев, что оказалась единственным двуязычным человеком на весь север мира второго солнца.

К тому же эту толпу нужно было еще и кормить.

Хорошо хоть, к Зеленому перекату вернулись яйцеголовы. Выстрел из фальконета легко валил этих гигантов, а сотня воинов быстро разделывала тушу и в корзинах переносила в город. Однако воинов в Верхнем Ямтанге было так много, что даже громадного зверя, размером со святилище, они съедали всего за четыре-пять дней.

Для новоприбывших — и вместе с ними, казаки сшили из теса большие тяжелые щиты, в полтора локтя шириной и два локтя в высоту, и учили воевать с этим оружием, выстраивая на поле плотные ровные линии.

— Свой щит плечом подпирай! — бегая вдоль длинного строя, требовал Матвей. — На левый край своим плечом давишь, правый край на щит соседа кладешь, тоже плечом подпертый. И тогда вас ни одна лошадь опрокинуть не сможет! Да и здесь не всякая зверюга пробьется! Щиты ваша защита, за ними вас никто не достанет, ни лук, ни меч, ни палица! Плечами держим, плечами!

Он разбежался и со всей скорости врезался в живую стену своим немалым телом — отлетел, опрокинувшись, и довольно вскинул кулак:

— Молодцы! Значится, так... Первый ряд щиты держит, второй копья. Первый себя и сотоварищей от ударов и уколов обороняет, второй копьями ворога через головы их колет.

— А поежели ворог сам сверху уколет? — перевела Митаюки вопрос сразу от нескольких сир-тя.

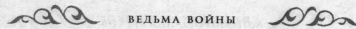 

— Тут ты щит вверх поддерни, — жестом показал Серьга, — и понизу его, близкого, в живот открытый: хоп! Чем щиты хороши? Пока ворог далеко, он тебя от любого оружия оборонит. А коли близко оказался, ты его чутка повернул али подвинул, и в щель открытую нехристя ударил. Опосля закрылся назад, и ты опять за стеною, не возьмешь...

Казаков ничуть не смущало, что у пришедших к ним сир-тя не было ни стального оружия, ни брони. Они лишь потребовали укоротить часть копий до длины в саблю — дабы в тесной схватке колоть удобнее было, а часть каменных наконечников, наоборот, пересадить на более длинные ратовища, чтобы доставать врага со второго ряда. Вместо тяжелой брони молодые воины делали из шкур яйцеголова толстые шапки в два слоя кожи. Вот и вся защита.

— Скажи, милый, — порядком охрипнув к вечеру, уже в постели спросила Митаюки, гладя грудь своего атамана, — отчего вы местных воинов учите щитами воевать, а сами ими никогда, почитай, не пользуетесь?

— Не привыкли, — погладил ее по черным волосам казак. — Супротив пули али картечи от него все едино толку нет. Так чего лишнюю тяжесть таскать? Здесь же токмо стрелами, палками да копьями воюют. Здесь они в самый раз будут.

— Вы и здесь ими не пользуетесь.

— Мы на пищали больше полагаемся. А сие штука такая, что одной рукой ею не управишься, две нужны. Так, выходит, щит держать нечем.

— Вы, так бывает, по месяцу ни разу не стрельнете. Но щиты все едино не берете.

— Экая ты... — хмыкнул Матвей. — Ладно, объясню иначе. Вот скажи мне, ты о лучниках, что белку в глаз на лету бьют, слышала?

— Знаю, птиц иные стрелки так добывают.

— Ты, коли мальчик лук впервые взял, его станешь учить птице в глаз метиться али в толпу напротив стрелы быстро и сильно метать? Ась? Вот то-то и оно... Как с луком свыкнется, там уже в чурбан можно целиться. Попадать начнет — в кочан капустный. И уж опосля, когда сие за баловство лучнику станет, вот тогда и до белки али птицы очередь придет. Лет через десять, коли склонность к сему будет. — Матвей повернулся на бок, положил ладонь на ее грудь, тихонько сжал. — Я, Митаюки, в четырнадцать лет в первый ратный поход с саблей вышел. До того меня, сколько от рождения помню, старшие рубиться учили да пищали снаряжать, а после того еще лет двадцать ляхи, немцы да басурмане приморские на умение проверяли. Коли плохо дерешься, зараз голова с плеч катилась! Сородичи же твои до отрочества брюхо на солнышке грели и ныне вдруг в ратники умелые да опытные заделаться захотели. — Рука мужа поползла вниз. — Так быстро витязи не получаются. Чтобы одному супротив сотни, не дрогнув, выстоять, русским родиться надобно, русским вырасти, по-русски драться. За неделю сего не постигнешь. А со щитом и копьем в строю крепко стоять, это любого хоть за неделю натаскать можно.

— Что ты делаешь? — попыталась сжать ноги Митаюки, не пуская туда широкую ладонь. — Не дамся, не позволю, не разрешу!

— Не позволяй! — Сильные руки мужа прижали ее ладошки к лисьему меху, нога проникла меж колен, раздвигая их в стороны, Матвей оказался сверху.

Митаюки сопротивлялась изо всех сил, как только могла, старалась всерьез — но все ее старания напоминали борьбу бабочки, оказавшейся между рук ловкого мальчишки. Уже через несколько мгновений юная чародейка лежала, тяжело дыша, раскрытая и неподвижная под тяжестью мужского тела. Теперь на ее долю оставалось лишь смирение.

Серьга усмехнулся и решительным толчком проник в беззащитное лоно, сорвав с губ жалобный стон. Еще толчок, и еще, еще — Митаюки вся выгнулась, заметалась, но вырваться не смогла и рухнула в горячий сладкий колодец, в конце которого ее ждали горячие губы мужа и блаженная усталость. Ведь это была всего лишь игра.

Непобедимый воин иногда должен быть грубым. И показывать женщине ее истинное место.

Митаюки свое место знала и заснула, лежа на руке Серьги, прижавшись всем телом и закинув ногу на бедро. Ее хозяин и господин лежал на спине, на скомкавшемся покрывале и боялся шевельнуться, дабы не потревожить сна покоренной полонянки.

* * *

Язык у Митаюки не отсох только потому, что через пару дней воины и казаки начали более-менее друг друга понимать. Как именно правильно действовать в строю, как нападать и отбиваться, ватажники показывали наглядно; немногочисленные команды сир-тя успели запомнить, а прочие вопросы разрешались с помощью жестов и интонаций.

Получив передышку, чародейка отправилась к немцу, отозвала его от наступающих линией одиночными шагами сир-тя, негромко спросила:

— Ты заметил, что воины все по родам своим и племенам держатся?

— Ну и что? — не понял Штраубе.

— Коли они по родам и по вождям разбиты, то и слушаться вождей своих будут. Коли разногласие какое случится, по приказу из города своего запросто назад уйдут или друг против друга копья направят, а то и вовсе нами же обученные супротив нас и выступят... Перемешать их надобно, немец. Дабы не по родам делились, а по сотням и десяткам, как в ватаге вашей заведено. И сотников над ними самим назначить. Ныне, пока учатся, сие провернуть несложно будет. Поставили командовать, и поставили. Получилось — пусть воеводствует. Нет — другим заменить. Коли тобой или Матвеем сотник поставлен, вас и слушать будет, а не вождя какого. Коли сотня перемешана, то по призыву вождя целиком не уйдет и приказа со стороны не послушает, воеводе подчинится. Будут, знамо, многие, что предпочтут в племя родное уйти, родителей слушать. Но то одиночные воины окажутся, а не десятки и сотни, слаженные да умелые...

— Ты хочешь украсть у племен их собственных воинов? — расхохотался Ганс Штраубе. — Почему-то я ничуть не удивлен. Однако ты напрасно считаешь окружающих глупее себя. Вожди быстро сообразят, что к чему. Будет смута, от воинов потребуют вернуться по домам.

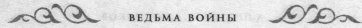

— Знамо сообразят, — согласилась Митаюки. — Но не сразу. Если составленные нами сотни успеют пройти через битву, ощутят вкус победы, урвут себе добычу, повеселятся в захваченных городах, так просто разорвать их обратно, по чумам, на кусочки, уже не получится. Не уйдут, даже если мать родная потребует. А вождей нужно уверять в дружбе, льстить славой и умасливать подарками, отправлять им часть добычи и полона...

— Ладно, я скажу, что для пущего успеха воинов нужно по росту в разные сотни определять, дабы строй ровным был, — кивнул Штраубе. — Ну, и числа верного придерживаться. Чтобы десяток, так уж десять, а не восемь или пятнадцать. А сотня — это сто копий, а не три племени. Ты же о другом помысли. Колдуны здешние будущее видеть способны, разве нет?

— Есть среди шаманов провидцы умелые... — настороженно согласилась ведьма.

— У нас тут восемь сотен воинов, с помощью которых твой храбрый муж намерен разорить все окрестные города, спалить святилища, жителей обратить в православие, а золотых идолов вывезти, не стану вслух говорить куда...

— Есть у атамана Матвея Серьги такие мысли... — согласилась чародейка.

— Тогда скажи, почему нас до сих пор еще не прихлопнули? — развел руками немец. — Клянусь святой Бригиттой, кабы мне донесли, что сосед мой точит на меня топор и созывает челядь пойти и разнести мой домик, я бы уже на следующее утро созвал всех друзей, снял со стены секиру и пошел пощупать вымя такой занятной особе!

Митаюки в задумчивости вытянула губы.

Немец вопросительно вскинул брови.

Ведьма подняла указательные пальцы, покачала ими — и стремглав кинулась в острог.

Уже через час она растрясла отца Амвросия, отправив освящать крепость, ее стены, ворота и башни. Священник настолько растерялся под ее напором, что даже не спросил — чего это такое вдруг взбрело внезапно в ее повязанную тонкой лентой голову? Сама чародейка побежала по стенам, нанося ножом защищающие от сглаза и порчи руны.

Амулеты, понятно, были бы куда надежнее — но их еще нужно изготовить и заговорить. Причем самые надежные получаются на новолуние, под растущую луну. А сего полнолуния еще ждать и ждать!

Более простыми были «сигналки» — амулеты, впитывающие колдовскую порчу. Заговаривались они простенько: на зарю, росу и четыре поклона и делались из веток, трав, листьев. Силы большой не имели — однако если кто пытался наводить порчу на дом или на землю, то такие амулеты, оказавшись под проклятиями, моментально вяли, гнили, плесневели. Причем случалось это в считаные часы, чего в обыденной жизни никогда с букетами и венками не происходит.

Наутро вместо обычного молебна отец Амвросий повел воинов в крестный ход округ острога, выдав нескольким наиболее понравившимся сир-тя свечи и кресты. Священник пел могучим рыком, воины пытались подражать:

— О, святый Михаиле Архангеле, помилуй нас, грешных, требующих твоего заступления, сохрани нас,

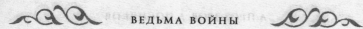 

рабов божиих! От всех видимых и невидимых враг, паче же подкрепи от ужаса смертнаго и от смущения диавольскаго, и сподоби нас непостыдно предстати создателю нашему в час страшнаго и праведнаго суда его! Изми, господи, от человека лукава, от мужа неправедна, иже помыслиша неправду в сердце, изостриша язык свой, яко змиин, яд аспидов под устами их...

Обойти крепость вокруг не удалось: за прошедшие дни пленники смогли закончить ров, примкнув его к реке выше и ниже по течению, и теперь острог стоял на острове. Однако Митаюки наконец-то вздохнула с облегчением. Ритуалам таинственной христианской веры она доверяла, твердость духовная в ней имелась немалая. А где есть твердость нутряная — там и чары внешние бессильны. Как волны о скалу, в брызги разбиваются.

Однако все сигнальные амулеты к утру оказались тухлыми. Чародейка собрала их, с отчиткой выбросила в реку, дабы текучая вода унесла проклятия, после чего пошла к немцу:

— Они уже близко. Ослабить пытаются, наветы шлют. Однако для навета надобно или предмет какой местный иметь, либо самому недалече держаться. Вестимо, лазутчики неподалеку таятся, вредят, как могут.

— Толку от колдовства вашего, как от козла молока, — поморщился Ганс Штраубе. — Я надеялся без дозоров обойтись, да, видно, никак. Недаром вожди местные на все тропы и реки воинов своих в дозоры посылают. Глазами присматривать. На шаманов не надеются. Пойду распоряжусь, чтобы все свои лодки воины перенесли под стены крепости.

* * *

Большая война тотемников началась с залихватского переливчатого свиста. Для Митаюки это был просто свист — но казаки, похоже, могли пересвистами разговаривать, словно обычной речью.

— Чужаки с юга обкладывают! — перевел сигнал Силантий, которому в этот раз чародейка помогала найти язык с воинами. — К воротам все отходим! Да не бежать, олухи! Щиты наружу, линии держим, по сторонам смотрим, медленно втягиваемся!

Митаюки старательно переводила, крутя головой во все стороны, но никаких опасностей не замечала. Под приглядом бывалого десятника и с его руганью сотня молодых сир-тя отошла к мосту, по трое в ряд миновала пролет и столпилась внутри.

— К приречной башне идите! — указал рукой Силантий. — Теперича придется терпеть жизнь осадную. В тесноте, да не в обиде.

Ведьма перевела — и побежала на башню южную, самую высокую, боевая площадка которой равнялась макушкам окрестных деревьев.

Матвей и немец были уже здесь, осматривая горизонт.

— Где? — требовательно спрашивал Штраубе.

— Да говорю, там они взлетали! — чуть не плача, оправдывался Кудеяр Ручеек.

— То тебе не в упрек, — похлопал его по плечу Серьга. — Лучше десять тревог лишних, нежели один незамеченный набег. Убедиться хотим.

И тут далеко над лесом, чуть правее верховьев Ямтанга, над деревьями взметнулось целое облако птиц, разлетаясь в разные стороны.

 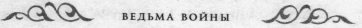

— Может, дракон какой? — неуверенно произнес немец. — Они тут ого-го какие вымахивают!

— Именно что «ого-го», — ответил Серьга. — Был бы зверь большой, вершины бы качались. Туша изрядная деревьев не задеть не способна. Толпа понизу идет, из кустов живность выпугивает.

— Молодец, казак! Атаманом будешь... — одобрительно похлопал Ручейка по плечу немец и спустился в люк площадки.

— Молодец, возьми с полки пирожок. — Матвей толкнул караульного в другое плечо и со смехом нырнул вслед за сотником.

Паренек посмотрел на ведьму с некоторой обидой.

— Да молодец, молодец, — подтвердила Митаюки. — Это они искренне. Обрадовались просто. Вестимо, давно нападения ждут.

Над лесом опять взметнулась крылатая стайка, уже заметно ближе. Потом еще ближе — и вскоре из зарослей лещины на краю бывшего города, а ныне в сотне саженей от стен, появились первые воины сир-тя. Настороженные, с копьями наперевес, с разрисованными охрой лицами, с вороньими перьями в волосах и на туниках, обутые в мягкие меховые сапожки, вышли они на открытое место, оглядываясь и вздрагивая от неслышных ведьме шорохов.

Острог у реки произвел на незваных гостей должное впечатление. Воины поначалу замерли, но потом все же разошлись в стороны, осматривая заросли.

Следом за ними выходили по тропе все новые и новые сир-тя. Их было так много, что на тропе все не помещались, и многие продирались по краю кустарника, сотрясая ветви и распугивая стрекоз и мотыльков. Тотемники шли и шли, нескончаемым потоком — в красных туниках рода двуногов, в желтых и коричневых — вестимо, еще какие-то незнакомые племена, а сверх того изрядно мужей в повседневной одежде, но с копьями, палицами. А многие — и с луками. Десятки, десятки и десятки, которые сливались в сотни.

Теперь Митаюки-нэ поняла, отчего окрестные тотемники так долго не шли останавливать белокожих иноземцев. Им пришлось собирать в этот поход всех воинов из многих, очень многих городов и племен, а дело это не быстрое. Только из-за выбора великого вождя и великого колдуна, небось, до полусмерти грызлись. Однако договорились, и ныне округ острога растекалась невероятная армия числом никак не менее тысячи крепких, сильных, умелых воинов!

Последними по уже широко растоптанной тропе к Верхнему Ямтангу вышли шаманы — в сапогах с тиснением, в добротных туниках, в масках в виде черепа на все лицо либо с повязками на лбах, украшенными защитными знаками. Все одежды, знамо, были покрыты рунами. На груди, запястьях, плечах висели родовые амулеты, у многих сверх того имелись еще и заговоренные перья. Оберег не сильнее прочих — но куда более яркий.

Часть колдунов разошлась к своим племенам, иные отправились к невиданному ранее чуду — и все как один остановились у линии недавнего крестного хода. Христианское колдовство оказалось достаточно сильным, чтобы чародеи решили с ним не связываться.

 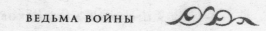

Митаюки-нэ внезапно ощутила на себе внимание — столь пристальное, как если бы ее лапали с ног до головы тонкими холодными пальцами, при том ковыряя ложкой в голове. Сделанные малоопытной чародейкой обереги, похоже, оказались недостаточно сильными, чтобы сдержать колдовской напор старых, мудрых, многоопытных шаманов.

Догадываясь, что сейчас будет, юная ведьма торопливо нашептала отражающее заклинание:

— Нянинбей салцья тухоль пен, хадо ядась... — выдула его в ладонь, зажала в кулаке.

Один из шаманов поднял голову, встретившись с девушкой глазами, нехорошо улыбнулся, выхватил из петли палицу с деревянным резным навершием, резко направил на башню. Митаюки вскинула и разжала кулак, качнулась от горячего толчка — и колдун внизу, взмахнув руками, опрокинулся наземь.

Этому заговору старая знахарка учила воспитанниц Дома Девичества именно на случай встречи с неодолимо сильным врагом.

— Если вы не умеете ничего, детки мои, окромя сего чародейства, — говаривала пухлая седовласая Хабевко-ими, — завсегда отбиться возможность имеется.

Отражающее заклинание само ничего не порождало, оно всего лишь откидывало обратно все чары, направленные на ведьму, хоть хорошие, хоть плохие, хоть сильные, хоть слабые. Желаете женщине добра — вам воздастся тем же самым и сторицей. Желаете зла — вам же хуже.

Могучий колдун, похоже, хотел чего-то очень-очень сильно...

— Спасибо тебе, ими, — прошептала Митаюки, глядя, как шаманы утаскивают своего беспамятного сотоварища. — Надеюсь, жива ты и в благополучии.

В башне заскрипели ступени, наверх поднялся Матвей, неся на плече кулеврину. Опустил ее на пол, отер лоб и снова скрылся внизу. Вестимо, ушел за следующей.

Между тем на стене острога собиралось все больше и больше воинов из рода нуеров. Они смотрели на своих извечных врагов сверху вниз, через ров, и покамест не находили ничего лучше, кроме как строить рожи и кричать оскорбительные скороговорки. О том, кто именно покрывает в постели жен носителей красных туник, почему тотемники спинокрылов рождаются в навозе, а тотемники волчатников вынашиваются у птицы под хвостом, зачем тотемникам яйцеголовов нужна голова и почему они так любят забивать колья. В ответ воинов-нуеров обзывали потомками глистов и предлагали залезть на свое место.

Свои оскорбления осаждающие подкрепили стрелами из луков. Нуеры схватились за свои.

Тут же выяснилось, что со стены стрелы летят заметно дальше, нежели снизу вверх, — и тотемники, потеряв двух раненых, предпочли отступить под деревья.

— Колдуны, теперь лучники, — загнула пальцы юная чародейка. — Интересно, кто будет следующим?

На площадке, тяжело пыхтя, опять показался Серьга, уже со второй кулевриной. Любовно погладил ее, пристроил под внешней стеной, погрозил Кудеяру:

— Бди зорко, малец! Чудища появятся, свисти.

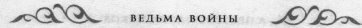 

— Постой, Матвей! — схватила его за рукав чародейка. — Подскажи, как мы дальше биться станем? Мыслю, многие сир-тя меня, не вас, пытать станут. Вы же языка их так и не ведаете!

— Никак не станем, — пожал плечами атаман. — Зачем? Коли чудищ своих колдуны нашлют, так пищалями и кулевринами с божьей помощью отобьемся. А так: пусть сидят, нам-то что?

— Совсем воевать не станем? — не поверила своим ушам Митаюки.

— Девочка моя милая, — тряхнул головой воин, подергал себя за бороду, потом обнял жену за плечи, подвел к краю стены. — Скажи, что ты там видишь, милая?

— Тотемников... Рать тотемников большущую.

— То-то и оно! — довольно хмыкнул ее любый атаман. — Рати здешние в походы налегке гуляют. Крепостей нет нигде, знамо. Вот тотемники сбираются, на соседа идут, посередь пути встречаются, дерутся, а опосля расходятся. Ну, или город соседский грабят. С крепостями же такой простоты не бывает, под крепостью месяцами в осаде сидеть приходится. Пока ров засыплешь, пока стену разобьешь, пока прорвешься. Дело до-о-олгое. А что для дела долгого в первую голову надобно? Правильно, о-о-обоз. Мы сюда совсем скромно шли, и то гружены так были, что еле ноги переставляли. А эти, глянь, токмо с сумочками бабьими. Дня через три оголодают, через неделю разбегутся. Охотой этакую ораву не прокормить.

— А мы?!

Матвей просто развернул ведьму в обратную сторону:

— Реку видишь? Наш берег открыт, лодок навалом, где мясо добывать знаем. Таскать сие добро ворог не помешает, лучники отгонят. Кабы на ладьях дикари пришли, тогда и верно тяжко пришлось бы, с боем по реке ходили бы. Да токмо нет у здешних воинов умения крепости осаждать. Все мыслимые ошибки сотворили. Своих припасов не взяли, наши пути не перекрыли, инструмента осадного не имеют... Глупо пришли. Посидят неделю да уползут несолоно хлебавши.

— А коли к себе за припасами и лодками пошлют?

Серьга в ответ лишь отер усы, ухмыльнулся и спустился в люк.

— Выходите на битву, трусы!!! — закричал снизу какой-то крашенный охрой сир-тя, размахивая палицей с вороньими перьями на навершии.

— Летом приходи! — звонко ответила Митаюки. — Ныне недосуг!

Молодые нуеры на стене ехидно засмеялись и пустили несколько стрел. Но не попали.

До сумерек больше ничего, кроме редких перестрелок, не случилось. Время от времени кто-то из осаждающих подбегал и вскидывал лук, спускал тетиву, метясь в плотную толпу на стене. Ему, если успевали, отвечали несколько нуеров. Однако пострадал в этой долгой перестрелке только один тотемник в красной тунике. Да и то не подранили — ногу, убегая, подвернул. Нуеры попытались его добить, однако промахнулись. Уполз.

Когда спустилась ночь и над острогом мерно-однообразно зазвучал голос отца Амвросия, молящегося в надвратной церкви за успех православного воин-

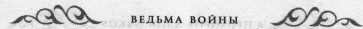 

ства, во рву послышался плеск. Лучники пустили на звук десяток стрел, услышали стон, воодушевились и опустошили туда же несколько колчанов. На чем все и затихло.

На рассвете в воде обнаружилось целых два истыканных древками тела...

На что надеялись тотемники — непонятно. Забраться на стену и днем-то было непросто. А уж в темноте...

Сразу после завтрака атаман созвал к себе в покои всех сотников. В случившейся в остроге тесноте даже посланников посылать не пришлось — из уст в уста приказ по всем мгновенно разлетелся. Вскоре так же тесно стало и в светелке с окном, расположенной перед опочивальней Серьги и Митаюки. Когда поток приходящих на зов сир-тя иссяк, Матвей встал за спиной жены, положил руки ей на плечи и сказал:

— Все вы видите, други, что рати могучие под стенами нашими собрались. Вестимо, все окрестные города тотемников ныне пусты, без воинов вовсе остались. Посему вопрос у меня к вам, храбрецы местные: кто пути знает к самым близким городам нашего ворога?

Митаюки перевела, и примерно треть сотников сразу вскочили:

— Я, я знаю! Я! — Мысль белокожих людей была столь проста и очевидна, что о задуманном набеге догадалась даже девушка.

После горячих пересказов выяснилось, что на южных притоках Ямтанга имеется целых пять чужих нуерам городов, больших и малых. Ко всем остальным нужно идти посуху — они лежали среди ручьев и озер соседней речной долины.

— Сухопутный путь кому ведом? — спросил уже Штраубе.

И опять половина сотников взметнули руки.

— Охотники мне нужны, готовые рискнуть собой ради дела важного.

На это оказались согласны просто все.

Круг прервал протяжный свист снаружи. Воины сорвались с мест, выскакивая в дверь и скатываясь вниз по лестнице, разбегаясь к стенам и воротам. Матвей бросился к южной башне, Митаюки помчалась следом. Однако казак был быстрее, и к тому моменту, когда чародейка еще только добралась до боевой площадки, ее муж уже наводил ствол, зацепившись гаком за край стены.

— Огня! — грозно рычал он, а Евлампий, звонко цокая железом о камень, все никак не мог высечь искру. Ведьма решительно отстранила молодого ватажника, достала свое огниво, ударила, раздула трут, подожгла тонкую ленточку бересты, от нее фитиль.

— Готово! — Митаюки выпрямилась и смогла наконец выглянуть наружу.

Там, как когда-то острог у моря, крепость атаковали громадные звери, грозные тотемы начавших войну племен.

Но...

Прямо на ее глазах яйцеголов влетел в ров и потерял равновесие, отчего ударить по бревнам с разбегу у него не получилось. Зверь встал, начал стучать крепкой костяной башкой в стену, но с места ломать укрепление выходило слабо, получался просто гром-

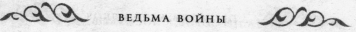

кий стук. Точно так же глубоко в ров провалился трехрог. Его грозное оружие, в прошлом году легко раскачавшее бревна в стене, ныне втыкалось в землю под ней. Волчатники беспомощно бегали вдоль рва — Митаюки еще по прошлогодней схватке помнила, что воды они жутко не любят. К тому же в них постоянно летели стрелы. Для зверя вдвое выше человека это было не опасно — но больно.

Даже могучий двуног, вызванный шаманами из окрестных лесов, ступив в ров, заметно просел ростом и оказался своей макушкой ниже боевой площадки башни.

— Пали! — крикнул Серьга, едва зверь повернул голову в его сторону.

Митаюки ткнула фитилем в запальник и на миг оглохла от грохота. Выпущенное почти в упор ядро ударило чудовищу точно между глаз, чуть выше ноздрей. Оно попятилось, споткнулось о край рва и повалилось назад, на походный лагерь тотемников.

Матвей опустил разряженную кулеврину, схватил вторую, навел ее вдоль стены:

— Пали!

Выстрел окутал башню облаком дыма и заставил трехрога взвыть от боли. Ядро его не убило — рана кровоточила над передней лапой. Однако копошение в мутном холодном рву, ковыряние в земле, да еще и боль, переполнили тотему чашу терпения. Он боком, боком отступил, вылез на берег и потрусил прочь.

Шаманы тотемников не порабощали сознания священных животных, они убеждали зверей помогать своим родам. У трехрога такое желание пропало — и ничего колдуны с этим поделать не могли.

Стены огласились восторженными возгласами. В приступе отчаяния тотемники попытались отомстить, почти добежав до рва и начав стрелять из луков. Нуеры ответили — и нападающие быстро откатились, оставив после себя четыре тела.

Матвей ничего этого даже не увидел — заряжал пушки. Поднявшись, снова нацелился вдоль стены...

— Пали!

Яйцеголов упал, сраженный точным выстрелом в основание шеи. Серьга был уже опытным охотником на драконов и знал, как надежнее всего свалить такую добычу.

— Ты слышишь? — схватила его за руку Митаюки. — У церкви все хохочут, или мне мерещится?

Атаман еще раз глянул вдоль стен и кивнул:

— Вроде спокойно здесь теперь. Ладно, пошли посмотрим, чего там у церкви творится?

Как оказалось, ворота крепости пытался разбить спинокрыл. Зверь очень сильный, могучий, опасный, с усеянной костяными шипами палицей, венчающей его хвост. Бревна приморского острога эта палица превращала в щепу одним ударом, а здешний тотем размерами был таков, что, вставая на задние лапы, головой доставал почти до края стены!

Однако оружие его находилось не спереди, а сзади. И когда зверь, примериваясь для удара, опускался на коротенькие передние лапы — его низко сидящая голова, умеющая только травку щипать, оказывалась под водой, пуская обильные шумные пузыри. Спинокрыл тут же вскакивал, отфыркивался, скулил и мотал мордашкой, вызывая хохот и восторг своих врагов, немного приходил в себя, примеривал-

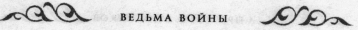

ся хвостом к воротам, опускался... И все начиналось сначала.

— Пусть живет, — с усмешкой отмахнулся атаман. — У нас дела поважнее имеются, девочка моя. Пойдем к немцу.

Вскоре от берега за острогом отчалили три лодки с воинами сир-тя. Спинокрыл все еще продолжал барахтаться во рву, там и сям бегали волчатники, и потому на это событие никто внимания не обратил. Даже большинство молодых нуеров.

После полудня зверь все-таки выбрался из ловушки и, обиженный, ушел, широко виляя тяжелым высоким задом со смертоносным хвостом. Вслед за ним убежали и истыканные стрелами хищники. Возле острога на некоторое время воцарился покой — а затем вперед вышли шаманы. Собравшись в круг на недосягаемом для стрел расстоянии и взявшись за руки, они начали какое-то колдовское действо. Вдоль линии, очерченной крестным ходом, поднялась серая сухая пыль, закружилась мелкими вихрями, послышалось слабое потрескивание.

— Го-орим!!! — внезапно закричали во дворе.

Людей было много, появившиеся огоньки быстро затоптали, к озеру побежали воины с ведрами, и новые вспышки стали сразу заливать водой. В двух комнатах ярко полыхнули постели казаков, покрытые для мягкости толстым слоем сена: нарезанной вдоль берега и высушенной травы. Однако древесина острога была еще сырая и не занялась. А может, и непрерывные молитвы отца Амвросия помогли. Но в любом случае пожара не началось. Тлеющие постели воины залили и вымели грязь во двор.

К сумеркам шаманы смирились с очередной неудачей и разошлись.

Третий день осады прошел почти без событий. Шаманы били в бубны, призывали себе в помощь духов, творили какие-то заклинания. Митаюки читала защитные заговоры, какие знала, и ходила по крепости в поисках сглаза, гадая на две иглы. Отец Амвросий собрал всех воинов во дворе на общий молебен, который прошел с великим воодушевлением — и, может статься, помог против наводимых чар куда больше, нежели все старания юной чародейки.

Со стен и с земли лучники обменивались стрелами. Тотемники навострились прятаться за близкими деревьями, пытаясь сразить воинов на стенах. Те, пользуясь преимуществом в дальнобойности, норовили зацепить их сбоку. Долгие старания привели к ранению двух стрелков в остроге и одного внизу.

В сумерках к берегу приткнулась одинокая лодка с двумя гребцами — но внимания к себе не привлекла.

А поутру казаки вышли с пищалями, каковые до сих пор никому не показывали, встали на стене бок о бок.

— От левого считаем, — приказал Штраубе. — Готовы? Тогда целимся. Три, два... Пли!!!

Жахнул залп — и восемь родовитых шаманов, полагавших, что беседуют на безопасном удалении, повалились наземь.

Казаки отступили, опустились вниз, перезаряжая оружие.

— Сотники!!! — закричал немец, подняв руку. — Пора!

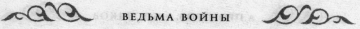

У одной из приречных башен открылся низкий лаз, каковой в крепостях принято называть потайным, из него стали выбегать воины, хватать лодки, тащить к воде, грузиться в них, разбирая весла. Гребцов нагоняли их товарищи со щитами и копьями, грузились и отплывали по шесть, по восемь людей на челнок. Река очень быстро становилась тесной — уж очень часто и много в нее соскальзывало с берега суденышек разного размера.

— Пошли, нам пора, — кивнул жене Матвей. — Немец позднее с пищалями и шестью товарищами отплывет.

Они в общем потоке выскользнули в потайной ход, дошли до уже приготовленной и снаряженной лодки, которую стерег верный и исполнительный Вэсако-няр, дождались гребцов, отчалили. Из восьми воинов четверо сразу взялись за весла и принялись грести с такой яростью, словно спасались от злобного водяного нуера.

Столь массовый исход не остался незамеченным среди осаждающих, тут даже гибель многих великих колдунов отвлечь всех воинов не смогла. А со стены довольные уловкой защитники закричали тотемникам, делая неприличные жесты:

— Друзья наши вашим женам пожелания веселые повезли! Вот уж они послушают, какие вы дураки, когда их в собственных чумах нуеры пялить будут!

Над лагерем осаждающих прокатился возмущенно-злобный вой. Воины легко сложили в голове и прочность стен нежданной крепости, которую даже семьдесят горожан удержат так же уверенно, как и семьсот, и тот факт, что их собственные селения остались беззащитными, со считаными воинами, детьми и стариками, и наличие водного пути, который пешему никак не перекрыть, даже если ворога и догонишь...

Поняв, чем грозит все это их родным домам и семьям, — тотемники даже не стали спрашивать согласия своих вождей, смешанной толпою быстро снимаясь с мест и кидаясь к тропе. Впрочем, вожди поступили точно так же. Родные города, свои семьи были им куда важнее самых ужасающих пророчеств и шаманских уговоров. Сидя здесь, возле рва под высокими стенами, ни чужой крепости все равно не возьмешь, ни родных защитить не получится...

Не прошло и часа, как под стенами острога стало тихо и пусто. Колдуны тоже не рискнули оставаться одни под стенами странного смертоносного сооружения. Они лишь заставили слуг сделать носилки, уложить на них тела убитых сотоварищей и скрылись на лесной тропе вслед за воинами.

Осада сорвалась даже на день раньше, чем это обещал своей жене бывалый казацкий атаман.

Между тем по реке мчались и мчались лодки, подгоняемые сильными гребками. Прижимаясь ближе к берегу, на мелководье, где течение слабее, они проносились под мордами пришедших на водопой красноглазых щетинщиков, распугивали ищущих рыбу диких драконов, проносились над спинами дремлющих крокодилов, ни на что не обращая внимания. Лодок было так много, что даже огромные звери предпочитали не связываться со странной стаей и уходили от реки или таились в зарослях, а иные ныряли в омут.

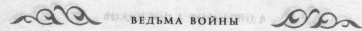

Излучина, еще... Перекат...

Воины выпрыгнули за борт, быстро провели лодки по мелководью и снова взялись за весла, продолжая грести и грести, не жалея себя в непонятной гонке.

Где-то часа в два пополудни передние лодки стали сворачивать к травянистому берегу, выскакивая на влажную торфянистую болотину. Туда же причалил и атаман.

Гребцы, наконец-то расставшись с веслами, буквально попадали на дно лодок, тяжело дыша, не шевелясь и закрыв глаза. Но воины, всю дорогу сидевшие, расхватали щиты, оружие, спрыгнули в болотину, стали через нее пробираться, местами проваливаясь почти по пояс. Однако очень скоро месиво начало мелеть. Потомки священных нуеров миновали узкую и неглубокую протоку и вышли на просторную луговину, рассекаемую надвое дорогой — утоптанной до каменной твердости тропой шириной почти в четыре шага.

— Становись! — вытянул руку Матвей, и воины, не дожидаясь перевода, стали выстраивать правильную двойную линию, перегораживая путь.

Перед ними шелестел березняк, за спинами стоял другой. Луговина своими краями утопала в болоте. Как раз от топи до топи нуеры и замерли, не оставляя врагу ни единой возможности обойти их стороной. Стена из ста щитов, за ними линия из ста копий, а позади — Матвей и Митаюки и еще два десятка воинов, которые не поместились на столь ограниченной поляне.

Тотемников новообращенные христиане обогнали всего ничего. Не успели нуеры укрепиться, а из березняка стали вываливаться их враги, в изумлении останавливаясь и сбиваясь в толпу. После долгого перехода, где бегом, а где быстрым шагом, все они тяжело дышали, обливались потом и выглядели совсем не героями. В битву вовсе не рвались.

За березняком, за спинами тотемников, к небу поднялся столб сизого дыма. Кто-то бросил на костер изрядную охапку сырой травы.

— Прошли все, — негромко сказал Матвей Серьга. — Сейчас начнется.

Казак погладил ладонью рукоять сабли, потом отер черную курчавую бороду. Над луговиной повисла тяжелая тишина, которую вдруг прервали частые оглушительные выстрелы.

— Это немец колдунов заловил, — сообщил атаман. — Они ведь завсегда позади рати ходят? Вот наши позади и зашли. Без шаманов оно спокойнее, как полагаешь?

— Точно ли всех? — забеспокоилась Митаюки. — Священник-то в остроге остался!

— Коли кто заныкался, потом добьет, — ответил Серьга и громко скомандовал: — Приготовились, братки! Внимание! — И он хлопнул в ладони: — Шаг! Еще шаг! Еще шаг!

По каждому хлопку нуеры делали левой ногой вперед, подтягивали правую. И опять — шаг левой, подтянуть правую. И еще... Ровная деревянная стена, за которой покачивался копейный частокол, медленно надвигалась на усталых тотемников.

Поначалу это вызвало у язычников смешки — но тут вдруг из березняка со стороны острога на луговину

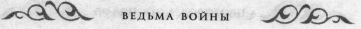

высыпало еще с полсотни воинов со щитами, быстро выстроили стену. Сзади подтянулись копейщики.

Хлопок.

Хлопок.

Хлопок.

Две стены медленно зажимали тотемников между собой.

— Да убьем же их! — наконец вскинул над собой палицу один из вождей. — А-а-а!!! Смерть, смерть!

Толпа воинов сир-тя рьяно ринулась на стену, замахиваясь копьями и швыряя метательные палицы. Щиты затряслись, загрохотали от бесчисленных ударов, а потом в нуеров врезалась толпа. Обученные воины оперлись правой ногой, левым плечом нажали на щиты, опуская головы, прикрытые толстыми шапками. Сверху, со стуком сталкиваясь, замелькали копья, ища свои жертвы, а снизу нуеры чуть раздвинули щиты, с силой ударили в открывшиеся щели короткими копьями, протыкая животы и рассекая бедра, тут же щиты сомкнули, давая упасть раненым, снова раздвинули, ударили, сомкнули, выждали... Ударили.

Напор начал ослабевать, и над луговиной опять послышался хлопок. Шаг вперед. Еще шаг, переступая через окровавленные тела. Еще шаг, пригнув головы и держа наготове копья. Сверху, над щитами, второй ряд бил вперед длинными копьями, пытаясь достать до голов и тел врага, тотемники отбивались — так же, поверху, не видя смысла стучать в толстые деревяшки. А те шаг за шагом приближались, пока не наступал роковой миг. Щиты расходились — через щели быстро и сильно ударяли копья, сражая сразу по полсотни людей, — смыкались.

Шаг, еще шаг.

Уколы через щели.

И снова шаг, еще шаг.

Плотную деревянную стену было бесполезно бить палицами, пинать ногами, рубить топорами, колоть копьями. Но стоило оказаться слишком близко — как возникала щель, через которую выскальзывала смерть, достающая жертву если не с первой, то со второй, третьей или седьмой попытки.

Хлопок — шаг. Хлопок — шаг. Стены, смыкаясь, перемалывали тотемников, словно челюсти громадного двунога. Вот только клыков в них было куда больше, и каждый — со своим умением, ловкостью и жаждой мести. Пытаясь спастись, последние из сир-тя бросились в стороны, стали пробираться через торфяник, проваливаясь и увязая, но несколько метательных палиц избавили их от лишних мук.

Еще пара хлопков — и щиты ударили в щиты.

Матвей, раздвинув своих воинов, протиснулся вперед и крепко обнял Силантия:

— Вот и все, друже! Получилось! Объегорили!

— Мы победили, храбрые потомки нуеров! — вскинув руку, громко провозгласила Митаюки. — Отныне все города всех тотемников принадлежат вам! Идите и владейте! Во имя Иисуса Христа! Во славу нашего братства!

Победа на безымянной болотной луговине, со всем тщанием выбранной на долгом горячем кругу, в совете со знающими дорогу местными вождями, оказалась сокрушительной. В ловушке сгинули все самые крепкие и опытные воины тотемников и все самые мудрые и родовитые колдуны. И когда после нее на земли южных тотемных племен пришли крепкие сотни нуеров — сопротивляться им оказалось почти некому. В одном селении за другим ярко полыхали древние святилища, заменяемые крестами, смиренно отдавались новым властителям юные пленницы, потоком хлынули в северные города подарки от ушедших к белокожим иноземцам воинов.

Но, хотя потомки нуеров и помнили о родных очагах — о своих детях этим племенам стоило забыть навсегда. Новоявленная армия буквально боготворила своих странных командиров, аскетичных слуг великого распятого бога, и скорее подняла бы на копья собственных родовых вождей, нежели ослушалась приказа иноземца...

* * *

Девочка была хороша. Пухленькая, с длинными и густыми черными волосами, обрамляющими круглое светло-желтое лицо с вздернутым носиком и порозовевшими щеками, с большой мягкой грудью и округлыми, покрытыми мелкими пупырышками коричневыми сосками. Животик, бока тоже были гладкими и мягкими, а низ живота опушен редкими рыжими кудряшками.

Сехэрвен-ми успел усвоить, что, если просто насиловать рабынь — удовольствие заканчивается слишком быстро, и научился растягивать удовольствие на долгие часы, играя с беззащитной плотью. Эту пленницу он привязал руками вверх к верхнему бревну стены, благо там торчал толстый и достаточно длинный сучок, заткнул рот пятихвостой кожаной плетью и теперь пощипывал соски, наблюдая за содроганиями девичьего тела, отворачиваясь от ее жалобного взгляда, но прислушиваясь к частому дыханию.

Иногда от напряжения, от страстного желания ему становилось невмоготу, и Сехэрвен-ми запускал ладонь пленнице между ног, тискал там все изо всех сил — однако плотью своей не проникал, берег напряжение — а потом снова возвращался к игре с лицом девы, ее попочкой и грудью.

Не проходило дня, чтобы он не благодарил великого Нум-Торуна за невероятную удачу, случившуюся всего три месяца назад, после разгрома его города белокожими дикарями. Они выбрали в проводники именно его! Его, Сехэрвен-ми, одного из двух десятков пленников! Все, что от него потребовалось, — так это показывать дорогу и хвалить иноземцев, рассказывая сородичам из других племен об их мудрости и непобедимости. А взамен — он мог разорять побежденные селения наравне со всеми, брать себе любых женщин, присваивать любое оружие, одежду, украшения.

Иноземцы даже не требовали от него сражаться! Раз за разом перед стычками Сехэрвен-ми уходил назад, скрывался — но ни разу не услышал ни единого упрека! Белокожие дикари все равно позволяли ему после этого грабить и веселиться наравне со всеми.

— А еще их хозяйка сделает меня великим вождем нашего мира! — уже вслух сказал Сехэрвен-ми. — Ты представляешь, какое везение?!

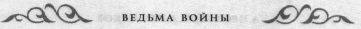
В порыве чувств он опять запустил пятерню рабыне между ног, просунул палец во влажную теплоту и хорошенько там пошуровал.

И тут не к месту затряслась подпертая входная дверь:

— Сехэрвен-ми! Ты здесь?

— Бегу, госпожа! — Узнав голос, паренек метнулся к постели, накинул тунику, подбежал ко входу, ногой откинул пенек от створки, низко поклонился: — Хорошего тебе дня, белая хозяйка!

Митаюки-нэ вошла в комнатку, осмотрелась, чуть дернула щекой. Вслед за ней вошел и закрыл дверь Ганс Штраубе, бывший первым помощником и у хозяйки, и у ее мужа. Он тоже прошелся по светелке, остановился у лопоухого паренька за спиной.

— Ты, верно, уже знаешь о последних событиях, мой верный Сехэрвен-ми? — поинтересовалась Митаюки, критично, склонив голову набок, осматривая вздернутую у стены деву.

— Да, белая хозяйка!

— Мы разгромили общую армию тотемников, перебив вдобавок всех их шаманов, взяли под свою власть три речные долины на севере мира второго солнца. У нас ныне есть очень много воинов, готовых сражаться за молодого бога и его власть, не жалея своей жизни, есть храбрые, честные и преданные сотники. — Хозяйка отвернулась от пленницы, подошла к лопоухому пареньку: — Ты помнишь, что я обещала тебе при первой нашей встрече? Союз белокожих иноземцев и рода нуеров возвысит и тех и других, и вместе мы станем править миром.

От сладкого предчувствия у Сехэрвен-ми засосало под ложечкой. Не удержавшись, он высказал свою надежду вслух:

— Новому миру нужны великие вожди!

— Да, ты прав, — согласилась Митаюки. — Новому миру нужны новые вожди. Честные, преданные и храбрые, которые поведут его к новому величию!

— Я готов стать таким великим вождем! — вскинул подбородок паренек.

— Ты, наверное, плохо слышал меня, Сехэрвен-ми? — вскинула брови Митаюки-нэ. — Новому миру нужны вожди честные, преданные, храбрые. А ты — трус и предатель. К тому же слишком много знаешь.

Сехэрвен-ми ощутил, как в волосы его крепко вцепилась рука Ганса Штраубе, и по горлу, вдавливаясь почти до позвонков, скользнул острый стальной нож.

— Но как же так? — попытался спросить мальчишка, зажимая шею. — Ведь ты обещала...

Но из его горла вырвался только булькающий хрип. Глаза, до самого конца полные изумления, погасли, и мертвое тело рухнуло на глиняный пол.

— Вот теперь точно все, — удовлетворенно кивнул немец, отирая клинок о тунику убитого. — Никто и никогда ничего не узнает о судьбе первых героев нашего крепкого союза с язычниками.

— С христианами, — поправила его ведьма. — Теперь: самыми верными христианами.

— Теперь да. Но были язычниками, — не согласился Ганс Штраубе, пнул Сехэрвен-ми ногой в бок: — О чем лопоухий тебе так радостно вещал?

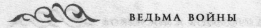 

— Ты не поверишь, но он пребывал в уверенности, что можно добиться величия, прислуживая убийцам своей семьи и показывая врагам тропы к городам своих сородичей... Чего ухмыляешься? Меня, в отличие от него, никто ни о чем не спрашивал. И дороги ни к одному городу я вам не показала. Это теперь мы на одной стороне. А тогда... Ты ведь не считаешь наших сотников, которых обучал ратному делу, предателями своего народа? Мы вместе побили тотемников, как союзники. А он показывал дорогу не друзьям, а чужакам из другого мира, врагам и убийцам.

— Не оправдывайся, чернокнижница, — пожал плечами Штраубе. — Я воевал против своего короля и своих единоверцев не один раз и вполне мог штурмовать собственный город. Я вообще убиваю за деньги. Не мне тебя судить. Хотя лопоухий с самого начала показался всем изрядной гнидой.

Митаюки хмыкнула, крутанулась, опять склонила набок голову, разглядывая пленницу у стены. Выдернула плеть у нее изо рта, спросила:

— Как тебя зовут, рабыня?

— Сай-Менени... госпожа...

— Тебе повезло, юная Сай-Менени. Сейчас ты сможешь сама определить свою судьбу. Если хочешь, я отдам тебя для развлечения воинам. Это не так страшно, как кажется. Полтора года тому я сама была невольницей, развлекающей собой белокожих дикарей. И как видишь, не умерла. Ты можешь стать моей служанкой, честно и преданно выполнять любые мои прихоти, не зная забот с кровом и пищей. Но ради этого тебе придется дать клятву на своей плоти и крови мертвеца... Мертвец тут как раз очень удачно образовался, все есть. Если ты нарушишь взятый на его крови обет, он учует это и придет из нижнего мира тебя покарать. А хочешь, я просто зарежу тебя, и ты разом избавишься от всех неприятностей?

Рабыня громко и глубоко сглотнула.

— Отвечай! — Ведьма вынула из ножен бронзовый клинок и прижала его к подбородку Сай-Менени.

— Служанкой... — выдавила из себя несчастная. — Я дам клятву... госпожа.

— Тебе помочь, чернокнижница? — спросил немец, не понимая, о чем беседуют девушки сир-тя.

— Ее незачем убивать, — разрезала путы Митаюки. — Она будет молчать. Да и не знает ничего. Возьму в служанки, пригодится.

— Какая скромность! — хмыкнул Штраубе. — Мне ты уже давно подарила трех рабынь, а себе только-только одну выбираешь.

— Ты мне нужен, немец. Тебя требуется одаривать. А сама с собой я могу договориться и даром.

— Всегда к вашим услугам, ваше величество, — низко склонившись, помахал над землей ладонью Ганс Штраубе.

Последние слова были Митаюки неизвестны, но, судя по эмоциям, это было нечто преувеличенно-почтительное.

— Я знаю, мой Ганс, — величаво кивнула юная чародейка. — Можешь идти. Я сама избавлюсь от трупа.

— Ты уверена, чернокнижница?

— Вполне. Сай-Менени его вытащит, а я отведу людям глаза, чтобы не заметили. Бросим в реку, остальное сделают нуеры. Этих змей тут в достатке.

 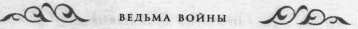

Но сперва маленькая девочка должна принести мне клятву верности. Такую, которые не нарушают.

— Тогда я пошел. Передай Матвею мой поклон.

Немец вышел, затворив за собою дверь, а ведьма приблизилась к невольнице, приподняла двумя пальцами ее подбородок, заглянула в глаза:

— Не нужно так горевать, деточка. Сегодня ты ступаешь на путь величия. Главной ценностью на этом пути является верность. Полная, безграничная, неукоснительная преданность. Подойди к мертвецу! Я скажу тебе, что нужно делать...

* * *

Ранним вечером, когда настоящее солнце еще только касается горизонта, а колдовское начинает потихоньку тускнеть, жена казачьего атамана Митаюки-нэ поднялась на южную башню острога и полной грудью вдохнула свежий смолистый воздух. Оперлась обеими руками на изодранный гаком кулеврины край стены. За ее спиной молча замерли преданные до смерти Вэсако-няр и Сай-Менени, караульный из сир-тя почтительно склонил перед белой хозяйкой голову, прижав кулак к груди.

Впереди, насколько хватало взгляда, и даже далеко там, куда его не хватало — справа, слева, позади, — раскинулись земли, реки, озера, болота, города, селения и просто племена, покорные воле юной чародейки, готовые исполнять ее приказы, молиться ее шаману, жертвовать собой ради любой ее прихоти, ради ее улыбки и просто одобрительного взгляда. Где-то там, ныне отдыхающая, находилась ее армия числом в семь сотен копий, а еще вдвое больше воинов мечтало попасть к ней на службу, сражаться ради ее планов, отказаться от родовых богов ради удачно подвернувшегося ей Иисуса Христа.

А впереди, далеко на юге, висело созданное мудрыми предками второе солнце счастливого мира сиртя. Пока еще не знающего о ее существовании, намеренного жить по своим планам и давно одряхлевшим обычаям. Даже не подозревающего о том, кто станет править ими всего через несколько лет.

— Но разве родился в этом мире тот, кто способен меня остановить? — спросила далекие солнца юная чародейка и ласково им улыбнулась.

ГЛАВА 8

Весна 1584 г. П-ов Ямал

Доля нищих

Твердый, как камень, и ровный до зеркальности снежный наст ослепительно сверкал под солнечными лучами целым морем разноцветных искорок, и оттого Устинье казалось, что она идет по радуге. И все бы хорошо — кабы не резкие порывы ветра, столь холодного, что от него перехватывало дыхание, а лицо болело, словно истыканное ножом.

Маюни, похоже, так сильно от мороза не страдал. То ли оттого, что здесь были его родные земли и погода казалась привычной, то ли потому, что он волок за собой изрядно груженный челнок с покрывалом, оружием, снастями, небольшим запасом мяса и летней одеждой. Ныне невенчанные супруги были одеты роскошно, в драгоценные меха и толстые кожи — охотником остяк был умелым, позаботился. Однако, коли морозы отпустят, в таких жарких малицах и кухлянках недолго и свариться. Посему старую одежду они не выкинули. Не столь плоха была, чтобы разбрасываться.

Но сколь ни хорошим следопытом был Маюни, но долго кормить семью на одном месте он не мог. Даже

такую маленькую, всего из двух человек. Зверь вылавливался, ловушки пустели — и требовалось кочевать все дальше и дальше. А последняя стоянка оказалась столь неудачной, что уходить пришлось уже через десять дней, оставшись почти без съестного припаса. Старый ушел, нового не прибавилось.

Устинья вытянула в сторону руку, позволяя сесть на нее белому полярному филину. Птица, несмотря на размеры, оказалась совершенно невесомой и с готовностью подставила округлую макушку для поглаживания. Закрутила головой, гукнула, пошевелила ушами с высокими кисточками, то поднимая их, то пряча.

Маюни нахмурился. Его супруга опять общалась с кем-то, кого он не видел и даже не ощущал. Здешние духи благоволили к Ус-нэ, вызывая у остяка что-то похожее на зависть или ревность. Ведь потомственным шаманом был он, а не женщина!

Однако Маюни помнил, что обижаться на духов нельзя, грех. Их положено благодарить за помощь. А уж как они ее проявляют — то дело небесных покровителей, а не смертных.

Устинья взмахнула рукой, словно отпуская кого-то, и сказала:

— Нельзя прямо идти, там вдалече, за взгорком с елями, волки залегли. Голодные. Много. Считать птица не умеет, но стая большая. Обойти надо, не то порвут. Правой стороной миновать, дабы на их пути вечернем следов не оставить.

Остяк кивнул, навалился на лямку, поворачивая в указанном направлении, и медленно пошагал к чахлым зарослям, выдаваемым токмо остроконечными

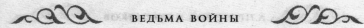 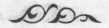

снежными бугорками. Что там, под ними, березы, сосенки или просто камыш — поди, угадай! Ныне везде и всюду росли только лед и снег.

Маюни, тяжко пыхтя, взобрался на очередной взгорок и остановился, переводя дух. Впереди, насколько хватало глаз, лежала совершенно гладкая равнина.

Море! Наконец-то они вышли к морю! Ныне солнце стало долгим, скоро лед сойдет, и в глубокие воды можно будет закинуть длинную уловистую сеть.

— Надеюсь, от волков мы уже ушли, — сказал следопыт, дернул лямку, поворачивая левее, и быстро-быстро помчался вниз по склону, уже не волоча челнок, а убегая от него вдоль берега. Теперь оставалось пройти всего с полверсты — и двое путников наконец-то оказались возле старого тайника.

Снег, понятно, начисто попрятал и переменил все давнишние приметы, однако одну не удалось скрыть даже ему: высокий скелет чума, десяток стоящих кругом и связанных макушками жердей.

— Ну вот, пришли, да-а... — облегченно сбросил лямку Маюни. — Теперича токмо полог накинем, и дом готов. Вишь, как удобно, коли не убирать слеги-то?

— Значится, мы по кругу прошли? — спросила Устинья и уселась на один из тюков в лодке. — По осени отсюда ушли, всю зиму от места к месту мыкались, обратно вернулись.

— Ныне зверь распуганный вернулся, — пояснил Маюни, — иной подрос, когда вороги большие в ловушках сгинули, иной с других мест пришел. Да-а... Теперь здесь снова охота будет.

— А потом опять кочевать? С места на места? По кругу? Чум, подстика и костер?

— Да-а... — неуверенно ответил следопыт. — Все так живут... А что?

— А то!!! — внезапно взорвалась Устинья. — Мездрить, топить, мездрить, топить... Не хочу! Надоело!!! Надоело, понял?! Я в баню хочу, Маюни! Я постель нормальную хочу! Чтобы под одеялом на топчане мягком спать, а не на земле в шкурах! Я дом нормальный хочу! Печь! Избу! Я прялку хочу, каши, блинов! Нормально жить хочу, а не у костра на шкуре день за днем, и днем, и ночью!!! Нормально, ты понимаешь это?! В просторном доме, на одном месте, с соседями людьми, а не оленями и волками!

Она закрыла лицо рукавицами и протяжно, со всхлипом заплакала.

— Ус-нэ... — растерялся Маюни. — Ус-нэ моя... Не плачь! Не плачь, желанная, я все для тебя сделаю... Хочешь, в Пустозерский острог поедем? Там жить станем? Токмо скажи, да-а... Все по-твоему станет.

— И чего ты там делать станешь, в Пустозерье?! — вскинув голову, со всхлипом спросила Устинья. — Чум у города поставишь? В бубен станешь бить? Кому ты там нужен?! Кому я там нужна?

— Ус-нэ...

— Отстань от меня, отстань! — Казачка вскочила, побежала к морю и упала на колени где-то там, на льду, на изрядном удалении.

Остяк потоптался возле челна, потом раскопал снег вокруг слег, развернул и укрепил полог чума, кинул внутрь, к стенам, подстилки, развел огонь из припасенного валежника. И только после этого от-

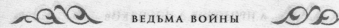 
правился на лед. Боясь заговорить первым, опустился на колени рядом с казачкой и стал молча смотреть на горизонт.

— Прости меня, Маюни, — неожиданно сказала Устинья. — Ты хороший, ласковый, старательный. С тобой славно, правда. Я люблю тебя, Маюни. Только жить так не могу. Прости.

— И что будет теперь, Ус-нэ? — покосился на казачку остяк.

— Не знаю, — пожала плечами Устинья. — Зря ты, мыслю, меня спасал, из мира теплого звал. Там бы я лучше осталась. Тебя бы не мучила, сама не страдала.

— Не говори так, Ус-нэ, — попросил следопыт. — Все для тебя сделаю, да-а... Токмо не знаю, что надобно? Обычаев ваших не ведаю совсем, да-а... Что делать мне, дабы хорошо тебе стало?

— Не знаю, — теперь вздохнула казачка. — Знала бы, с тобой осталась. С тобой хорошо. Кроме тебя, никого не мыслю рядом. Но не хочу так больше. Что за жизнь? Как собака в конуре. Дом как улица, от стены до стены два шага, всегда холод. Шкуры да еда, вот и вся судьба. Устала я, Маюни. Прости.

Устинья поднялась, глядя на горизонт, и тут уже Маюни испугался всерьез:

— Ты что замыслила, Ус-нэ? Не надо, милая моя Ус-нэ! Ты жизнь моя, Ус-нэ! Ты свет мой, Ус-нэ! Мы назначены друг другу, Ус-нэ, ты забыла? Вот и ведьма тоже сказывала, Ус-нэ! Хорошая ведьма, Митаюки-нэ, подруга твоя. Веришь ты ей, Ус-нэ? Она говорила тебе, как жить мы станем, Ус-нэ?

— Митаюки? — Тоскливый взгляд казачки внезапно стал серьезным и осмысленным. — Постой,
сказывала она, тебя в ватагу приняли. Свой ты казакам ныне, побратим!

— Принимали, Ус-нэ, да-а... — встал остяк. —
Саблю дали. Длинная, острая. Неудобная, да-а...

— Коли казак ты, доля тебе от общей добычи по-
ложена! Митаюки сказывала, в Пустозерье с ней поедем, дом большой купим, двор, хозяйство заведем.
В богатстве и ладе жить станем, забот не зная.

— Да, Ус-нэ!!! — встрепенулся, получив надежду,
Маюни. — Море вскроется, в острог поплывем, долю
свою у воеводы истребую. С ней за море уйдем. Там
заживешь. Как хочешь заживешь! И я с тобою всегда
рядом буду. Да-а...

— Конечно, радость моя, — крепко взяла его за
руку казачка. — Я ныне за тобой, как нитка за иго-
лочкой. Куда ты, туда и я, и все стежки у нас общие.

Она пошла к берегу, остановилась на краю берего-
вого подъема, оглянулась на ледяное поле, смотрела
долго и внимательно. Потом стащила зубами рукави-
цу, подняла к небу растопыренную пятерню, любуясь
через пальцы на далекие цветные всполохи. Неожиданно сказала:

— Стену снежную сложи, Маюни. Ночью ветер
с моря будет. Сильный зело. Как бы вещи не разме-
тало.

Казачка оказалась права. Ночью поднялся жесто-
кий шторм, такой сильный, что послушно сложен-
ную следопытом стену из больших тяжелых блоков,
вырезанных из твердого лежалого наста, опрокинуло.
И если ни вещи, ни чум не сдуло — то только пото-

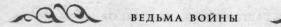 

му, что стена свалилась как раз на челнок, завалив его и изрядный край покрывала, вдавила кожаное полотнище между жердей дома.

А когда поутру остяк вышел на свет, то увидел, что море открыто. Могучий ураган разломал ледяной покров и вышвырнул зеленые полупрозрачные глыбы на берег, навалив торосы в рост человека высотой.

Казачка вышла следом, встала позади, обняла, прижавшись и дыша следопыту в самое ухо.

— Смотри, как повезло, Ус-нэ, — указал на пенистые волны остяк. — Ночью море открылось, да-а... Когда шторм утихнет, можно будет в острог поплыть.

— К полудню успокоится, — сказала Устинья.

Маюни, холодея, сглотнул, не без оторопи поняв, что именно так, в точности, все и будет. Похоже, духи не просто разговаривали с его Ус-не. Духи ее еще и слушались.

ОГЛАВЛЕНИЕ

Литературно-художественное издание

ДРАКОНЫ СЕВЕРА

Прозоров Александр Дмитриевич
Посняков Андрей Анатольевич

ВЕДЬМА ВОЙНЫ

Ответственный редактор *Д. Малкин*
Редактор *Т. Иванова*
Художественный редактор *С. Власов*
Технический редактор *О. Куликова*
Компьютерная верстка *Е. Коптева*
Корректор *Е. Будаева*

ООО «Издательство «Эксмо»
123308, Москва, ул. Зорге, д. 1. Тел. 8 (495) 411-68-86, 8 (495) 956-39-21.
Home page: **www.eksmo.ru**   E-mail: **info@eksmo.ru**

Өндіруші: «ЭКСМО» АҚБ Баспасы, 123308, Мәскеу, Ресей, Зорге көшесі, 1 үй.
Тел. 8 (495) 411-68-86, 8 (495) 956-39-21
Home page: www.eksmo.ru   E-mail: info@eksmo.ru.
Тауар белгісі: «Эксмо»
Қазақстан Республикасында дистрибьютор және өнім бойынша
арыз-талаптарды қабылдаушының
өкілі «РДЦ-Алматы» ЖШС, Алматы қ., Домбровский көш., 3«а», литер Б, офис 1.
Тел.: 8 (727) 2 51 59 89,90,91,92, факс: 8 (727) 251 58 12 вн. 107; E-mail: RDC-Almaty@eksmo.kz
Өнімнің жарамдылық мерзімі шектелмеген.
Сертификация туралы ақпарат сайтта: www.eksmo.ru/certification

Сведения о подтверждении соответствия издания
согласно законодательству РФ о техническом регулировании
можно получить по адресу: http://eksmo.ru/certification/

Өндірген мемлекет: Ресей
Сертификация қарастырылмаған

Подписано в печать 16.01.2015. Формат 84х108 $^1/_{32}$.
Гарнитура «Ньютон». Печать офсетная. Усл. печ. л. 18,48.
Тираж 5000 экз. Заказ О-92.

Отпечатано в полном соответствии с качеством
предоставленного электронного оригинал-макета
в типографии филиала ОАО «ТАТМЕДИА»
«ПИК «Идел-Пресс».
420066, г. Казань, ул. Декабристов, 2.
E-mail: idelpress@mail.ru

ISBN 978-5-699-78156-0

В электронном виде книги издательства Эксмо вы можете
купить на www.litres.ru

ЛитРес:
один клик до книг

Оптовая торговля книгами «Эксмо»:
ООО «ТД «Эксмо». 142700, Московская обл., Ленинский р-н, г. Видное,
Белокаменное ш., д. 1, многоканальный тел. 411-50-74.
E-mail: **reception@eksmo-sale.ru**

По вопросам приобретения книг «Эксмо» зарубежными оптовыми
покупателями обращаться в отдел зарубежных продаж ТД «Эксмо»
E-mail: **international@eksmo-sale.ru**
International Sales: International wholesale customers should contact
Foreign Sales Department of Trading House «Eksmo» for their orders.
international@eksmo-sale.ru

По вопросам заказа книг корпоративным клиентам, в том числе в специальном
оформлении, обращаться по тел. +7 (495) 411-68-59, доб. 2261, 1257.
E-mail: **ivanova.ey@eksmo.ru**

Оптовая торговля бумажно-беловыми и канцелярскими товарами для школы и офиса
«Канц-Эксмо»: Компания «Канц-Эксмо»: 142702, Московская обл., Ленинский р-н, г. Видное-2,
Белокаменное ш., д. 1, а/я 5. Тел./факс +7 (495) 745-28-87 (многоканальный).
e-mail: **kanc@eksmo-sale.ru**, сайт: www.kanc-eksmo.ru

В Санкт-Петербурге: в магазине «Парк Культуры и Чтения БУКВОЕД», Невский пр-т, д.46.
Тел.: +7(812)601-0-601, www.bookvoed.ru/

Полный ассортимент книг издательства «Эксмо» для оптовых покупателей:
В Санкт-Петербурге: ООО СЗКО, пр-т Обуховской Обороны, д. 84Е. Тел. (812) 365-46-03/04.
В Нижнем Новгороде: Филиал ООО ТД «Эксмо» в г. Н. Новгороде, 603094, г. Нижний Новгород, ул.
Карпинского, д. 29, бизнес-парк «Грин Плаза». Тел. (831) 216-15-91 (92, 93, 94).
В Ростове-на-Дону: Филиал ООО «Издательство «Эксмо», пр. Стачки, 243А. Тел. (863) 305-09-13/14.
В Самаре: ООО «РДЦ-Самара», пр-т Кирова, д. 75/1, литера «Е». Тел. (846) 207-55-56.
В Екатеринбурге: Филиал ООО «Издательство «Эксмо» в г. Екатеринбурге, ул. Прибалтийская, д. 24а.
Тел. +7 (343) 272-72-01/02/03/04/05/06/07/08.
В Новосибирске: ООО «РДЦ-Новосибирск», Комбинатский пер., д. 3.
Тел. +7 (383) 289-91-42. E-mail: eksmo-nsk@yandex.ru
В Киеве: ООО «РДЦ Эксмо-Украина», Московский пр-т, д. 9. Тел./факс: (044) 500-88-23.
В Донецке: ул. Складская, 5В, оф. 107. Тел. +38 (032) 381-81-05/06.
В Харькове: ул. Гвардейцев Железнодорожников, д. 8. Тел. +38 (057) 724-11-56.
Во Львове: ТП ООО «Эксмо-Запад», ул. Бузкова, д. 2. Тел./факс (032) 245-01-71.
В Симферополе: ООО «Эксмо-Крым», ул. Киевская, д. 153. Тел./факс (0652) 22-90-03, 54-32-99.
В Казахстане: ТОО «РДЦ-Алматы», ул. Домбровского, д. 3а.
Тел./факс (727) 251-59-90/91. **rdc-almaty@mail.ru**
Интернет-магазин ООО «Издательство «Эксмо»
www.fiction.eksmo.ru
Розничная продажа книг с доставкой по всему миру.
Тел.: +7 (495) 745-89-14. E-mail: **imarket@eksmo-sale.ru**